俺にトラウマを与えた女子達がチラチラ見てくるけど、残念ですが手遅れです

The girls who traumatized me keep glancing at me, but alas, it's too late.

4 fourth volume

御堂 ユラギ

イラスト：緜

ご近所さん
氷《ひ》見《み》山《やま》美《み》咲《さき》

「あらあら、困った生徒さんねぇ」

「苦しんでる私を
無視しようってぃうのぉ!?
だから男はクソなのよぉ〜」

妖怪
不来方《こずかた》久遠《くおん》

「意地悪ですよ、涼香先生！」
「ふふっ。いいじゃないですか」
生活指導
三条寺涼香《さんじょうじすずか》

The girls who traumatized me keep glancing at me, but alas, it's too late.

4

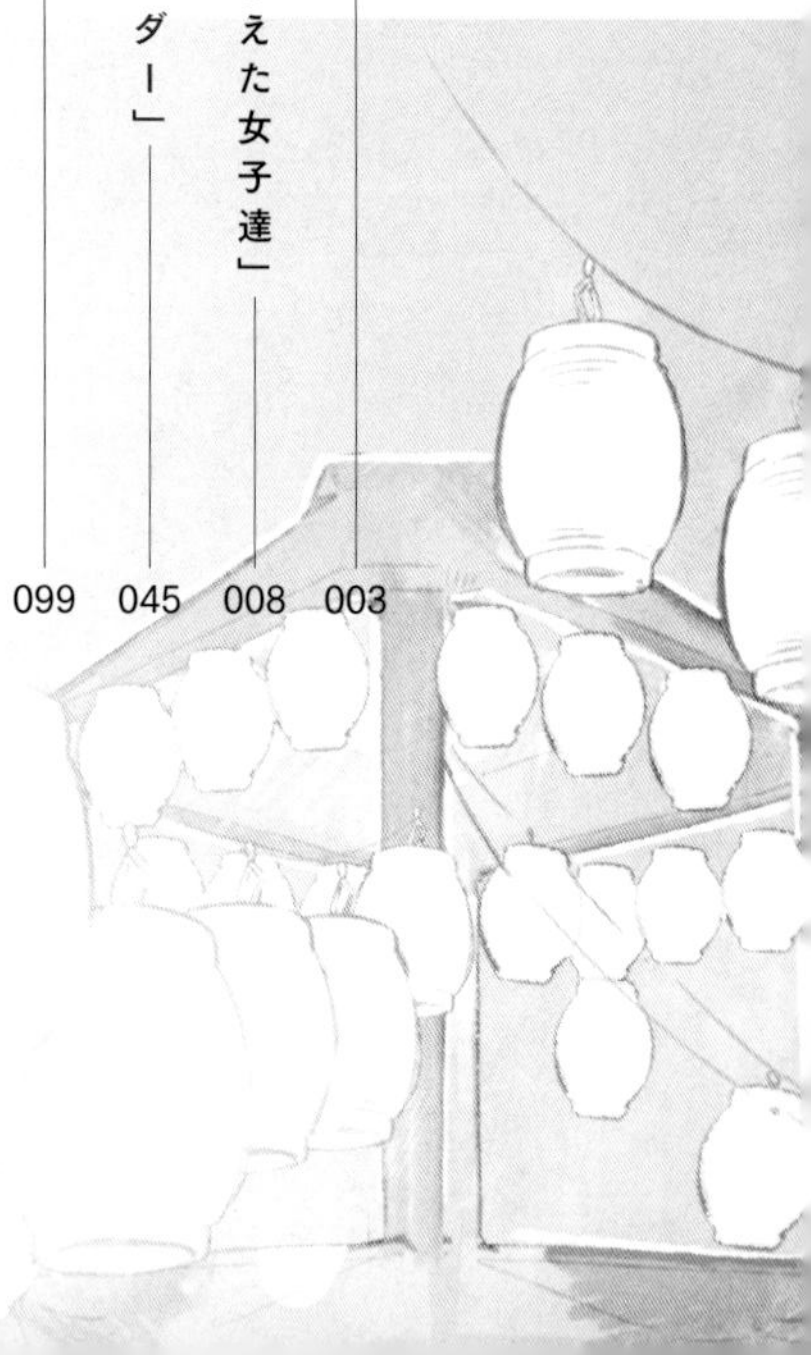

俺にトラウマを与えた女子達がチラチラ見てくるけど、残念ですが手遅れです 4

御堂ユラギ

OVERLAP

イラスト／緜

雪の降る街

The girls who traumatized me keep glancing at me, but alas, it's too late.

しんしんと降り出した雪。灰色の空を見上げる。雪に触れたくて、手袋を外す。

ふわふわと、雪の結晶が手のひらの上に積もって、淡く消えた。

真っ白なキャンバスに足跡を描いていく。——楽しい。けど、悲しい。

感動したのは、ほんの一瞬。すぐに我に返った。

孤独と不安に押し潰されそうな心を誤魔化すように、ただ歩く。

まるで、私のことなど見えていないように行き交う大人達《たち》。

肌を突き刺すような寒さに、早く暖を取りたいと足早に去っていく。

誰も私に気づかない。助けを求める声は届かない。残酷な世界。

この世界から消えてしまいそうなほど、希薄な自分の存在が恨めしい。

お母さんと逸《はぐ》れて、三十分近く経過していた。最初は捜し回っていたが、疲れて足の感覚も徐々に失われつつある。今すぐこの場に座り込んでしまいたい衝動に駆られる。

それをしないのは、立ち上がれなくなることが分かっていたからなのかもしれない。

じわりと涙が滲《にじ》んだ。泣いちゃダメだ。泣いたら——お母さんに怒られる。

お母さんは、逸れた私を許してくれない。怒られるのは確実だ。憂鬱な気分。

ひとりぼっちで、この白い世界に取り残されていた。恐怖に身が竦《すく》む。

ふと、視線を感じる。その方向に振り向くと、年上の男の子がジッとこちらを観察していた。何をするでもなく、ただ見ている。まるで水槽の中を泳ぐ金魚を興味深く観察するかのような、そんな目つき。ふいに視線が交差する。けれど、男の子は無反応で。

フラフラと男の子の方に足が向かう。何故《なぜ》だか、怖くなかった。

男の子だけが私を見つけてくれたからなのか、その無表情さに安心してしまう。

これまで感じたことのない不思議な感覚。胸が自然と温かくなって。

隣に行くと、キュッと服の端を握った。私がしたのはただそれだけのこと。

「もしかして、迷子だったりする？」

コクコクと頷《うなず》いて返事をする。理解してくれる人がいたことが心強い。

「うわっ、面倒くさい」

あからさまに嫌そうだった。でも、無表情のまま、言葉とは裏腹に優しい。

「無視するべきか、それとも無視するべきか……」

どちらも同じでは？　と、思うのだが、同じ答えの二択で男の子は迷っていた。

「まぁ、いいか。そろそろ雪華《せつか》さんと待ち合わせの時間だし。ところで、どうして君を大人が助けなかったか分かるか？　突然のクイズだ」

フルフルと首を振る。誰も手を差し伸べてくれないことに絶望していた。

そこに理由があるのだろうか？　ただ私がみんなから嫌われているから？

「ダブスタだからだ！」

ピシッと指を立てて、男の子が答える。ダブスタの意味は分からない。

「そうだな……。じゃあ、こんなのはどうだ？　君は両親や学校、或《あ》るいは周囲の大人から挨拶をちゃんとしましょうと教えられたことはないか？」

コクコクと頷く。通知表にだって欄があるくらいだ。挨拶は基本と習った。

「そこでだ、しかしおかしなことに気づく。よくよく観察してみると、それを言っている大人が挨拶をしているところをロクに見たことがない。勿論《もちろん》、例外はあるが」

そう……だろうか？　先生達は挨拶を返してくれるし、なら、両親は——。

「困っている人がいたら助けましょうと言っている大人が困っている人を助けているところを見たことあるか？　子供に嘘《うそ》をつくのも大概にしろ」

正しいような気がした。今だって、困っているのに誰も助けてくれなかった。

だとしたら、いったい私は何を信じればいいのだろう。

「周りを見てみろ。大人たちの正解は『見てみぬフリ』だ。一つ賢くなったな」

それが現実。男の子が言った通り、ただ面倒くさい。理由なんてその程度。

建前は建前でしかない。心赴くままに行動する、そんなことはできない。

「例えばそう、普段、子供に父親の愚痴を零《こぼ》して悪口を吹き込んでいるのに、何かあると父親と一緒になって正義面して子供を叱る母親。ギャンブルで借金しているクズの癖に、偉そうに父親面するろくでなし。家でゲームをしていれば外で遊べと言い、外で遊べば声が煩《うるさ》いボールを使うなと理不尽を並べ立てる。なんとも嘆かわしいことだ」

男の子は、何か過剰なストレスでも抱えているのだろうか？　心配になった。

大人が嫌いなのかもしれない。服を握る手が自然と強くなる。

「学校なんて理不尽の巣窟だからな。先生もクラスメイトも信じちゃダメだぞ？　そもそも大学卒業後すぐ教師になった先生なんて、社会経験の少ない常識知らずだから」

聖職者。そんな風に呼ばれる学校の先生は、人格者だと無自覚に思い込んでいた。

その言葉は正しいと、考えることもなく信用していた。でも、そうじゃない？

「何が言いたいかと言えばだな――」

ゴシゴシと頭を撫《な》でられる。陽《ひ》だまりのように温かな手。

じんわりとした熱が、さっきまで冷え切っていた私の心を温めていく。

「大人や理不尽に負けず強くなることだ。誰かの助けを待つ暇があったら、打開策を考えるべし。独りを恐れるな。ぼっちは最強だと覚えておくといい」

けれど、それはとても悲しいことのような気がする。そんな世界は寂しくないの？

「まぁ、信頼できる相手がいるなら頼ってもいいと思う。雪華さんみたいな。なんかいい匂いするし、美人だし、優しいいし、大きいし、一緒にお風呂入ってくれるし」

男の子にとって、その人は大切な人？　私にとって、大切な人は――。

テクテクと手を繫《つな》いで歩く。交番へ連れていってくれるみたい。

「え、俺？　俺はダブスタを許さない男、九重《ここのえ》雪兎《ゆきと》。頼るのは困ったとき限定な」

交番が見える。警察の人と一緒にいるのは――お母さん？

お母さんが私を睨《にら》みつける。烈火の如《ごと》く激しい怒り。怖くなって、後ずさる。

「変な男に私の子供が連れ去られたんです！――って、祇京《ききょう》!?　貴女《あなた》、大丈夫なの!?　お前が私の子供を攫《さら》って！　返せ、返しなさい！　その子は私の大切な――」

駆け寄ってきたお母さんが、思いきりビンタして、男の子を張り倒す。

甲高い音がして、倒れた男の子が雪の上にシュプールを刻む。

馬乗りになる母親を、慌てた警察官が数人で引き剝がす。

誘拐だと騒ぎ立てるお母さん。やめて！　そう叫ぶも取り合ってくれない。

私は、誤解を解こうと一生懸命に説明する。つたない言葉で、必死に。

だって、男の子はただ私をここまで連れてきてくれただけなのに。

なのに、どうしてこんな理不尽な目に遭わなくちゃならないの！

お母さんが、少しだけ冷静さを取り戻す。怖かった。何を言われるか。

それでも、抗《あらが》いたくて言葉を重ねる。悪いのは、私だと。逸れた私が悪かったんだ。

「覚えておくといい」

起き上がった、男の子がポツリと呟《つぶや》く。

「悪いことをしたら謝りましょう。そう習ったはずだ。でも、大人は決して謝らない。間違いだと気づいていても、言い訳して自分を正当化する。信じるなよ嘘つきな大人を」

男の子は、引き留める間もなくそのまま駆け出していく。静寂が支配する。

男の子は消えた。――その瞳に、昏《くら》く深い悲しみを宿して。

第一章「俺がトラウマを与えた女子達」

The girls who traumatized me keep glancing at me, but alas, it's too late.

オンカジはやるなオンカジはやるなオンカジはやるな！

やるわけないじゃん。違法だし、それに俺、まだ未成年だし。確実に身を滅ぼす。

競馬、競艇、競輪、パチンコ、スロット等々、ギャンブルなど言語道断自画自賛！

先祖代々受け継がれてきた九重家の家訓を、自らに厳しく戒める。四代前の九重家当主、九重雪山偈《せっせんげ》獄重一郎《ごくじゅうろう》は今際《いまわ》の際《きわ》にこう言ったとされる。「博打《ばくち》はアカン」。

どう考えても嘘だが、ご先祖様が博打で痛い目に遭ったことだけは事実のようだ。

日本にカジノが誕生しても、俺が行くことはない。なにせ俺は超絶運が悪い。

運の悪さに定評のある俺だが、その運の悪さたるや想像を絶する。

宝くじや年賀状が当選したことはないし、なんなら応募者全員サービスにも余裕で外れる（流石《さすが》に抗議した）。おみくじを引けば大吉など見たことがない。一度ムキになって空になるまで引いたが、三十本引いて大吉はゼロだった。詐欺だろ。俺の三千円返せ。

確率など役に立たないのも特徴だ。命中率九十パーセントは相手に回避されるし、こちらの回避率が九十パーセントでも被弾する。パスカルも呆《あき》れとったわ。

そんなちょっぴりお茶目な俺だが、人生とは実に上手《うま》くできているものだ。どうやらこの世界には天秤《てんびん》システムが実装されているらしい。所謂《いわゆる》、帳尻合わせだ。

なんと俺にも唯一運で自慢できることがある。母ガチャと姉ガチャと叔母ガチャだ。幾らなんでも恵まれすぎである。生まれた時点で勝ち確、運を使い果たしていると言っても過言ではない。俺が家族大好きっ子になってしまうのも当然というわけだ。

本来なら俺のようなお荷物は九重家から追放されても文句は言えない。無論、追放されても当然なので、『ざまぁ』したりはしない。そんな俺を家族と認め九重家の末席に置いてくれているだけでも、最大限の感謝しかない。懐で母さんの草履を温めておく所存。

故に俺は家族を大切に想《おも》っている。その慈悲に心からの祈りを。

そして、俺が認識している家族は母さんと姉さんと雪華さんだけだ。それは俺の中に、家族として一緒に過ごした記憶、時間が存在しているからに他ならない。

双子にはシンパシーがあるとよく言われるが、親子や兄妹ならばどうなのか？

例えば、生まれてから一度も会ったことがない兄妹なら、そこに恋愛感情が発生することもあるのだろうか。或いは、その場合であっても、生物的な本能はそれを否定するのだろうか？　※常に会っているのに、全然否定してくれない姉さんは例外とする。

「夏休みのある日、ランニングから帰ってきた俺は、突如、父親を名乗る怪しげな不審者と遭遇する。夏だというのにワイシャツにネクタイ。詐欺師はスーツを着るという。恐らく名前も偽名だろう。ポンジスキームを警戒し、とっさに通報する俺だったが――」

「誰に説明している？」

「イントロダクションです。今の時代、こういう配慮も必要かと思って」

「誰に配慮が必要なんだ？　それと俺の名前は偽名じゃない」

「そっちの方が俄然《がぜん》嘘くさいな……」

　さて、今、喫茶店で俺の前に座っているこのおっさん。自称俺の父親だと名乗っている凍恋秀《とうれんしゅうぎ》偽という痛い名前の不審者だが、いわんや初対面である。

　もし仮に相手が俺に会ったことがあるのだとしても、それは俺が物心つく前の遥《はる》か昔であり、俺の記憶にこの不審者は存在しない。つまるところそれは、言ってみれば他人でしかなく、血縁関係などというものがあったとしても、そこになんら思い入れも拘《こだわ》りもなければ、父親であり肉親であるというシンパシーなど欠片《かけら》も感じ取ることはできなかった。

「お前は俺のことをどれくらい知っている？」

　不審者の目が鋭く俺を射抜く。おっさんは自意識過剰だった。端的に答える。

「あほちん」

「——ッ！　フッ、まぁいい。桜花《おうか》からすればその通りだろうからな」

　眉間がヒクヒクしている。どう見ても強がっていた。なにせノーリスペクトの相手。

　そもそも俺は母さんからこの男のことを一度たりとも聞いたことがない。俺から父親の存在を問いかけたこともないが、俺にこの男がクソだと教えてくれたのは雪華さんだ。

　といっても、酔った雪華さんがポロッと零しただけで、詳しく話すことはなかった。

　なので俺は二人の間に何があったのかは知らないし、知りたいとも思わない。ただ、母さんや雪華さんが毛嫌いしているので、俺も礼儀として敵視しているだけだ。

「俺は取れるだけの責任を取った。金も家も、名前すら、全てを失ってでも」

「知るか。黙れクズ」

——カランとアイスコーヒーの中に入っていた氷が音を立てる。

「ん？　今何か物凄《ものすご》い暴言を吐かなかったか？」

「気のせいじゃないですか。歳《とし》を取ると段々耳も聞こえ難《にく》くなると言いますし」

「いや、まだそこまで老け込む歳ではないが……」

「勘違いですって。それよりも、貴方《あなた》がここに来た理由は分かっています」

「……なんだと？」

予想外の返答に、おっさんの目が驚愕《きょうがく》に見開かれる。

簡単な推理だ。仮におっさんが詐欺師ではなく、本当に俺の父親だった場合、今になって突然顔を出した理由くらい容易に推察できる。

乳がんの再検診を受けてから、母さんは少し変わった。身辺整理とまではいかないが、もし自分に何かあったときの為《ため》に、姉さんと俺に色々遺《のこ》そうとしてくれている。

以前より健康に気を遣うようになったが、人生何があるか分からない。病気に限らず、事故に遭ったりする可能性も決してゼロじゃない。だからこそ、前もって話し合っておくことは重要だ。それが家族なのだから。だとすれば、答えは一つ。

「ズバリ、相続税と生命保険のことですね？」

快刀乱麻を断つが如く、おっさんの意図を喝破する。

「まるで見当外れだが……」

「さて、帰るか。お腹《なか》も空《す》いたし」

「待て！　勝手に間違えて帰ろうとするな。私の話はまだ終わっていない」

慌てた様子のおっさんに引き止められる。面倒くさいなぁ……。なんなのこの人？

「母さんに用事があるなら、直接伝えてください。俺は関係ないので」

「桜花じゃない。俺は、お前に話があるんだ。……それに、桜花は決して俺と会おうとはしない。会話すら拒否されるさ。フン、門前払いを喰《く》らわなくてよかったよ」

おっさんが自嘲気味に笑う。

「俺に？」

改めて、まじまじとおっさんを観察してみると、その表情には疲れが見て取れる。夏バテの可能性もあるが、憔悴《しょうすい》している理由に答えがあるのだろうか？

「……報いを受けた。それでも、後悔はしていない。することは赦されないだろう。俺がしたことはどうあっても最低のことだ。クズだと言われても、誹《そし》りを免れない。だが、あのときの椿《つばき》には支えが必要だった。傷つき、ボロボロで、自暴自棄になっている彼女を、見捨てることはできなかった。椿も俺も未熟で、すれ違い、互いを見誤った」

「あ、店員さん。アイスコーヒーおかわりください。ついでにかき氷も」

苦悩に満ちたおっさんの独白が続くが、事情を知らない俺には異世界言語に近い。

スマホを開くと、トリスティさんの兄で、銀河系最強イケメンことレオンさんからメッセージが来ていた。澪《みお》さんをデートに誘いたいらしい。デートスポットの相談だった。

本人に聞けばよくない？　顔に似合わず、レオンさんは初心《うぶ》だった。

氷見山《ひみやま》さんからもメッセージが来ていた。ＪＫっぽい制服を着崩し、目元を手で隠した怪しげな写真が添付されている。氷見山さんは全然初心じゃなかった。イメクラ乙
「俺には渇望があった。心の奥底から求めたものが。言葉にすれば陳腐だが、真実の愛だ。全てを捨て、ただ一つ、それだけでよかった。お前達《たち》には悪いと思っている。言い訳はしない。その怒り、憎しみも全て背負おう。どれほど恨まれようとも当然のことだ」

「ルーズソックスが好きかどうか聞かれてもな……。ルーズな必要ある？　暗器でも隠してるの？　そういえば、氷見山さんは女子校出身とか言っていた気がする。こんな妖艶なＪＫがいたら風紀が乱れ放題だろ。まさに人に歴史あり……か」

「そうだ。俺と椿には歴史があった。初めて出会った日、一目惚《ひとめぼ》れだったよ。成就するはずもない、そんな想いを抱えて、それでも俺は諦めきれずに、椿を追いかけた」

俺のことなんかガン無視でおっさんが自分語りしている。スマン、でも興味ない！

「これといって関心ないのですが……」

「俺はお前達を犠牲にした。踏み台にして、自分の幸せだけを求めた。いや、違う。俺がどうなろうが、椿を幸せにしたかった。それが、周囲を不幸にしたとしても――」

絞り出すように、言葉を吐き出す。何を言っているのかサッパリだが、その決断が、おっさんにとって、どれほど覚悟が必要だったのかは伝わってくる。

「因果が報い、結果がこれだ。御託はいい。——単刀直入に言おう」

滾《たぎ》るような熱情。疲労を感じさせない強さを瞳に宿して、俺を見据える。

「あの女はお前を虐待している。雪兎《ゆきと》。——俺と共に来い」


かき氷を食べながら、おっさんの言葉を反芻《はんすう》する。何度反芻しても答えは同じだ。

「え、やだ」

かき氷のシロップはどれも同じ味だという。単に色と香りが異なるだけだ。

昔、雪華《せつか》さんが教えてくれたのだが、そんな雪華さんは、白いシロップを掛けた上に、雪華さんが好きなフレグランスを振り撒《ま》いて、「これで雪華味ね♪」とか言っていた。

雪華さんは美味《おい》しかった。小学生雪兎君の感想です。

「俺はお前のことを徹底的に調べた。これまで、随分と大変だったようだな。大怪我《おおけが》を何度もしている。他人事《ひとごと》のようで腹立たしいだろうが、心配しているのは事実だ。お前の境遇は見ていられない。その選択は不幸を呼び、不幸にする。——まるで俺のように」

不幸を呼び、不幸にする。その言葉が妙に突き刺さった。

心当たりがないかと言えば嘘《うそ》になる。これまで俺は色んな人達を泣かせてきた。

今だって、俺が答えを保留している所為《せい》で、灯凪《ひなぎ》や汐里《しおり》の貴重な時間を奪っている。

それは俺が彼女達を不幸にしているのと、なんら変わりない。

なるほど、俺の体質は遺伝だったというわけだ。

「そしてなにより、桜花はお前のことを――」

「――持て余している、と」

苦虫を噛《か》み締めたような顔になるおっさん。こんな話をしに来るくらいだ。興信所でも使ったのか、ある程度は把握しているようだ。母さんに疎まれている俺なら納得するはずだと、そう思っているのだろうか。実際のところ、それに関してはその通りだ。

けれど、俺は堕落してしまった。いつからこんな甘ったれたことを考えるようになってしまったのか。疎まれていてもいい。それでも、母さんとも姉さんとも少しだけ仲良くなれた。一緒にいて欲しいと、そう言われて嬉《うれ》しかった。

少し前までは、俺はいつだって家から出るつもりでいた。母さんに疎まれ、姉さんからは嫌われ、俺の居場所はあの家になかった。――そう思い込んでいた。

でも、そうじゃなかったんだ。俺の部屋がリフォームされているのは、母さんや姉さんに邪《よこしま》な感情があるわけじゃない。俺の居場所を、ちゃんと作ってくれた。

努力、献身、歩み寄り、そして相互理解を深める。そうやって俺達は進んできた。

そこには、紛れもなく愛情があった。不確かでも、確かに。

それは、虐待なんかじゃない。苦しみながら、新しい関係を構築してきた。

あの頃の俺なら、おっさんの言葉を二つ返事で受け入れていたかもしれない。

――でも、今は。頷《うなず》くことはもうできない。かき氷のシロップのように甘い思考。

「貴方の言った通りです。不幸にする選択。これが、そうです。俺が貴方と一緒に行くことを選択したら、きっと、母さんと姉さんが悲しむ」

それくらい自惚《うぬぼ》れたっていいはずだ。それくらい甘えたっていいはずだ。だって俺達は、紛れもなく家族だ。血縁関係があろうが、おっさんは部外者であり、家族じゃない。

信頼に足る時間が、絆《きずな》が、おっさんとの間には存在しない。

「辛《つら》くはないのか？　その選択が怖くはないのか？　自分が原因で、誰かを不幸にすることが、悲しむ姿を見ることが？　孤独の果てに、今、お前は幸せなのか？」

「強欲すぎて罰が当たりますよ。それに俺は、孤独じゃありません」

なんたって、SNSにはフォロワーが二万人いるしな！　やだ、また増えてる!?

それに友達だってべらぼうに多い。今更、陰キャぼっちとか自称すると、テスト勉強してない自慢みたいで鼻につくから、言わないことにしたよ。俺は成長するのだ。

「……そうか、お前がそう言うなら、それでいい。幸せだと言うなら。元より俺に出る幕などない。だが、だとすれば、いや、だからこそ俺にはお前が必要だ」

テーブルに額が付きそうなほど、頭を下げる。必死なおっさんの形相に息を呑《の》む。

「頼む、俺に力を貸してくれ！　お前じゃないと駄目なんだ。尻拭いでしかないことは分かっている。それを子供に頼む愚かさも、全ては俺が原因であり、自業自得だ。なんだっていい。どんな要求だって呑む。気の済むまで殴ってくれても構わない。今更、俺には取り繕う余裕もない。だが、このままでは、椿も祇京《ききょう》も、壊れてしまう。そうなったら、取り返しがつかない。絶望の淵《ふち》から救えるのは、お前しかいないんだ！」

おっさんが詐欺師だとしたら、その演技力は天才的だ。悲痛なおっさんの懇願に、俺はどうしたものかと思案する。さっきからずっと気になっていたことが閃《ひらめ》く。

これ、クエストだ！　いつの間にかクエストが発生している。

おっさんは母さんの客人だと思っていたこともあり、割と話半分に聞いていたのだが、どうやら対象は俺だったようだ。最近見慣れた、よくある典型的なクエスト発生パターンである。誰かしらが俺の元に問題を持ち込み、その解決に奮闘するいつものアレ。

しかも、おっさんの言い分的に、俺を何処《どこ》かに連れていくお使いクエストっぽい。

「まるで事情が分からないんですが、どうして全然関係ない俺なんですか？　困ってるとか言われても、学生の俺にできることなんてないと思うんですけど……」

「当事者であり、元凶である俺の言葉は届かない。それは椿がお前を――」


「――その男と、何を話しているの雪兎？」


ピシリと空間に亀裂が入るように、硬質的な声が空気を切り裂いた。

一瞬、母さんの声であることに気づくのが遅れる。低く、地を這《は》うような冷たい声。

言葉を掛けようとして、口を噤《つぐ》む。これまで見たことがないほどに、別人かと思うほどに、その瞳はどこまでも深く、暗く。現れた母さんの表情は憤怒に染められていた。

◆

「どうするどうするどうする……ヤバい、マジでヤバい、超ヤバい。ヤババババババ」

自室でガチャガチャとキューブ状の立体パズルを回転させる。普段なら一分以内に揃《そろ》うはずが、一向に完成しない。あまりの事態にヤバいも三段活用だ。

未《いま》だかつてない未曽有の危機。だって、あんなに激怒するなんて思わないじゃん。

立体パズルをベッドに放り投げ、俺は惨劇を思い返していた。

喫茶店に現れた母さんは、会社から帰って間もないのかスーツ姿だった。

初めて見る険しい表情。どうにも虫の居所が悪いらしい。

カツンとパンプスを鳴らすと、おっさんの前に仁王立ちになる。

「このおっさんが、母さんが俺を虐待していて必要ないなら引き取りたいと」

「馬鹿、もうちょっと言葉を選べ！……久しぶりだな桜花《おうか》」

「で、どうかな母さん？　俺としてはこれからも一緒に――」

「ふざけないで！」

怒気を孕《はら》んだ声が鋭く響く。近くへとやってきた母さんに手を取られる。

「帰りましょう。そんな奴《やつ》の言うことなんて聞く必要ない。二度と近づかないで！」

「待て！　俺にも親としての面会権があるはずだ。まだ雪兎に話が――」

「貴方は全て放棄したはずよ。二度と顔を見せないと。忘れたの？」

苛立《いらだ》たしげに、母さんが吐き捨てる。

「チッ。……桜花。俺は必ず息子を取り戻す。親権者変更調停の訴えを起こしてでも」

「──地獄へ堕《お》ちろ。クソ野郎」

「そーだそーだ！」

母の威を借る息子としては、後方から援護射撃しておく。首切りポーズと共に。

おっさんに有無を言わせぬまま、母さんに手を引かれて歩き出す。振り返ることすらせず、ただ怒りを身に纏《まと》ったままの母さんと一緒に、言葉少なく俺達は家に帰った。

なんとか対策を練る必要がある。家に着いてからも母さんの機嫌は直っていない。

こう見えて俺は母さんに怒られたことがない。母さんは怒り心頭だ。

だいたい怒られるようなことは何もしていない。これと言って何か悪いことをしたという自覚もない為《ため》、俺から謝るのも変な話だ。心にもない謝罪などするだけ無駄だし。

しかし、母さんが怒っているのも事実。ここはいっそのことゴマをするべきか……。

日本社会は実力がある人間より、上司にゴマをすって気に入られる人間の方が生き残り易《やす》いというが、まったくもって困ったものである。残りは賄賂しか選択肢がない。

そんなことを考えていると、トントンと部屋のドアがノックされる。この家において、ノックするという常識を身に付けているのは母さんだけだ。姉さんはまぁ……。

「なななな、なにかな？」

「少し話がしたいの。そんなにビクビクして怖かったのね。──あの男、許さない」

母さんはお風呂上がりなのかポカポカと上気して色っぽい。まずい、まずいぞ。

しかし、もう考えている時間はない。俺は容赦なくゴマをすることにした。

「最近、母さん綺麗《きれい》だよね。俺としても嬉しいよ」

「そ、そうかしら？　どうしたの急に？」

「※個人の感想です」

「それはそうだろうけど……」

「美人すぎてつらたん」

「ふふっ。私を口説いて何かして欲しいことでもあるの？　今日は貴方《あなた》にも嫌な思いをさせてしまったし、ごめんなさい。お詫《わ》びしなきゃね。いいわよ、何でもしてあげる」

「しまった。何か余計な地雷を踏んだ気がする」

「汗をかいたり汚れちゃっても、もう一度お風呂に入ればいいだけだし」

「怖い怖い怖い！　何する気なの!?」

「それはお話の後に……ね？」

「そんな可愛《かわい》く言われても困るんだけど……。あ、最近だけじゃなくて、いつも綺麗だと思ってるよ。ひょっとして会社で好きな人でもできたとか？」

「……いないわ、そんな人」

ポフンと俺の隣に腰を下ろす。我が家の住民における定位置だ。

「今日、あの男に何を言われたの？」

「あの場で言った以上の話なんてなかったよ。俺を引き取ろうかってだけ」

「あの男がそう言ったの？」

「そうだね」

クエスト内容を詳しく聞きそびれたが、概《おおむ》ねそういう認識で間違いはないはずだ。

母さんの顔が分かり易く怒りに染まり、そしてすぐさま悲しげになる。

「これまでにも会ったことあるの？」

「初めて会ったけど、今更出てこられても他人と変わらないよ」

「ごめんね。本当だったら、ちゃんと話してあげるべきだったよね」

「あんまり興味ないからいい」

母さんとの間に何があったのか、聞いたところで今更だ。父親だと名乗られても今更なのと同じように、過去は過去でありどうすることもできない。

どうにも母さんが気にしているようなので、おっさんの話を思い出しながら事細かに伝える。俺を調べていたこと、椿《つばき》という人物が苦しんでいること、そしておっさんが助けを求めていること。母さんなら、何か事情を知っているかもしれない。

「なによそれ。利用したいだけじゃない。それに椿って、あの男の……」

「俺としては、母さんの意に従うよ。これまで随分と迷惑かけたしさ」

俺は我が家に残留希望だが、母さんが移籍希望ならしょうがない。潔く従うまでだ。

「嫌だよ。……貴方は、あの男のところに行きたいの？」

「そういうわけじゃないけど……」

「絶対に行かせないから。これまでみたいに一緒に暮らそう？　それとも私が嫌？」

母さんの視線が不安げに揺れる。まるで媚《こ》びを売るかのように甘く優しく縋《すが》られる。

ただでさえ真横に座っていて距離が近いが、更に身体《からだ》を寄せられゼロになる。

母さんの手がゆっくりと頬を撫《な》で、吐息すら感じられるほど距離が近づく。

「子供を要らないなんて思うはずないでしょう？　もし、あの男のところに行くなら、私から奪おうとするなら、貴方にそんなことを吹き込んだあの男を殺す」

「大げさだよ」

えぇぇぇぇぇぇぇ、嘘《うそ》だよね!?　嘘だと言ってよ桜花ちゃん！

発言が物騒すぎてビビッてしまう。ハイライトの消えた瞳が、それが嘘ではないのだと言っているような気がしてならない。母さんの身体が小刻みに震えている。怒りを抑えているのか、悲しさによるものなのか、今は夏だ。寒いからというわけではないだろう。

どうしていいのか分からず、とりあえず落ち着かせようと背中を摩《さす》る。

「行くなと言ってくれるなら行かないよ。それでいいかな？」

「やっとこうして話せるようになったのに、またいなくなるなんてもう耐えられないの。私が悪いのは分かってる。貴方のことを蔑《ないがし》ろにしてきた。償わないまま離れたくない」

また泣かせてしまった。このままだと履歴書の特技欄に母親を泣かせることと記載する日も近い。だが、なによりも気になることがあった。少しだけしょんぼりする。

「――母さんは罪だと思っているから、一緒に暮らしたいの？」

「ちがっ、違う！　それは違うわ。勘違いさせてごめんなさい！　そうじゃないの。そうじゃなくて、私が貴方と一緒にいたいと思っているから――」

「分かった、分かったから、もう少し力を……胸の弾力が……」

「私と悠璃《ゆうり》と雪兎《ゆきと》の三人で暮らしたいだけ。……私は、私の為に貴方を利用したいわけじゃない……。贖罪《しょくざい》の道具になんてしない。あんな奴と私は違う！」

「なんで膝の上に乗ってきたの!?　母さんお尻も柔らかいね。あ、ヤベ」

本音がダダ洩《も》れだった。そのまま身を乗り出しギュウギュウと抱きしめられる。

ぬぉぉぉぉおお、前門の胸、後門の尻。俺の理性がクライシス！　ド変態か俺は。

「弁護士に連絡して、接近禁止命令を出してもらいましょうか。貴方にも、悠璃にも近づかせない。あの男には、貴方が気に掛ける価値なんてない」

俺が思っている以上に、根の深い問題を抱えているようだ。遺恨とでも言うべきか。

でも、おっさんの様子は、そう簡単に諦めるようにも思えなかった。これほど母さんに嫌われているのに、それでも顔を出した以上、それ相応の目的と覚悟があったはずだ。

「結婚って、幸せになる為にするものだと思ってた」

そんな言葉が、自然と口をつく。互いに好意を持ち、同じ道を歩むことを決めて、伴侶になった。幸せになりたくて、結ばれたはずなのに。

「……醜いね、私達《たち》は。恋愛結婚だったら、もう少し違っていたのかな」

「好きじゃなかったの？」

「……どうかな。それでも、変わらなかったかもしれない。結局、あの男は誰であっても不幸にするから。……椿。彼女だけしか、あの男の目には映っていない。あの男の世界にあるのは、それだけよ。巻き込まれた周囲はただ迷惑なだけ」

「困ってるらしいよ。なんか助けが必要なんだって」

「いい気味よ。……でも、やっぱり雪兎は優しいね。あの男とは正反対。貴方が見ている世界の中には、大勢の人がいる。いつだって幸せをくれて、照らしてくれる。貴方は、好きな人ができたら、ちゃんと愛してあげて。貴方にはそれができるから」

「そうかな？」

「そうよ。だって今、私は幸せだもの」

俺は卑怯《ひきょう》だ。俺だって、おっさんと大差ない。不幸を振り撒《ま》いて、その度に涙を見てきた。母さんだって沢山泣かした。姉さんも泣かしたし、灯凪《ひなぎ》や汐里《しおり》だって。氷見山《ひみやま》さんや三条寺《さんじょうじ》先生もそうかもしれない。泣き顔ばかりを思い出す。

足掻《あが》いてきた。でもそれは、ヤンキー子犬理論だ。素行の悪い人が、少し良い行いをしただけで殊更評価されているだけの。本来なら俺は褒められるような人間じゃない。

俺と彼女達の関係は、いつからか対等ではなくなっている。ただただ俺が有利なだけの卑劣な関係。一方的なゲーム。罪悪感を盾にセクハラやパワハラだってし放題だ。

俺が何かを求めれば、彼女達は受け入れざるを得ない。本人の意思とは裏腹に。

だから、俺は彼女達に手を出してはいけない。出すことができない。

でも、それは、そんなものが『恋』なのだろうか？

ようやく俺は気づく。

俺が灯凪を好きだったのは、俺達が対等な幼馴染《おさななじみ》だったからだ。一切の気兼ねなく俺達はただ同じように時間を共有していた。特別な幼馴染との公平な関係。

恋愛はフェアじゃないといけない。そうじゃないなら、それは『依存』だ。

おっさんは椿という人の為に全てを捨てたと言っていた。でも、こうして俺達の前に姿を現した。おっさんは、捨てきれてなどいないのだ。大きな矛盾を抱えている。

どうすればいい？　俺は彼女達に何ができる？　できることなどあるのだろうか？

俺がトラウマを与えた女子達を救うことが、当事者である俺に可能なのか？

彼女達は俺に赦《ゆる》しを求めている。でも俺は最初から赦していて、彼女達を赦していないのは彼女達自身だ。だから思う。


その気持ちは「恋」か「罪」か？

◇

「どうしたものかしらね……」

大きく息を吐き、椅子に腰を下ろす。今日も彼と出会えた。とても素敵な一日。

偶然、書店で出会った雪兎君は、不動産について書かれた本を何冊も抱えていた。

カフェで話を聞くと、母親である桜花《おうか》さんが、自宅の購入を検討しているらしい。

だからと言って、自分で不動産から勉強し始める辺り、その行動力には驚かされる。

じんわりと汗で蒸れた肌をタオルで軽く拭った。先にお風呂にしようかな？

少しはしゃぎすぎたかもしれない。近頃は充実している。毎日が楽しい。生きているという実感。またこんな風に感じられるようになる日がくるなんて思っていなかった。

夕飯の準備をする気にもなれず、持て余した感情の置き場を模索する。

楽しい時間はいつだって過ぎ去るのは一瞬で、後には寂しさばかりが残る。

部屋に戻れば、こうして独りの憐《あわ》れな女がいるだけ。

テーブルの上に置かれた二つのマグカップ。そっと手に触れてみる。無機質な陶器の冷たさが心地よかった。お揃《そろ》いのマグカップを使うのが待ち遠しい。

ふと、我に返る。私はいったい何をやっているのだろう。

彼との時間を楽しいと思っていた？　赦されたと勘違いしていた？

彼は私のことを憶《おぼ》えていない。なら、それでいいじゃない。

未熟で愚かな教育実習生だった氷見山美咲《みさき》ではなく、ただの隣人として、新しい関係を一から築く。それもまた一つの答えかもしれない。

「やっぱり、私は教育者の器じゃないわね……」

涼香《すずか》先生は、雪兎君に明かした。その上で真摯に謝罪した。なかなかできることじゃない。恐怖だったはずだ。もう一度、挫折してしまうかもしれない。それでも、彼女は前に進むことを選んだ。涼香先生は今でも私の憧れた教育者を貫いている。

何処《どこ》かで、自分が誰かを告げずに過ごすことに心苦しさを感じていた。騙《だま》したままでいることに、嘘の自分でいることに。もし彼が後から知ることになればそのときは――。

あの頃の雪兎君と今の雪兎君。

「私はまだ、雪兎君にとって敵？　それとも――」

あの後、私が学校から去ってからも彼は彼のままであり続けた。

彼のことが気になっていた私は定期的に涼香先生と連絡を取り合っていたが、その顛末《てんまつ》はあまりにも悲惨なものだった。誰にとっても、地獄が待ち受けていた。

彼は結局、進級するまで教室内の誰とも会話しなかった。担任の涼香先生とも。

そしてあらゆる行事にも参加しなかった。運動会、合唱コンクール、遠足。何一つ。

運動会、本来なら彼はリレーの選手に選ばれてもおかしくないタイムだった。

クラスメイト達もそう認識している。だが、彼は何も言わない。どの競技に自分が参加するか一切決めない。そして誰も彼に何も言えない。仕方なく涼香先生がリレーの選手に決めたが、運動会の当日、彼は姿を見せなかった。

雪兎君の活躍を見ようと応援に来ていた桜花さんはただ茫然《ぼうぜん》としていたらしい。

彼は一人でクラス全員を無視していた。

それは全員で一人を無視するような虐《いじ》めと同じようでいて対極にある。クラスメイト達と協力して何かを成し遂げる。彼はそれを全て否定した。理由は簡単だった。自ら言っていたことだ。彼にとってはクラスメイトではなく敵。同じクラスの仲間として協力することなどあり得ない。極めて簡潔な結論。至極当然。何処までも分かり易《やす》い。むしろ素直とさえ言えるかもしれない。何も間違っていない。まるでガラスのように透き通るほどの純粋さ。

けれど、どうしても疑問に思ってしまう。

人はそんな風に生きられるのだろうかと。

それほどまでに極端に、ましてやあれくらいの子供が、どうしてそこまで割り切れるのか。幾ら考えても、彼の出した簡潔な結論とは裏腹に、その内面についてはまったく分からなかった。隔絶した精神性。そのことが、とても悲しい。

分からないまま時が過ぎ、もう会うこともないと思っていたのに。

出会ったのはただの偶然。彼が私のことを憶えていなかったことも含めて、本当にどうしようもない神の悪戯《いたずら》とでも言うしかない。

時間が解決してくれるとはよく言うが、時間が経《た》てば赦されるのだろうか？

――その審判を下すべき存在を騙したままで。

彼に近づいてみて分かったことがある。

雪兎君は誰も必要としていない。

私がどれだけ手を伸ばしても、どれだけ近づこうと距離を詰めても、彼から手を伸ばすことはない。彼が何かを求めることはない。彼は何も望まない。

少し前に彼が停学処分を受けた。私はそれを聞いて居ても立ってもいられなくなり、彼を助けようと手を伸ばした。怖かった。許せなかった。また、誰かが彼を傷つけようとしていることが。強い憤り。そんなこと絶対にさせない。

でも、冷静になってみれば、彼なら私が何かをしなくても自分で解決したはずだ。

彼はそんな処分さえ何も気にしていなかった。憤る私の心境とは正反対に、まるでそんなこといつも通りだと言わんばかりに平然としていた。

私はそこでやっと理解する。長年抱き続けていた疑問の答え。

雪兎君は、あまりにも傷つけられることに慣れている。

まるでそれが日常とでも言うかのように。

けれど彼は屈しない。どうやって得たのかまでは分からないが、信じ難いほどに強靭《きょうじん》なメンタル。彼は自らを研ぎ澄ました。悪意に立ち向かうために、触れるものを傷つける刃物のように。ジレンマを持たないヤマアラシ。

だからこそ思う。彼が誰も必要としていなくても、彼には鞘《さや》が必要だ。

敵ではない味方が。裏切らない存在が。私はそうなれなかったけれど。

彼を停学処分に追い込んだ当事者が私の元に慌てて謝罪に来た。

真っ青になり、この世の終わりだというような悲愴感に満ちた表情を浮かべて。

当事者なのにおかしいよね。被害者は本来なら彼のはずなのに。

話を聞くだけで内心苛立《いらだ》ちを抑えきれなかった。聞けば聞くほどに愚か極まりない。

彼は直接的にも間接的にも何も関与していない。関係ないままに一方的に巻き込まれただけだった。過失など欠片《かけら》も存在しない。――当時の私がしたことと同じだ。

ただただ無関係な雪兎君を貶《おとし》めた。

けれど、その後の顚末は私と同じようにはならなかった。

彼は赦した。彼が大人の対応をした？　そうかもしれないし、違うかもしれない。

雪兎君が直接動いていたら、誰もが傷つく結果になっていた可能性もある。なんとか丸く収まったのだとすれば、私がやったことが無駄ではなかったのかもしれない。ほんの少しだけでも彼に貢献できたのだろうか。彼に手を伸ばせたのだろうか。

「独りは寂しいものよ……雪兎君」

彼はそんなこと微塵《みじん》も思わないのかもしれない。

けど、私には無理だ。さっきまで一緒にいた時間は本当に楽しかった。

人との触れ合いは癒しとなり、心を温かくしてくれる。長らく一人暮らしだからというのもあるのかもしれない。引っ越したばかりで知り合いが少なく、気を張っているのもあるかもしれない。恐らくそれら全てが理由のはずだ。

子供が好きで、子供に恵まれず、子供から否定され夢を失った。

引っ越しをしようと思ったのは少しでも気分を変えたかったから。心機一転、過去を振りきるつもりだった。これまでとはまったく違う道に進もうと考えていた。

でも、雪兎《ゆきと》君に再会したことで私はもう一度だけ過去に向き合うことにした。彼と再会しなければ、塾の講師をやろうなどと決して思わなかっただろう。教師にはもうなれないけれど、少しでもあの頃のように前向きになれたなら……。

「君は赦してくれる？」

騙し続けるのは、隠し続けるのはもう限界だった。

針だらけのヤマアラシに近づいて傷だらけになったとしても、私は彼をもっと知りたい。知らなければならない。何も知ろうとせず、聞こうとせず傷つけたあの日の過ちを繰り返さない為《ため》にも。――だからね、雪兎君。私に、勇気をください。

――ブルル
ふいにテーブルの上に置いていたスマホが震える。

メールの送り主を確認して眉を顰《ひそ》める。先日、電話を掛けてきた用件だろうか。

海原幹也《うなばらみきや》。老舗「海原旅館」の跡取り。私とは縁の深い人物だが、同時に縁の切れている人物でもある。もう十年以上会っていない。何もかも忘れかけていたくらいだ。

別れてから交流などまるでなかった。あるのは、苦く苦しい記憶。

彼もまた私の過去の一つだが、雪兎君と決定的に違うのは、その過去は既に清算されている。今更になって元婚約者がいったいなんの話があるというのだろうか。

貴方は私を捨てたはずなのに――。

◆

昨夜、九重《ここのえ》家で開催された『ワンタッチ・ブラホック外し選手権』で見事優勝した俺だったが、ゴールドフィンガーの称号は有難く返上しておいた。いらんがな。

ルールが厳密に設定されており、2サイズ下までしか着用できないはずだが、やたら窮屈そうな胸元で現れた雪華《せつか》さんに疑惑の目が向けられた。抗議の声が上がるものの、そもそも審判など存在しないこともあり、最終的には全員ルール違反しまくりの無法痴帯と化していた。母さんなんて外す前から弾《はじ》け飛んでいた。パンッ　ブルンッ
来週、開催される競技は『ガチ恋にらめっこ』だ。

互いに至近距離で「好き」と告白しながら見つめ合い、恥ずかしくなって先に目を逸《そ》らした方が負けという極めて甘酸っぱい競技だ。未《いま》だかつてにらめっこで負けたことがない俺が勝利するのは確実。我慢できなくなり、襲い掛かってキスとかしたら負けらしい。

なにそのルール、そんな無謀な行動なんて誰もしないっての。キャハハハハハハハ
それにしても、定期開催されるこの謎の競技。いったい誰が考えてるんだ……。

毎回毎回、雪兎しか勝たん！

現在、十冠。永世九重王とは、この俺、九重雪兎のことである。

「というわけで、『九重家ワクワクマイホーム計画』について会議を始めます」

母さんと姉さんがパチパチと拍手してくれる。司会進行役は俺です。

リビングには各種資料とホワイトボードが用意してある。

「最近、ずっと考えていたの。親として何を遺《のこ》してあげられるんだろうって。あの男はゴミクズだけど、私だって、貴方《あなた》に辛《つら》い思いをさせてきた。素敵な思い出を作ってあげられなかった。親らしいこと何にもしてあげられなかったよね。ごめんなさい」

優しく抱きしめられる。俺みたいな不良債権が何不自由なく生活できている時点で、母さんになんら過失はない。謝罪すべきは俺という存在そのものなのに。

「いつか子供達《たち》は私の元から巣立っていく。そんな貴方達が安心して帰ってこられる場所を作ってあげたいの。困ったとき、辛いことがあったとき、いつだっていい。そこに私はいるから。そこで貴方達の幸せをずっと願っているから」

溢《あふ》れんばかりの愛情に、自分が嫌になる。母さんから疎まれているなどと思っていた俺はクソだ。あのオッサンのように、俺は母さんを不幸にし続けてきた。

「マンションが実家なのは、なんだか少し味気ないでしょう？」

潤んだ瞳を拭って、母さんが、そう悪戯っぽく笑う。

「ま、実家に帰らせていただきますって鉄板よね」

実家。そうか、母さんは俺と姉さんに実家を作ってくれようとしている。

それにしても、夫と喧嘩《けんか》して実家に戻る悠璃《ゆうり》さんなんて想像できない。どちらかと言えば、悠璃さんにギャン泣きさせられて家出するのは旦那の方じゃない？

「アンタ、二時間耐久ベロチューね」

「何も言ってないのに!?」

あまりに過酷な拷問が科せられる。ジュネーブ条約は適用外だ。呼吸困難不可避。

「もう、悠璃!」

姉さんの暴挙に、見かねた母さんが待ったをかける。一生ついていきますママ!

「一時間になさい。後が閊《つか》えてるんだから」

「順番待ちするのやめてもらっていいですか?」

姉さんが「しょうがないか」みたいなことを呟《つぶや》いている。何が? ねぇ、何が?

「ベロチューは後でするとして、それで、このマンションはどうするの?」

「そうね。頭金にしてもいいし、悠璃か雪兎が将来、誰かと一緒になったときの住居にしてもいい。私が独立したらオフィスとして使う選択肢もあるし、どのみちローンだってないもの。どうするかはこれから考えましょう。すぐに引っ越すわけでもないし」

そう、このマンション。賃貸ではなく母さんが新築で買ったものだ。3LDKなので全員分個室もあり相当広い。ローンの残債だってない。

幾ら母さんがバリキャリだと言っても一括購入は大変なはずだが、そこで登場するのがあのおっさんだ。母さん曰《いわ》く、おっさんの愚行に激怒した義父母と、おっさんが言っていた椿《つばき》という女性の両親から、途方もない額の慰謝料が支払われたらしい。無論、おっさんも多額の慰謝料を支払うことになった。それがマンション購入の原資になっている。

そんなわけで、まだ築年数も浅く十分に資産価値がある。大規模修繕も控えているが、インフレ状況を加味しても、売却すれば購入時と同程度の価格にはなるはずだ。

「なら、私と雪兎の新居でもいいわけね。一緒に爛《ただ》れた性活しようね」

「しません」

「それはダメよ。私だけ除《の》け者《もの》にされたみたいで寂しいでしょう」

悠璃さんとの二人暮しとか、子供部屋が幾つあっても足りない。

「ほ、ほら。マンションのことはともかく、家のことを決めていこうよ！」

「ごめんなさい。脱線してしまって」

「まずは建売住宅にするか注文住宅にするか、母さんはどっちを考えてるの？」

ホワイトボードにそれぞれのメリット・デメリットを記載していく。

建売とは、文字通り住宅を建てた状態で販売される家のことだ。完成品を購入するだけなので、契約が済めばすぐにでも入居できる。工期を待つ必要がなく、価格も安いのが特徴だ。当然だが、住宅性能や間取りに関して要望が反映される余地はない。

一方、注文住宅は文字通り一から全てを決めていく。煩雑で時間もコストも大幅にかかるが、その分、カスタマイズ自由で理想の家が建てられる。まさに一軒家の醍醐《だいご》味《み》だ。

「注文住宅かな。やっぱり憧れもあるし、貴方達も要望があったら教えて？」

母さんは茨の道を選択した。ハードルが山積みだ。決めることも膨大にある。

俺は真っ先に思い付いた案を挙げる。このタイミングしかない！

「昨今、セキュリティ意識が高まる中、自室にも鍵が必要ではないかと」

防犯上の観点からの指摘だ。無下にすることはできまい。フハハハハハハ
「やれたらやるね」

「信憑性《しんぴょうせい》の欠片もない返答ありがとう」

どうやら実現する可能性は極めて低い。PCのパスワードをディスプレイに貼り付ける中高年管理職並のセキュリティ意識の欠如だ。

「ゆったりしたお風呂好きだし、二人で入れるくらいのサイズにしたいかも」

姉さんの要望に、大手ハウスメーカーと工務店から取り寄せた資料を確認する。

「彼氏と同居でもするの？　それとも赤ちゃんと入浴とか介護を想定——」

「は？　アンタと一緒に決まってるでしょ」

「!?」

「そうね。光熱費は掛かっちゃうけど、足を伸ばせればリフレッシュできるし、一緒に入れるような広々としたお風呂にしたいかな」

「母さん再婚予定とかあるの？　三人目とかまだ全然アリな年齢だと思うし」

「何言ってるの。貴方と一緒に入るの」

「!?」

そろそろ驚き疲れたので、あえてツッコミを避けた。鋼の忍耐力の賜物《たまもの》です。

「……なるほど。ユニットバスが主流で一坪より大きくなると、規格が１６２４とか色々

あるのか。造作風呂なら素材も広さも完全オーダーメイドなんだって」

思わず唸《うな》る。浴室だけでも奥が深い。これをトイレ、キッチン、リビング、寝室、外壁、水回り、断熱、外構と、全て決めていくと、どれほど時間が掛かるか分からない。

しかし、俺は欠陥住宅を許さない男、九重雪兎である。デザインより機能性重視で設計し、工事中には職人さんに缶コーヒーやアイスの差し入れだって欠かさないつもりだ。

「そうだ、お風呂の一画をマジックミラーにするのはどうかしら？　アンタだって、私が入浴中に覗《のぞ》きたくなることくらいあるだろうし」

「あって堪《たま》るか」

一ミリも理解できない姉さんの提案につい我慢ならずツッコミを入れてしまう。

「覗きたいか、覗きたくないと言いながらも本心では覗きたいか、どっちなの!?」

「覗きたいです」

「悪い子ね。楽しみに待ってなさい」

「はい」

負けたよ。俺の負けだ。母さんが麦茶を飲みながら呆《あき》れている。最近、暑いよね。

「貴方達はもう……。他には、一階にはリビングと、和室も欲しいかな。収納にウォークインクローゼットがあると便利だと思うわ。二階は、雪華も住むことになるかもしれないし、部屋が四つは欲しいわね。屋根裏とかもあると嬉《うれ》しいな」

ウットリ理想を語る母さんのプランを実現すべく、大雑把に間取り図を書く。

「主寝室はアンタの部屋ね」

「懲りずにまた占拠するつもりとは恐れ入った」

八畳以上を想定っと。庭はどうだろ？　ガーデニングやバーベキューに利用したり、あると便利かもしれないが、雑草の駆除など管理は面倒になる。

「四人家族の一軒家だと、四〇坪くらいは欲しいかな。二〇〇平米以上だと固定資産税が増えるから、六〇坪未満の家にするのが最適らしいよ」

駐車スペースを確保したり、お風呂やリビング、寝室をゆとりある広さにする場合、四〇坪より大きい方が好ましい。しかし、それは極めて重大な問題を孕《はら》んでいる。

「価格はともかく、土地を見つけるのが大変そう……」

調べてみるが、地方なら二〇〇平米くらいの土地は幾らでも見つかるし価格も安いが、如何《いかん》せんこの近辺だと一〇〇平米以下の土地も多く、かなり高額だ。

都心部はマンションが多いのも頷《うなず》ける。まずは土地を確保しないと。

「私も、会社で相談してみようかしら」

自然と気合が入る。これは、重大な任務だ。俺は当代の九重家当主である。

これまで、母さんを泣かし続けてきた大罪人の俺にとって、その愛情に報いるなら、母さんの憧れを叶《かな》える。それこそが、俺が果たすべき償いであり、責任とも言える。

母さんは、既にこのマンションを用意してくれた。いるべき場所を作ってくれた。だったら、これから実家を作るのは俺の役目だ。俺が挑むべきミッションだ。

ガシッと、母さんの両肩に手を乗せる。あ、ポロリ。

「どうしたの雪兎《ゆきと》？」

「家は俺が建てるよ。五代前の九重家当主、九重迦羅奢朧《がらしやおぼろ》丸《まる》も、『家は家族の柱だ』って家訓を残してたし、それまで母さんと姉さんは理想のプランを考えておいて！」

「ご先祖様も粋なものね」

軽く計算した結果、土地と上物合わせて二億は用意する必要がある。下限でも最低五千万だ。郊外の土地を選ぶならガクッと下がるが、その辺も含めて今後要検討だろう。

俺は一切の妥協を許さない。母さんと姉さん（ついでに雪華さん）の要望を全て叶える理想のマイホームを必ず俺が実現させる。それが男の甲斐性《かいしょう》であるからして。

「九重家の当主たる俺に任せて欲しい！」

「へー。我が家に当主システムとかあったんだ」

悠璃さんが変なところで感心していた。

「最近ちょっと腑《ふ》抜《ぬ》けた日々を過ごしてたから、俺の人生これくらいハードじゃないと落ち着かなくて。大聖母の母さんに三十五年も住宅ローンを背負わせてなるものか！」

ほら、どうした？　遠慮なくかかってこいよ変動金利！

「あぁ、貴方はどうしてそんなに……」

また抱きしめられてしまった。そろそろ俺に飽きる頃だと思いながら早数ヶ月。

「えっと、母さん？　どうしたの？　これっていつものパターンなんじゃ――んん！」

「ちょっと、私が先でしょ。割り込まないで！」

酸欠で意識が朦朧《もうろう》とする中、俺は金策について頭を働かせるのだった。

◇

「――というわけで、齢《よわい》十六歳にして借金二億になった。笑える」

「サラリーマンの生涯年収が三億円なのにパワーワードすぎるよお兄ちゃん！」

ワンピース姿の灯織《ひおり》ちゃんが「すごー！」と目をまんまるにして驚いている。

この辺、姉妹だけに何処《どこ》となく灯凪《ひなぎ》ちゃんの面影がある。

「できれば二十歳までに稼ぎたいんだよね」

「普通はそこから稼ぐんだよお兄ちゃん!?」

善は急げだ。既にマイホーム計画は始動している。俺が成人するまでチンタラ待ってはいられない。今は絶好の好機。数年前から続いたウッドショックが徐々に収束しつつある。半面アイアンショックは終わりが見通せないこともあり、今後、住宅価格は更に上昇していく懸念がある。兵は神速を尊ぶというが、家もまた然《しか》りである。

「お兄ちゃん、今日はありがとう。このグラス、大切に使うね！」

ニッコニコの灯織ちゃんが太陽にグラスを翳《かざ》すと、光が反射して七色に煌《きら》めく。

江戸切子体験に向かおうとする俺に、灯織ちゃんから「相談がある」と連絡があったのは、つい数時間前のことだ。どうせならと江戸切子体験に誘ってみた。

灯織ちゃんも楽しんでくれたのか、感慨深そうにグラスを眺めている。自分で加工しただけに感動もひとしおだろう。家族へのお土産に江戸切子を買った帰り道、ショッピングモールのフードコートで休憩がてら灯織ちゃんからの相談を聞くことにする。

「ひなぎーぬは元気?」

「あー。なんか改稿？　作業とかで忙しそうにしてるよ。寝不足で髪もボサボサだし、毎日深夜までウンウン唸ってるんだ。今のお姉ちゃん、めっちゃブス」

悪気なく辛辣な灯織ちゃん。少し前まで灯凪は灯織ちゃんから絶交され関係は最悪だったので、未《いま》だその蟠《わだかま》りが残っているのかもしれない。

「そうだ！　お兄ちゃん、後で家に来ない？　お兄ちゃんに今の姿見られたら、お姉ちゃん全身からあらゆる体液を噴き出して悶死《もんし》すると思う。引導を渡しちゃおう！」

「それはそれで見てみたいけど、茜《あかね》さんが怖いから無理かな」

「えー」

不服そうな灯織ちゃんには悪いが、俺にできるのは姉妹仲改善を願うことだけだ。

灯織ちゃんが「内緒だよ？」とか言いながら、盗み撮りしたのか、現在の灯凪の写真を見せてくれる。俺はひなぎーぬの名誉の為《ため》に黙っておくことにした。強くイキロ。

「お兄ちゃん、改めてありがとう。お姉ちゃん、前よりずっと明るくなったの。家でも笑うようになったんだ。お父さんもお母さんも安堵《あんど》してた。お兄ちゃんがいなかったら、まだ塞ぎ込んでいたはずだから。……全部、お姉ちゃんの自業自得だけど」

「どうかな。灯凪は強いよ。少なくとも、俺なんかよりもずっと」

ただ一途《いちず》に想《おも》いを研ぎ澄ませた。石を穿《うが》つほど、極限まで心を擦り減らして。

俺がしたことは、その危うさにブレーキを掛けただけだ。灯凪は、全てを捨てようとしていた。俺を追いかけて、俺だけを見ていた。でも、それは幸せとは程遠い。

そういえば、最近もそんな話を聞いたばかりだ。全てを捨て、しかし、それでも欲しいものは得られなかった、そんな愚かな男の話を。

「お姉ちゃんが小説を書き始めたのも、お兄ちゃんが勧めたんだよね？　私ね、お兄ちゃんが考えていること、なんとなく分かる気がする。お兄ちゃんは――」

灯織ちゃんがその先を口にすることはなかった。昔からそうだが、灯織ちゃんは共感能力が高く、感情の機微に敏感な聡《さと》い子だった。

「本当はさ、答えなんて、とうに出てるんだ。逃げているわけじゃない」

「お兄ちゃん……」

灯凪に小説を勧めたのも、汐里《しおり》を女バスに派遣しているのも、本質は同じだ。

一心不乱に、時に破滅しそうなほど一途な彼女達《たち》の目を他に向けさせたのは、俺にできることがそれしかないからだ。彼女達がその提案を受け入れたのは、心の何処かでそれを察しているからなのかもしれない。彼女達の告白に対する俺の答えを。

告白されて受け取ったボールに、想いを込めてパスをする。

俺は、彼女達の想いに応えることができない。少なくとも、今の俺には。

だが、告白されて断った。それで全てが終わるほど俺達の関係は単純じゃない。

断ったからといって、彼女達は決して諦めない。それはまるで千日手のように、局面が進展しない堂々巡りを繰り返す。だから、違う道が、新たな可能性が必要だった。

「俺にできることなんて、何もないよ」

俺は無力で、答えを受け入れるかどうかは彼女達次第だ。

「ううん。そんなことない。そんなことないよ！　お兄ちゃんにしかできないことが沢山あって、だからお兄ちゃんの周りはいつも賑《にぎ》やかで、私達はそれが眩《まぶ》しくて、少しでも近づきたくて、追いかけるの。だって、お兄ちゃんは、頼れるお兄ちゃんだもん」

灯織ちゃんの信頼が重くのしかかる。分からない。その糸口すらも。

どうすればいい？　俺に何ができる？　既に提示されている告白への回答。

断ることで関係が変わるなら、それは当然のことだ。他の誰かと結ばれるのなら素直に応援しよう。でも、決して諦めないなら？　そこに解決策など存在するのか？

複雑に絡み合い解けない難問。いつか、解ける日がくるのだろうか？

ぼんやり思い悩んでいると、灯織ちゃんが、意を決したように口を開く。

「――お兄ちゃん。お願い、私の友達を助けてあげて！」

第二章「真夏のイントルーダー」

The girls who traumatized me keep glancing at me, but alas, it's too late.

——溶け出していく。

凍り付いていたはずの日常が。変わらないと思っていた毎日が。

諦めていた。夢は叶わず、願いは実らない。

冷たく冷え切ったまま、私の時間はとうに止まっていたはずなのに。

いつしか感情は目減りし、心から笑うことも悲しむことも減っていた。

未来を見失い、もう随分と無為に生きてきた。きっとこれからもそうなのだと、そんな事実を当たり前に受け入れて。それなのに。たった一つの出会い。

いや、〝再開〟。

迸《ほとばし》るような熱が、じわじわと私を溶かし、停滞していたはずの日々が加速していく。

氷河期に起こった急激な気候変動。ダンスガード・オシュガー・サイクル。

まるで、そんな荒れ狂うほどの変化が私に訪れていた。

氷河期を終わらせたのは、海中に閉じ込められていた二酸化炭素だという。そしてそれを引き起こしたのは海流らしい。——私の人生に、うねりが起こっていた。

ぐつぐつと滾《たぎ》るような熱。彼との再会が私に変化をもたらした？

だとしたら、この熱は、きっと私の中に眠っていたもの。私が閉じ込めていたもの。

諦めて、捨てたと思っていた。でも違った。私にもまだあったんだ。

海中に閉じ込められていたCO_2のように、私の中にも、そんな熱が残っていた。燻《くすぶ》っていた。いつか氷を溶かす日がくることを、じっとじっと、心の奥底で待っていた。

分厚い氷が解けていく。氷河期が終わろうとしていた。

もう一度だけ、夢を見ても、願いを追い求めてもいいのかな？

氷解する時間。止まっていたはずの私。

——ギギギと錆《さ》びついた音を立てて、時計の針が動き出した。


「久しぶり……だな。元気にしていたか美咲《みさき》？」

「ええ、元気よ。幹也《みきや》さんは少し疲れているように見えるけど」

文字通り見たままの感想。最初に出た言葉は、再会の喜びではなく体調の心配だった。それだけ自分達が歳《とし》を取ったということなのかもしれない。がむしゃらに生きていたあの頃とは何もかもが異なっている。過ぎ去った時間の長さに、思わず追憶に耽《ふけ》る。

玄関口から中に迎え入れる。もう会うことはないと思っていた。そんな相手が目の前にいることにどうにも慣れなくて、居心地の悪さを感じてしまう。

久しぶりに会った元婚約者、海原《うなばら》幹也は、仕事で忙しいのか、何処かやつれたような表情をしていた。記憶にある顔は、もっと精悍《せいかん》で溌剌《はつらつ》としていたように思ったが、彼も彼で色々あったのだろうと納得しておく。いちいち聞くつもりもなかったが、こうして再会してみれば、彼と過ごした懐かしい日々の思い出が蘇《よみがえ》ってくる。

老舗、海原旅館の現社長。あの頃は、まだ見習いだったけど。

女将《おかみ》の息子だが、彼は既に結婚しており、その相手が現女将のはずだ。別れて以降、詳しいことは知らないが、彼の母親は大女将ということになるのだろうか。

私がそう呼ばれることもあったのかしら……。今となっては想像すらも難しい。

かつてそんな未来があったかもしれないが、手繰り寄せることのできなかった未来。

いずれにしても既に終わっている。彼との縁は既に途切れて久しいのだから。

「もう出会うことなんてない、そう思っていたわ」

「手厳しいな」

彼が苦笑を浮かべる。随分と時間が経《た》っていた。後悔と共に燻り続け、心残りになっている想いもあれば、整理されキチンと割り切れている想いもある。

幹也に抱いていた感情は、今では良くも悪くもフラットになっていた。

浮足立つことも、苛立《いらだ》つことも。殊更、特別な感情など抱かない。

「でも、驚いたわ。幹也さんから連絡してくるなんて」

「君に会いたくなってな」

あり得ない言葉を聞いて、相手の瞳をジッと見つめる。

真実とも嘘《うそ》とも思えぬ曖昧な答え。真に受けるほど子供じゃない。

「私がどう思っているか、考えなかったの？」

「考えたさ！　それでも俺は君に会いたかった。だからここに来た」

張り詰めたような形相に、それなりに苦労してきたであろうことが窺《うかが》える。

数日前、彼から電話が掛かってきた。一度会って話をしたい。彼はそう言った。

何を馬鹿な。少し前の私なら、決して会おうなんて思わなかった。

怒りも、悲しみも、楽しかった思い出も、セピア調に彩られた過去になっている。

今になって、私を捨てた彼が、どうして会おうと思ったのか、ただ気になっただけ。

少しだけ迷いはしたが、私は会うことを決めた。

そしてついさっき、「近くにいるから会えないか？」と、突然の連絡が来た。

本来なら外の方がよかったが、これから予定があった私は、外出するわけにもいかず、こうして自宅で会うことにした。こういうところも、幹也さんは間が悪い。

「それでいったいどうしたの？　今日は予定があるの。あまり時間は割けないわ」

「そうだったのか。すまないな。どうにも忙しくて、会いたいと連絡したはいいが、なかなか時間が取れそうになかったんだ。ちょうどこの近くに来る用事があったから、少しだけでも会えないかと思って抜け出してきた」

苦笑いで、彼がコーヒーを口に含む。好みに合わせて少しだけ濃いめに淹《い》れた。

「懐かしい味だ」

「味覚、変わっていないのね」

あの頃も、こうしてよくコーヒーを淹れていたっけ。共に過ごした時間が蘇る。

幹也さんの言葉は答えになっていなかったが、それを指摘してもしょうがないと諦め、会話を合わせる。少しだけ思い出に浸りながら。

「お母様はご壮健？」

「あぁ。ピンピンしてるよ。もう社長だっていうのに、毎日厳しくしごかれてる」

「変わらないわね。安心したわ」

どうにも迂遠《うえん》な会話が続く。本当は、互いにそんな話がしたいわけじゃない。それでも、必要としてしまう。大人とはかくも面倒くさい。建前なしには生きられない。

今更、近況報告がしたいわけでもないが、これも礼儀だ。潰《つい》えたとはいえ、一度は家族になるかもしれなかった人達。こうして会ってみれば気にせずにいるのも難しい。

「君はここに一人で住んでいるのか？」

「一人用のマンションだもの。当然じゃない」

「それはそうだが……ん？」

彼の目がテーブルの隅に置かれているマグカップに止まる。

それは、この後に予定していた本来の来客者の為に用意していたものだった。幹也さんの来客が突然のイレギュラーだったこともあり、片付けている時間がなかった。

「これは……？」

彼が手を伸ばしそれを掴《つか》む。その行動に、私はとっさに声を荒らげていた。

「——触らないで！」

発した自分の声の大きさに困惑してしまう。

ビクリと彼が反応し、マグカップをテーブルに戻した。

「わ、悪い！……この後、彼氏と会う約束でもあるのか？　この前は独身だって言ってたからさ。そうじゃなきゃ、こうして会いに来るなんてできなかった」

「違うわ。ほら、そこに段ボール箱があるでしょう？　今日、パソコンが届いたの。私は機械に疎いから、お友達にセットアップ作業をお願いしているだけ」

「そうだったのか。安心したよ」

私の剣幕に驚いたのか、窺うようにこちらを見ながら、しどろもどろに言葉を重ねる。

お友達。そう言ってみたはいいが、自分が彼からそう思われているとは思えなかった。

そもそも年齢が違い過ぎる。ならいったい、どんな関係なのだろう。

幾ら考えても答えなど出ない。彼、雪兎《ゆきと》君が私のことを忘れている現状、今の関係は、所詮、偽りでしかない。騙《だま》して、嘯《うそぶ》いて、欺いて、何も知らない隣人として。

そこでふと、幹也さんが発した言葉に違和感を覚えた。

「安心？　どうして幹也さんが安心するの？　貴方《あなた》には関係ないでしょう。それにこうして私と会っていることを奥さんは知っているのかしら？　良い気分はしないはずよね」

海原幹也は既婚者だ。私を捨てた後、母親である女将の聡子《さとこ》さんが用意した縁談で知り合った女性と結婚したはずだ。子供も生まれ順風満帆。跡取りの心配もない。

憎みはしないが、家庭、子供、仕事。私が欲しかったもの、その全てを持っている。

だからこそ、こうして幹也さんと会うことを決めたと言ってもいい。

全ては過去に終わっている。今更何かが変わることはない。

とはいえ、あくまでもそれは私の視点であり、彼の奥さんからすれば、夫が元婚約者と会っているという事実は決して喜べないだろう。不倫を疑われても文句は言えない。

同じ女性として、要らぬ誤解を与えたくはない。なんの話があるのかは知らないが、用件が終われば、早く帰って欲しいとさえ思ってしまう。

だが、次に彼の発した言葉は私の想像の上をいくものだった。

「幸子とは三年前に離婚したんだ。最後まで、母さんとはギクシャクしていた。子供は幸子についていったよ。馬鹿だな。だったら、俺はなんの為《ため》に君を……」

「え？」

彼、海原幹也が真《ま》っ直《す》ぐに私を捉える。

悔いるように、後悔するように、その言葉を絞り出した。

「――美咲、俺達《たち》もう一度やり直せないか？」

◆

健全な高校生だと自負している俺だが、幾ら夏休みとはいえ、果たして健全な高校生が真っ昼間から有閑マダムの家に行くだろうか？　いや、ない！　あ、そもそも氷見山《ひみやま》さんは未婚だからマダムじゃなくてマドモアゼルだよね危ない危ない。

こういうことはうっかり間違えると女性の逆鱗《げきりん》に触れてしまう。そうなれば高い攻撃力でこっちが大ダメージを喰《く》らうだけだ。相手はその後、混乱する（しません）。

なんといっても俺にとって氷見山さんはX指定の天敵だ。

精々R指定が限界の俺とは文字通り格の違う相手であり、出会ってからというもの連戦連敗街道を突っ走っている。完全なる負け戦。そもそもエンカウント率が高すぎる。

そのうち連敗数を太ももに正の字で書いてやろうかと思ったが、俺は健全な高校生なので止《や》めておきます。悠璃《ゆうり》さんは健全ではないので、油性マジックで書いていた。

そんな危険地帯に赴くことになった俺だったが、今日は気楽なものだ。

というのも、先日注文したパソコンが今日、届いたらしい。氷見山さんに頼まれたとはいえ、BTOを選択したのも注文したのも俺だ。セットアップ作業をお願いされているからには最後まで成し遂げるのが責任というものだろう。

遊びに行くと、いつもケーキやクッキーなどを御馳走《ごちそう》してくれるので、流石《さすが》に悪いと思い今日は水羊羹《みずようかん》を持参している。美味《おい》しいよね水羊羹。

俺の数少ない趣味がスイーツ巡りだが、好きが高じて夏休みということもあり最近はお菓子作りに傾倒している。それもこれも在宅ワークになったことで、料理を母さんが担当することになった為、手持ち無沙汰になってしまったからだが、なにかと匂いを嗅ぎつけた姉さんがシュバってくるのが悩みの種だ。それはともかく。

相変わらず外は日差しが眩《まぶ》しい。少し外出しただけで汗が滲《にじ》んでくる。幸いご近所さんだけあり、氷見山さんが住んでいるマンションは目と鼻の先だ。

幾ら暑くてもトレーニングを兼ねてエレベーターを使わず、階段を利用するのがこの俺、九重《ここのえ》雪兎である。流石に汗がだくだくなので制汗シートで拭き取り、息を整える。

しまった、トレーニングは帰りにすればよかった。人の家にお邪魔する前に汗だくになる馬鹿がいるか。ただでさえ氷見山さんはフィジカルディスタンスがゼロの難敵だというのに、とうとうJKスタイルまで身に付けてしまった。誘惑には負けないぞ。おー！

気合を入れ氷見山さんの部屋の前に着くと、俺は一息入れて、チャイムを押した。

その言葉を聞いて去来したのは、ただただ疑問だった。

どうして、そんなことを言うの？　やり直す。それはいったい何を？

私達二人の関係？　今になって？　行く道を違えて、そして再会して、僅か数分で。

いったい何がやり直せるというのだろう。そんな言葉を聞いて簡単に頷《うなず》けるほど、若くはなかった。互いが好き合っていても、どうにもならないこともある。

それを嫌というほど、味わった。恋人同士ならともかく、結婚するとなれば、二人だけの関係では済まなくなる。家族になるのだから、その資格が問われる。

それは当然のことだった。そして私にはその資格がなかった。

「まさか、今になってそんなことを言われるなんて思わなかったわ……」

「すまない。だが、俺は真剣なんだ！　もし今、君に相手がいないなら、考えてみてくれないか。もう一度、俺と一緒に、君と二人で」

どこか空虚に響いていた。熱を持った彼の言葉とは裏腹に、嬉《うれ》しさや喜びより先にどうしようもなく違和感が付きまとう。彼が嘘を言っているようには思えない。既に離婚して関係が清算されているのなら、これから彼が誰と一緒になっても、それは自由だ。

その相手として私が選ばれたのだろうか？

どうして——？　好き——だから？　でも、でも、でも！

だからこそ、私は彼を信じられない。

「どうして？」

胸中に浮かんだ言葉とまったく同じ台詞《せりふ》が私の口から自然と零《こぼ》れた。

「それは、君が好きだから。美咲《みさき》のことを忘れられなかったから——」

「なら、どうして！」

声を荒らげそうになり、寸前で抑える。

とうに気持ちの整理は済んでいた。それなのに、こんなにも心が荒れて。納得していたはずだった。受け入れたつもりだった。諦めた未来だった。

こんな風に考えてしまうのも、最近になって、あの子と再会してしまったから。

「どうして、幹也《みきや》さんは戦ってくれなかったの？」

「それは……」

「貴方はあのとき、私を守ってくれなかったじゃない」

分かっていた。彼には彼の生き方がある。彼は旅館の跡取りだ。次期社長として、捨てられないものが沢山あった。だからこそ、しょうがない。そう納得していた。するしかなかった。そもそも私が悪いのだから。彼を責めることはできない。

別れよう。あのときは、その言葉に頷くしかなかった。何もかもを押し切って結ばれる。そんな道を選べるほど、純粋ではいられないから。

比べられるはずがない。それでも、思ってしまった。

全てを敵に回して、たった一人で戦っていたあの子を。傷だらけになりながら、それでも頑《かたく》なに貫き通した。その刃《やいば》で心までズタズタに切り刻まれた。

普通はあんな風に振る舞えない。大切な何か、捨てられない何か、そんなものが自分をどんどん縛っていく。失う恐怖が人にはある。なら彼には、それがないのだろうか？

でも、そんな少年がいるのだ。一人では戦えなくても、もしかしたら、二人一緒なら、乗り越えられたかもしれない。それでも私達は別れる道を選んだ。

それが最善だと信じて。戦わず、周囲に従った。迎合したのに。

「そ、それは、違う！　今度は大丈夫だ。母さんだって君のことを――！」

あのお母様が私のことを？

あり得ない。直感的に不自然さを覚えてしまう。

私は彼のお母様に認められなかった。結婚に反対され、その理由を覆すことができなかった。跡取りに恵まれない。それはなにより致命的な欠陥だ。私は不良品で、どうしようもなかった。だからこそおかしい。ならば彼が離婚したとしても、他の相手を探せばいいはずだ。子供が産めない私を、彼のお母様が気に掛けるとは思えない。

それなのに、どうして？

思考がまたそこに舞い戻る。

そういえば、『海原旅館』はインバウンド需要に切り替え利益を伸ばしていた。

訪日外国人が三千万人を突破し、観光地は外国人で溢《あふ》れる。今後も増加を見込み、観光庁は四千万人突破を目標に掲げるなど上がり調子だった。

けれど、世界は一瞬で変わってしまう。外国との往来は制限され、入国規制が掛かるような情勢になり、往来は途絶えた。旅館にも大きな影響が及んだはずだ。

「旅館の経営は安泰なの？」

それに一度インバウンド向けに舵《かじ》を切ってしまうと、今度は日本人離れが進んでしまうという。文化的な相違から、棲《す》み分けが行われるのは至極真っ当なことではあるが、インバウンドに傾倒していたところほど、恩恵だけではなく、リスクも抱えている。

「あ、あぁ。なかなか厳しくてね。だが、徐々に需要は戻りつつあるんだ。もう少し時間さえあれば立て直せる。手は打ってる。銀行にも融資を頼んでいるところで……」

そんな状況なのに、彼は私とヨリを戻そうとここまで来た？

不自然さが加速していく。そして、その違和感に気づいた。

「まさか、幹也さん。お母様に言われてここに来たの？」

「——！　いや、違うんだ。そんなことは！」

「私を利用するつもりだった？」

権力というものに価値があることを私は身を以《もっ》て知っている。そういう意味で私は、昔から優遇されてきたかもしれない。なにかしらの思惑を持って近づいてくる人も多かった。だからだろうか。いつからかそういったことに敏感になった。

「貴方はそんな人じゃなかったのに、残念だわ」

「今でも君を好きなことは嘘《うそ》じゃない！　ただ少し力を貸して欲しくて」

「欲しいのは私じゃないのでしょう？」

「違う！　俺は美咲のことが本当に——」

ピンポーン

幹也さんの言葉を遮るように、チャイムが鳴った。

「ごめんなさい。今、立て込んでいて」

「来客中でしたか。日を変えましょうか？」

「ううん。いいのよ。もう終わったから」

氷見山さんが少しだけ悲しそうな微笑《ほほえ》みを浮かべて、迎え入れてくれる。

玄関には男物の靴。来客中とのことだが、知り合いでも来ているのだろうか？

或《ある》いは宗教の勧誘か、生命保険の営業かもしれない。

そういえば、この前、マンションの前でおっさんがウロウロしていたし、氷見山さんは一人暮らしだ。注意するに越したことはない。近年は物騒だからね。

「君は……？」

中に入ると、リビングのソファーに一人の男性が座っていた。そこはかとなく深刻そうな雰囲気を醸し出している。決して和気藹々《わきあいあい》といった状況には見えない。氷見山さんとの間にもどこか緊張感が漂っている。き、気まずい！　え、何この状況？

わけも分からず、とりあえず俺は最も怪しまれない答えを返した。

「町の電気屋です」

「電気屋？」

「ＰＣの設置に来たッス」

「なんでちょっと喋《しゃべ》り方《かた》を変えたの雪兎《ゆきと》君？」

「町の電気屋っぽいかなって」

「そうでもないわよ」

「あ、そうでしたか。じゃあ止めます」

ぽいかぽくないかはさておき、俺の言葉に男の人は納得したようだった。

「そうか、君は美咲が言っていた用事の子か」

「電気の子です。お取込み中すみません。俺はいつでも構わないですよ」

「いいのよ雪兎君。私も早く使えるようになりたいし。足を運んでもらったのに悪いわ。幹也さん、今日はもう帰ってくれる？」

「あ、あぁ。でも美咲、俺は本気なんだ。本気で君と――」

「幹也さん、いい加減にして！」

被《かぶ》せるように氷見山《ひみやま》さんが鋭い声を上げる。

その剣幕に驚いたのか、男性が立ち上がり玄関に向かう。

「また来るよ美咲」

「幹也さんも分かっているでしょう。私達《たち》はもう終わったの」

玄関口で二人が何かを話し合っている。口論とまではいかないが、不穏な気配だ。

迂闊《うかつ》に口を挟むわけにはいかず、視線を彷徨《さまよ》わせると、テーブルの上にマグカップが置かれているのが目に入った。見覚えのある二個一セットのペアカップ。かなり親し気な様子だったし、それが意味するところは一つしかない。

ははーん、なるほど。さては不倫現場だな？

なるほどじゃねーよ！　なんでそんなところにお邪魔しちゃったのボク？

目撃者として消されないかな。昼ドラの世界とかご遠慮願いたい候。もう帰りたい。

戻ってきた氷見山さんだが、そんな俺の視線に気づくと、急に慌てだす。

「勘違いしないでね？　これは幹也さんに用意していたんじゃなくて――」

「大丈夫です。みなまで言わなくても分かっています」

「絶対に分かっていなさそうだから言うけど、本当なの。幹也さんが今日来たのは偶然で、ここにあるのは雪兎君の為《ため》に用意していたものよ」

「俺は察しがいい方なので気にしないでください」

「そういうのは察しがいいと言わないのよ。分かっているのかしら？」

後ろめたい気持ちも分かる。でも、不倫はよくないと思うんだけどなぁ……。

そんなことを思いながら、作業を開始するべく、べりべりと梱包《こんぽう》材を破き始めた。

ＢＴＯとは、受注生産（Build To Order）の略であり、ちょうど市販品と自作の中間といったところだろうか。必要に応じてパーツをカスタマイズするだけで、組み立てる必要はない。そんなわけで、一時間もすれば、パソコンのセットアップだけではなく、プリンターなど周辺機器の設置も完了する。因《ちな》みにスキャナー搭載の一体型だ。氷見山さんは初期投資を惜しまないタイプなのだ。包容力と同じくらい豪快だった。

「これでひとまず終了かと。使い方は大丈夫ですか？」

「ありがとう。パソコン自体は何度も触っているから大丈夫よ」

氷見山さんがマグカップにコーヒーを淹《い》れてくれる。俺の好みに合わせてミルクと砂糖がタップリだ。ソファーに腰を下ろすと、相変わらずピタリと隣に座られてしまう。

に、逃げられない……。巧みに逃げ道を塞ぐプロの技がそこにあった。

「それにしても結構本格的ですね」

「私もね、頑張ってみようかなって思い始めたから」

「そうですか」

「うん」

深くは聞かなかった。踏み込まれたくないことの一つや二つ誰だってあるはずだ。

そういえば、塾講師の仕事を始めると言っていた。氷見山さんならきっと生徒に大人気の素敵な講師になれるのではないだろうか。少なくとも、俺なら通っちゃうね☆

それでも、俺はどうしてもこれだけは言っておかなければならぬと、心を鬼にする。

「差し出がましいようですが、不倫は止《や》めた方がいいかと」

「やっぱり全然分かっていなかったようね雪兎君」

うふふふふと笑顔が怖い。

しかし、ここで苦言を呈さなければ最後に傷つくのは本人だ。氷見山さんには以前助けてもらった恩もあるだけに、ここで嫌われたとしてもガツンと言わなければならない。

「不倫は不幸になります」

「だから不倫ではないのだけど……」

「氷見山さん！」

ガバッと隣を向き、氷見山さんの両手をカップル繋《つな》ぎで握ると、勢いそのままにソファーに押し倒す。驚いたような声が上がるが気にしてはいられない。

「俺は氷見山さんに不幸になって欲しくはありません！」

「そ、そうね。うん、私もそう思うわ。不倫じゃないけどね」

「きっとこれから良い相手が見つかりますよ」

「どうしたのかしら。雪兎君、今日はやけに積極的ね……」

「俺は心配してるんです！」

「わ、分かりました。分かりましたから。これ以上ドキドキさせないで。抑えられなくなるから。幹也《みきや》さんとのことはちゃんとします。その――ありがとう」

はたして昼ドラの世界から氷見山さんを救えたのだろうか。不倫や浮気はよくない。

誰も幸せにならないことを俺は知っている。そんな関係を続けていれば、いずれ破綻は免れない。相手も自分も、取り返しがつかないことになる。

だから、今傷ついたとしても止めなければならない。どれだけ痛みを伴っても。

真《ま》っ直《す》ぐに氷見山さんの瞳を見ていたが、どうしたことか頬が朱に染まっていた。

「君に気に掛けてもらえるなんて思ってなかったわ。強引なのも素敵よ」

ゆっくりと氷見山さんの手が俺の背中に回る。リップの塗られた唇が艶やかに煌《きら》めく。

アレ、なんかこれ間違った？

◆

火照ったように顔が熱かった。動悸《どうき》が未《いま》だに収まらない。

彼は帰ったが、何もする気が起きず、そのままソファーに身体《からだ》を投げ出す。

頭の中で言葉を反芻《はんすう》する。「不幸になって欲しくない」と、彼は言った。これまで諦め続けてきた。夢も恋愛も。何一つ成し得なかった。仕方ない。私にはその資格がなかった。それが当たり前となり、いつしか無気力に怠惰にここまで生きていた。

「幸せになっても、何かを欲してもいいのかしら……」

他の誰でもない。他ならぬ彼が私にそう言ってくれた。

ならばそれは違えることのない誓約。

もう遅いと思っていた。ううん。まだ遅くなんてなかった。

怖い。あの日から、教育者として、人前に立つのが怖くなった。私を見る視線が、その場に立つことを許さないと言っているようで。脚が震え、声は上擦り、頭が真っ白になってしまう。そんな状態で到底教師など目指せるはずがなかった。

立ち上がり、クローゼットの中から小箱を取り出す。

その中には、あのとき渡せなかった手紙が入っていた。

「もう一度だけチャンスをくれる？」

打ち明けよう。もう限界だ。これ以上、隠し通して接することに心が耐えられない。

それで彼から何を言われようと、全てを受け入れ私は前に進む。過去を清算して、克服して、そして幸せを掴《つか》もう。手を伸ばさなければ何も掴めないから。

止まっていたはずの私の時間が、動き出そうとしていた。

◇

灯織《ひおり》ちゃんからの依頼、不貞に及ぶ氷見山さん、金策、恋愛、クエスト。

どうして俺はこういつもいつも難儀な問題ばかり抱えているのか。困ったものだ。

灯織ちゃんの友達というからには同級生かと思っていたが、SNSで知り合った京都に住む中学一年の女子らしい。家族のことで悩んでおり、かなり深刻な状況のようだ。

灯織ちゃんがSNSで「流石《さすが》だよお兄ちゃん！」と投稿しまくっていたら、自然と仲良くなったそうだ。断固として投稿を止めるよう伝えておいたが、祇京《ききよう》ちゃんとか呼んでいた気がする。なんか最近何処《どこ》かで聞いたことあるようなそうでもないような……。

「ぐぎゃぁぁぁぁぁぁぁぁぁぁぁぁぁぁぁぁぁああああああ！」

「コイツ、リアクション芸人でも滅多にやらない古風なボケを!?」

爆発寸前の怪人みたいな絶叫を上げながら、釈迦堂《しやかどう》がクワガタに鼻を挟まれている。

「おぉ！　すごいデカい！　ヒラタクワガタだぞヒラタクワガタ。やったな！」

「れ、冷静に判別してないで……タスケテ……タスケテ……」

仕方ないので、鼻ギロチンしているクワガタを取ってやる。ケースに入れておこう。

夜の森は静寂とは無縁だった。手持ちのライトが照らすのは、ほんの前方数メートルだけだ。鬱蒼《うつそう》と茂った暗闇の中、動物や昆虫の鳴き声、息遣いが無数に聞こえてくる。

未成年がこんな時間にうろついていれば補導対象だが、この山は釈迦堂の祖父が所有し

しゃかどう

ているらしく、入ってくる人間がいるとしたら精々違法な産廃業者だけだ。

学校では陰キャ女子としての地位を確固たるものにしている釈迦堂だが、その実、超お転婆娘だった。夜中、意気揚々と昆虫採集に出掛けようとする釈迦堂を見かねたご両親から、なんとか一日だけ付き合って欲しいと泣きつかれたのである。

夜の森なんて普通に危険だし、ご両親が心配するのも当然だ。流石にクマが出たりはしないが、野生動物もいるし、道に迷ったり、足を踏み外す危険性もある。

付き添いには人生を踏み外しまくっている俺が最適というわけだ。因みに釈迦堂のご両親は、入り口付近に停《と》めた車の中で待っている。虫が大の苦手にもかかわらず、娘の我儘《わがまま》に付き合ってくれる優しい両親だ。一人娘だけに可愛《かわい》くて仕方ないのだろう。

環境音に包まれながら、釈迦堂が昼間に仕掛けたトラップを回収していく。

発酵させたフルーツを木に括《くく》り付けて放置しておくと、虫が集まってくるという寸法である。しかし、選《よ》り好みはできないので、蛾《が》やムカデなども大集合の惨状だ。

わんさか集まる昆虫に怯《おび》えた様子もなく、目的のクワガタを探していた釈迦堂だったが、発見してニヤニヤしていたら鼻を挟まれたらしい。クソ面白い。

「……ひひ……鼻、鼻に……穴、開いてない……かな？」

あまりの激痛に涙目になっている釈迦堂が、息も絶え絶えに聞いてくる。

「よかったな。これで鼻ピアスできるぞ」

「そんな……夏休み明けたら、陽キャの仲間……入り!?……怖い、死ぬ……」

「飛んでいる蜂をオスだから毒針がないとか言って、シャドーボクシングの要領で空中キャッチする釈迦堂の方が陽キャより遥《はる》かに怖いと思うんだが……」

「ひひ……光栄です」

「褒めてないいんだよなぁ」

ワイルドすぎるだろ。そんな釈迦堂だが、今は俺が渡したモフモフクマバチキャップを被っている。この帽子、ウエディングドレスの縫製中、あまりの難度の高さにフラストレーションが爆発してしまい、つい衝動的に作ってしまったという代物だ。母さんや姉さんにプレゼントしようかと思ったが、致命的に似合わない為、釈迦堂に渡した。

「……これで夏休みの自由研究も安泰」

「小学生か」

釈迦堂曰《いわ》く、将来の夢は等身大ナイルワニの模型を部屋に飾ることらしい。

夜中に遭遇したら恐怖で漏らすこと請け合いだ。

「……いつも一人だったから、とっても楽しい……。友達、友達がいる……。それも男の子……。ひひ……あ、あの！……よかったら、私も名前で呼んで欲しいかも……です」

ふむ、そうだな……釈迦堂暗夜《あんや》。創作物でしか見かけないイカした名前だ。

「名前、名前か……よし、ならダークネスナイトはどうだろう？」

「ひっ、安易な上にとてつもなくダサい……！」

「駄目か。待てよ？　釈迦堂ダークネスナイト。ダクネス、いや、釈迦D！」

五感もバッチリだし、ダークネスナイト要素も含まれている完璧な愛称だ。

「わ、私は四番目だったのか……!?」

「釈迦Aから C まで何処いった?」

仕掛けたトラップを全て回収し終える。ついでにカブトムシもゲットだ。目的は十二分に達成したと言えよう。他にも色々と捕獲しているが、ペットの餌にするんだって。

「今日は……付き合ってくれてありがとう……」

「一人だと危ないいし、あんまり無茶しないように」

「あ、あの……お礼したい。と、思う。何がいいかな?……パパとママも。……困ってることがあったら、なんでも手伝う……って。微力ながら、無力だけど……ひひ」

「別にこれくらいならいつでも声を掛けてくれ」

「ひぃぃぃぃぃ!　か、神よ。懐、デカスンギ」

カタコトの釈迦堂に祈られた。

「困ってることって、大概いつも困ってるし問題山積みだ。差し当たって金欠だし」

「……金欠?……ひひ……少しだったら、お金、貸す。あんまり、お小遣い使わないから……悲しき陰キャの習性。遊びに行かないので……どれくらい……必要なの?」

「二億だ」

「スケール那由他ぁぁぁぁぁぁぁぁぁぁぁぁぁああ!?　及びもつかない……」

釈迦堂に祈られた。それ好きだね君。

「なんとかして金策の手段を考えないと」

「そ、そうだ！……ちょっと待ってて……ひひ……友好の証《あかし》……」

釈迦堂がポーチの中から、友好の証（？）とやらを取り出す。

「持ってると、金運アップする。これ……あげる」

「トカゲの皮？」

「この前カナヘビが脱皮した……。ペリペリ剥《む》くの気持ちいい。いっぱいある……」

「ありがとな釈迦D」

「おはDみたいな……呼び名辛《つら》い……関東だし……ガクリ……」

風水では爬虫《はちゆうるい》類の皮に金運効果があるというのは有名だ。有難く頂戴しておく。

なにせ目標金額は二億。金運に縋《すが》りたくもなるってもんさ。

「あ、あの……アレ！……いつも作ってる精巧なの……売れば儲《もう》かるかも……高額」

「何か思いついたのか？」

目をキラキラさせながら、釈迦堂は口を開いた。

「造形師」

◇

「……んっ……あぁ……くっ……はぁ……ふぅっ……」

「いやあの……」

「なに？」

「なんでもないです」

艶《なま》めかしい嬌声《きょうせい》は聞かなかったことにして無心で作業を続ける。きめ細かな肌にはドット抜け一つ見つからない。ひんやりした手が肌を伝い、ふっと息を吹きかけるとビクンと身体を反応させる。くすぐったいのか、脚を擦り合わせるように身体を捩《よじ》ったせいで、スカートがめくり上がってしまう。露《あら》わになる生足に、その光景を直視してはならないと目を逸《そ》らそうとするが、現在の体勢がそれを許さない。

一心不乱に続けること数分。

「……うっ……そ、そこ……いぃ……んんっ……あっ……」

「喘《あえ》いでいるところすみませんが、終わりました」

「アンタってテクニシャンだったのね。よかったわ」

「意味深すぎて何がよかったのか聞いたら負けな気がする」

「よかったわ」

「なんで二度言ったの!?」

二度目は耳元で囁《ささや》かれる。悠璃《ゆうり》さんは天使なので声にも神気が宿っていた。

夏休みの午前中。自宅で悠璃さんといったい何をしているのか言えば、断じて如何《いかが》わしいことではない。もう一度言うけど、断じて如何わしいことではない。

「……綺麗《きれい》。アンタって本当に器用よね」

「これくらい簡単ですよ」

「ありがと」

足の親指から順番に仕上げのトップコートを丁寧に塗っていく。深みのある色合いはツヤとなって輝いていた。足指の間まで丁寧に拭いて完成だ。

塗り終わった自分の足先をまじまじと見つめて、姉さんが嬉《うれ》しそうに呟《つぶや》いた。

少しでも喜んでくれるならそれだけでも価値がある。なにかとこれまで家族に途方もない迷惑をかけ続けてきただけに、こうやって少しでも返していかないと。

薄い紫、竜胆色《りんどういろ》に染められた爪先がキラリと光っている。

いったい何をしているのかというと、俺は姉さんにフットネイルを施していた。

夏休みの宿題を早々に終わらせていた俺は、他に何か新しいことを勉強しようと考えたのだが、その一つがネイルだ。検定資格を取るほど本格的に学んだわけではないので、あくまでも触りだけだが、身内に施すには十分なクオリティだ。悠璃さんの美しき御御足《おみあし》に見惚《みと》れながら、出来栄えに自画自賛しておくとしよう。

「ところで聞きたかったんですけど」

「なに?」

「どうしてわざわざスカートに着替えたんですか?」

「そんなのサービスに決まってるでしょ。アンタお金は要らないって言うし、これくらいしないとね。どう、嬉しかったでしょ？」

「大天使ユウリエルよ、お心遣いに感謝します」

「いいのよ。視線が気持ちよかったわ」

「なに言ってんだアンタ」

ワザとかよ！　足先にネイルをするときスカートの中が見えて気が気じゃなかった。

普段、家ではあまりスカートを穿《は》かない姉にしてはおかしいと思ったが、狙ってやったことらしい。まったく……ありがとうございます！

「それにしても、本当にネイルを勉強するなんて。冗談で言っただけだったのに……」

「え、そうだったの？」

「当たり前でしょ。本気にするなんて思わないわよ」

「なんてことだ……」

「まぁ、母さんも喜ぶだろうし帰ってきたらやってあげたら？」

「それは勿論《もちろん》……って、あ？」

時計を見ると十二時を過ぎていた。少しばかり急ぐ必要があるかもしれない。実はこれから約束があるんだよね。なんと爽やかイケメンから誘いを受けていたのだ。

「ちょっと出掛けてきます」

「ん、いってらっしゃい。くれぐれも変な女には気を付けなさいよ。帰ってきたら、とっても気持ちいい濃厚なお礼してあげるから」

「要らないけど」

「は？」

「やったー（棒）」

ガチャガチャと片付け身支度を済ませると、弟は足早に家を出る。

一人残された家の中、去っていく背中を見つめながら悠璃は重苦しく呟いた。

「勉強って。いつもいつもなんでも一人で。アンタはそれで――」

◆

太陽サンサン、駅のロータリーで待つ爽やかイケメンも負けじと眩《まぶ》しかった。なんか女子のグループからナンパされてるし。お前はフェロモンを振り撒《ま》く女王蜂か。

「目が潰れる」

「出会って早々随分な物言いだな。来てたんなら助けろよな、困ってたんだぞ。ところで何でそんな昼下がりのIT企業社員みたいな恰好《かっこう》なんだ？」

え、何かおかしいかな？　ジャケットにパンツというオーソドックスなカジュアルスタイルだが、夏真っ盛りなだけに暑いものは暑い。因《ちな》みに爽やかイケメンはTシャツにジーパンという随分とラフな恰好をしていた。

「とりあえずどんな場面でもセミフォーマルな恰好ならOKじゃないか？」

「アホなのかお前は。遊びに誘っただけだぞ」

「先に言えよ。彫刻刀で目玉繰り抜くぞ」

「むしろなんの用だと思ってたんだよ！」

ギャアギャア言い争っているだけで夏の太陽は体力を奪っていく。

「とりあえず移動するか……」

「そだな」

駅前で合流した俺達《たち》はサッサと施設内に避難するのだった。

「雪兎《ゆきと》、普段はどんな遊びをしてるんだ？」

「そうだな……。景品を取れない設定にしているクレーンゲームを設置してるゲーセンにクレーム入れたりとか、他には――」

「いや、聞いた俺がバカだった」

「今更気づいたか。ぼっちだった（過去形）俺が友達と遊ぶはずないだろ」

「微妙に返事しづらいんだよ！　もっと気楽にいこうぜ気楽に」

「といってもなぁ。暑いし、外は遠慮したいところだ」

「じゃあ、俺の家に行くか？　ここから近いし」

「は？」

俺が爽やかイケメンの家に？　そんな普通の高校生みたいなこと……。

「よし、行こう！」

「急に乗り気になったな。何があった？」

「あ、ちょっと待ってろ」

「って、おい。どこ行くんだ？」

人様のご家庭にお邪魔するとなれば、まずは必要な物を揃《そろ》えておかないと。

目的を済ませて、爽やかイケメンの家に向かう。近いと言っていただけあって本当に近かった。駅から徒歩十分といったところだろうか。立派な門構え。威風堂々とした一軒家にはしっかり、『巳芳《みほう》』という表札が掲げられている。

「つくづく想像通りだ。これだから主人公は……」

「急に毒づくな。何を言ってるのか分からん」

玄関扉を開けると、とんでもない美人のお姉さんが奥から出てくる。

聞いて驚け。なんとこの美人のお姉さん。実は爽やかイケメンのお母さんだ。以前、授業参観で一度ご挨拶したことがあるのだが、えらく気に入られてしまった。

「あら、コウちゃん。遊びに行ったんじゃなかったの？」

「あ、母さん。暑いし、家で遊ぼうかと思って」

「そうだったの。雪兎君こんにちは。でも、どうしてセールスみたいな恰好を？」

困惑した様子なので、これも礼儀だ。改めて自己紹介することにした。

「九重《ここのえ》雪兎です。名刺の方は手持ちがなく、こちらを」

「こ、これはこれはご丁寧に。えっと……名刺？」

「こいつの言ってることは話半分に聞いといていいから。二割くらいで十分かも」

失礼な爽やかイケメン。駅前で買っておいた焼き菓子をお母さんに渡す。

（お前、普段から名刺なんか持ってないだろ！）

（バカ。人は見た目が九割って言うだろ。こういうのはファーストコンタクトが大事なんだよファーストコンタクトが！　でも、ぶっちゃけアレって差別じゃないか？）

（急にそんな社会派な疑問を呈してくるなよ）

「最初にお会いしたとき、とてもお若いのでお姉さんかと思いました」

「まぁまぁ、お上手ね。それにこれ。高くなかった？　悪いわ。気にしないでいいのに」

「いえいえ、ほんの気持ちです。受け取ってください」

「そう？　ふふっ、じゃあ一緒に食べましょうか。用意するから少し待っていて」

そう言うと、美人のお姉さん（お母さん）が奥に戻っていく。

「お前なぁ。わざわざあんなの用意しなくてよかったんだぞ？」

「手ぶらは悪いだろ」

でも、手ブラは好きだ。

「友達の家に行くのに、そんな気を遣う奴《やつ》いねーよ」

「……友……達……？」

「まさか俺達友達じゃなかったとか寂しいこと言い出さないよな」

「ソーダネ」

　ガクガクと肩を揺さぶられる。そうそう、爽やかイケメンは友達だよね。

「おい！」

「冗談冗談」

「うーん。無難にゲームでもするか？」

「学生っぽいな」

「学生だからな俺達」

　階段を上ってすぐ右隣、案内された爽やかイケメンの部屋は爽やかだった。ベッドの他に32インチのテレビと、デスクトップパソコンも設置されている。他にもＮＢＡのポスターが貼ってあったり、本棚には漫画や小説が並んでいるなど、本人の個性が反映されていて、なかなか興味深い。うーん、俺の部屋とは大違いだ。

「母さんポスターとかないのか？」

「貼ってあったら怖すぎるだろ。なんだそのヤバそうなブツは……まさかお前!?」

「待て、勘違いするな。ちゃんと姉さんポスターも貼ってあるから！」

　現在貼られているのはＢ１ビッグサイズポスター（メイドでご奉仕編）だ。

　伊達《だて》メガネをかけたメイド母さんに、可愛《かわい》い可愛いと言い続けていたら、「仕事を辞めて貴方《あなた》専用のメイドになります！」と言い出し、九重家は大混乱に陥った。

「勘違いの方向、著しく間違ってるだろ」

爽やかイケメンがドックに置かれた据え置き型携帯機を起動する。カチッ
そういえば、つい先日、おいでよ釈迦堂《しゃかどう》の森へ行ったことを思い出した。

「雪兎が来てるんだし、コイツだな」

「そうか。ならお前との友情もこれまでだ」

「確かに友情破壊ゲーだけどさ。とりあえず三年でいいか」

「三月の決算を思い知れ」

「なんでそんなにガチなんだ？」

爽やかイケメンが選んだのは友情破壊ゲーとして名高い全国を巡る鉄道ゲームだった。

相手を如何《いか》に妨害し目的地に辿《たど》り着くかが勝敗を決めるパーティーゲームである。

「このゲーム、姉さんが強いんだよなぁ」

「なんだ光喜《こうき》、姉がいるのか？」

「大学生だけどな。今は出掛けてるみたいだけど、いつもボコボコにやられてる」

「お前も苦労してるんだな。なんだか急に親近感が湧いてきたぞ」

爽やかイケメンにも姉がいたのか。意外とこういう会話は珍しいだけに新鮮だった。

「お前はいいよな。悠璃《ゆうり》さんは優しくて。あんな素敵な人、俺は他に知らないぞ」

「お前の目は曇りガラスか。今日だってパンツが――」

「おい、待て！　パンツがどうした!?」

悲しきかな興味を持ってしまう辺り、爽やかイケメンも思春期高校生らしい。

「碧《みどり》だったなって」

「言うなよ！　確かに聞きたかったけど、言っちゃ駄目なヤツだろそれ！」

「まぁ、穿いてただけマシだったと思うしかないか」

「何があった！　気になるから、そのまま投げっ放しにしないでくれ！」

「うるさい。早くサイコロ振るのねん」

「――オマエ、早くも煽《あお》りカスに!?」

こうして俺達の友情は粉々に破壊された。


「あ、雪兎。俺のカード盗《と》るなよ！」

「持ってない奴おりゅｗｗｗｗｗｗ」

「煽り性能高すぎだろお前！　あっち行け」

「こっちに擦《なす》り付けるな！　ぎゃあぁぁぁぁぁぁあキングに変身した」

「バーカバーカ！」

「物件売るの止《や》めて欲しいのねん」

「今のうちに俺は逃げるわ。じゃあな」

「貴様、爽やかとは名ばかりの地獄イケメンめぇぇぇぇぇ！」

「悪党の最期だ」

「勝手に殺すんじゃないよ」

友情をズタズタに破壊された俺達だが、ゲームは白熱した。タイマンではなく、CPUも交えた四人対戦だったことがよかったのかもしれない。

パーティーゲームの後、地獄イケメンと雌雄を決するべく格闘ゲームで対戦したが、執《しつ》拗《よう》に画面端で起き攻めされて負けた。もう見えない小足は見たくない。

コイツひょっとして俺のこと嫌いなのでは？　昇竜コマンドの入力精度に九重雪兎絶対殺すマンな意図を感じずにはいられない。地獄イケメンはゲーム内ではわりかし陰険だった。心のメモにそっと記しておくことにする。


「そういえば雪兎。神代《かみしろ》のこと、あれでよかったのか？」

「あれでとは？」

ゲームをしながら、おもむろに地獄イケメンが口を開く。

汐里《しおり》のこと？　心当たりと言えば、勝手に踊り子に決定したことか、それとも踊り子だからといって衣装の露出を増やしてしまったことか、はたまたバッシュを作る際、採寸で足のサイズが2サイズ大きくなっていたことに汐里がショックを受けていたことか。

「まさか、神代がすんなり女バスに入部するなんて思わなかったからな」

地獄改め、爽やかイケメンがコントローラーを置くと、ばつの悪そうな顔になる。

「あぁ、そのことか。確かに俺が勧めたが、決めたのは本人の意思だ」

俺が無理矢理女バスに厄介払いしたわけじゃない。

「……その、悪かったな」

「どうした急に？　顔面発電量がダダ下がりだぞ」

「その……なんつーか、俺も反省したんだよ。雪兎と再会して、俺はお前とバスケがしたかった。でも、それは俺がやりたいことで、俺の望みでしかない。俺のエゴを押し付けただけだ。神代も、多分硯川《すずりかわ》も、それに気づいた。お前と会って、自分がしたいことだけを優先してきたことに。だから、神代はすんなり女バスの件を受け入れたのかなって」

汐里の心境は分からない。だが、彼女には違う道も必要だった。広い世界に目を向けるべきだ。汐里を必要としている人がいて、汐里を好ましく思っている人がいて、そんな人達と作る世界が、汐里にはあるはずだから。それは灯凪《ひなぎ》も同じだ。

「雪兎、お前がしたいことはなんだ？　お前の望みは何処《どこ》にある？」

巳芳光喜という男は、どうにも律儀な性格らしい。青臭いとも思えるほどに。

「だから、今度は俺が付き合うよ。なんでもいい。どんなことだって。俺のしたいことばかり押し付けるのはフェアじゃないだろ。──だって俺達、友達なんだから」

こんな恥ずかしい台詞《せりふ》をサラリと口にできる。この真《ま》っ直《す》ぐな男の稀有《けう》な才能だ。

「俺のしたいこと……か」

「何かないのか？」

急にそんなことを言われても困るが、一応考えてみる。あ、そうだ！

「金欠だから、金を稼がないと」

「はぁ？　俺達《たち》、割と稼いでないか？　俺はお小遣い貰《もら》うの止めたぞ」

確かに俺達は高校生としては破格の収入を得ているが、目標金額には到底及ばない。

「金欠って、幾ら必要なんだ？　元々なかった収入だ。協力するけど」

「二億だ」

「スケール那由他すぎんだろ！　金欠で済む金額かアホ」

「それ流行《はや》ってるの？」

釈迦堂といい、爽やかイケメンといい、同じ反応なのがウケる。

当然だが、金の切れ目は縁の切れ目。人様に借金するようなことはしない。

とりあえず経緯だけ説明しておく。爽やかイケメンの家に来るのが乗り気だったのは、注文住宅の参考にする為《ため》だ。俺はさりげなく間取りなどを確認していた。

「相変わらず突拍子もない男だな。だいたい高一で家を建てるってなんだ。っていうか、それは雪兎《ゆきと》がしたいことじゃなくて、母親が言い出したんだろ？」

「母さんの望みは俺の望みだからな。姉さんもそうだが」

親不孝に生きていた。姉不幸にも生きていた。罰当たりな人生。せめてもの償い。

家族の望みを全力で叶《かな》えることくらいしか、俺にはできないから。

「……他の誰かじゃない。雪兎がしたいことはないのか？」

「俺の？」

どういうわけか不安げな爽やかイケメン。質問の意図もよく分からない。

「うーん、特に何も思いつかないな」

すべきことは幾らでもあるが、したいことなんて何一つ思い浮かばない。振り返ってみれば、誰かの為に何かをするのが当たり前で、俺自身には何もない。空っぽの器。光と影。俺は常に影だ。他者との関係がなければ、自分さえも分からない。

でも、それでいい。そういう意味では、紛れもなく陰キャなのかもしれない。

「なぁ、雪兎。俺はお前がもっと自由に生きてもいいと思う」

「周囲からは自重してくれと言われる一方なんだが……。小百合《さゆり》先生とか」

「それはそうだが……」

「トリスティさんに偉そうに人生を語ってる場合じゃないな」

結局は俺も迷いの中にいるのだろう。いや、これこそが若者特有の自分探しなのか。

あぁ、そういえば、俺にもあった。たった一つだけ望んだことが。

俺は灯凪のことが好きだった。だから告白しようと思っていた。それは俺が抱いた、俺だけの望みだったはずだ。あの日から、俺には何もない。何もないまま過ごしてきた。

今もまだ、あのときの気持ちを思い出せない。きっと、冷めてしまったのだろう。

灯凪にじゃない。理不尽な世界そのものに。そういうものだと理解してしまった。

それでも、俺は恵まれている。だから、俺は常に感謝を忘れない。

見捨てずにいてくれた優しい家族、助けようとしてくれる人達。その全てに――。

「というか、あの顧問やる気なさすぎだろ」

おっと、これ以上、爽やかイケメンを曇らせるわけにはいかない。こいつは眩《まぶ》しいくらいでちょうどいい。強引に話題を変えることにした。

逍遥《しょうよう》高校に数ある運動部の中でも、熱血先輩率いるバスケ部の期待値は最低だった。四天王で言えば最弱。よく言えばカジュアル勢の集まりとも言えるが、入ってビックリとんだ弱小運動部だ。武者修行などの成果により、夏の大会では大金星だったが、この状況に困惑しているのは、他ならない顧問の安東《あんどう》先生である。

顧問にもかかわらず完全に避けられていた。特に俺とは目も合わせてくれない。

安東先生に「バスケがしたいです」と言っても、「そうか。先生は忙しいから好きにやっていいぞ。任せたからな」と、滅多に部活にも顔を出さない。欠片《かけら》もやる気が感じられないのだが、それ以前に部員が急に増えて若干嫌そうな顔してたしアノ人。

もともとイヤイヤ顧問を押し付けられたのだろうか。社会人の闇が垣間《かいま》見《み》えていた。

「あー憂鬱だ。今度のイベント、なんとかならないのか雪兎？」

「まさかライバルユニットまで登場するなんて思わないだろ」

顔面スペクトルがげんなりしているが、完全に同意。『転生したらバスケ部だった件』、通称、転バスが想定外に盛り上がってしまい、今度は短編ドラマを作ろうということになったのだが、呪いが解け和解し仲間となったバニーマン達の前に、今度は異世界からの刺客が立ちはだかるという謎すぎる内容になっている。刺客に選ばれたのは百真《ひゃくま》先輩や顔面プリズムの先輩達だ。そこに更に女神先輩や聖女先輩などが入り乱れるカオスである。

加えてプロモーションイベントも予定されており、俺達もしっかり駆り出される。

よりにもよって、リア充めいたことまでさせられる酷使っぷりだ。泣きたい。

「開運グッズとして女神先輩マジ女神ブロマイドの発売も予定している」

「いい加減、相馬《そうま》先輩にマジギレされるぞお前」

十五時を回り休憩しながら会話していると、ノックと共に爽やかイケメンのお母様（美白）が、お菓子と飲み物を持ってやってくる。

「おやつでもどうぞ。楽しんでいってね」

「ありがとうございます」

「わざわざありがとう母さん」

柔和な笑みを浮かべて去っていく爽やかイケメンのお母様（透明感）。

「わらび餅とはまた古風な」

「母さん、和菓子好きだからな。よく買ってくるんだよ」

「うん、美味《うま》い。しかし、こう気を遣ってもらうと申し訳ないな」

「意外とそういうの気にするんだな」

「顔色窺《うかが》いが得意な小心者だからな俺は」

「見え見えの嘘《うそ》をつくな」

爽やかイケメンとわらび餅を食べながらピコンと俺は閃《ひらめ》いた。助けられた鶴然《しか》り、亀も然りだ。礼には礼を返すのが、この俺、九重《ここのえ》雪兎である。

「この時間帯に家にいるってことは、お母様は専業主婦なのか？」

「そうだな。それがどうかしたのか？」

「ふっふっふっふっ」

「またなんかあくどいこと考えてる……」

「鬼に金棒、美人に化粧だ。光喜《こうき》、お母様のところに行くぞ！」

「待て！　母さんに何をするつもりだ!?」

授業参観のとき、珍しいことに爽やかイケメンは居心地悪そうにしていた。

学校で母親と会うのが照れくさいんだって。俺なんて、学校で母さんと会えるなんてテンション上がる一方なのに。休み時間に悠璃《ゆうり》さんと会えただけでも嬉《うれ》しい。

俺にはまるで無縁だが、高校生と言えば思春期真《ま》っ只中《ただなか》。聞いた話ではエッチな本が母親に見つかって気まずい空気になったりするらしい。それの何処が恥ずかしいのやら。

待ってろよ爽やかイケメン。俺がお母さんとの仲を取り持ってやるからな！


「これでよいのかしら？」

「はい。すみません。協力してもらって」

リビングに下りると、爽やかイケメンのお母様、千沙《ちさ》さんに椅子に座ってもらう。

「まずは蒸らしたタオルで綺麗《きれい》にしていきましょう。あ、タオルは新品で封を開けたばかりの物なのでご心配なく」

「お洗濯や食器を洗ったり水仕事があるから、こういうの普段はあまりしないの」

「そうなんですか？　なら、あまり華美なのは止《や》めてシンプルにしましょう」

ホカホカに蒸らしたタオルを用意するのは簡単だ。水に濡《ぬ》らして絞ったタオルをレンジでチンするだけである。電子レンジを借り、待つこと約三十秒。熱くなったタオルを少しだけ冷まして、指先、指の間まで丁寧に拭いていく。千沙さんの手は肌荒れもなく綺麗なものだ。拭き終わると次は薄くハンドクリームを塗る。

「手、とてもお綺麗ですね」

「そ、そう？　コウちゃんのお友達にそんな風に言われるなんて、恥ずかしいわ」

頬を染めて、少女のような笑顔を浮かべる千沙さん。

「どうして母さんを口説いてるんだお前は」

隣から呆《あき》れ顔《がお》で爽やかイケメンがツッコミを入れてくるが、やれやれ。爽やかイケメンともあろうものが何も分かっていない。

「いいか、光喜。こういうのはただやるだけじゃ駄目なんだよ。真心が重要だ。相手に気持ちよく綺麗になってもらわないと意味がないだろ？」

「お、おう……。なんでこんなときだけ正論なんだコイツ」

「クスクス。コウちゃんにも、そのうち分かるようになるわよ」

「母さんコイツに騙《だま》されちゃ駄目だ！　雪兎どうしちまったんだ！　お前は日々学園生活に不穏と騒動を巻き起こして、その発言は斜め上にしかいかないトンデモ野郎だろ！　急になんで真人間っぽくなってるんだよ！　俺の知ってる雪兎は何処だ!?」

「光喜……」

うん。俺の評価酷《ひど》くない？

「なんだ？」

「九重雪兎Ｖｅｒ．βだ」

「よかった、いつもの雪兎だな」

納得する爽やかイケメン。それでいいのか？

「雪兎君、ネイリストでも目指しているの？」

「いえ、そんなことはありません」

「来る前も、いきなり化粧品売り場に行くから驚いたぞ」

「母さんに似合う色を買っておこうと思って」

六種類ほど、新しいカラーを購入した。これで母さんを更に美人にできるぞ！

購入した小瓶を並べながら、千沙さんに尋ねる。

「すみません。今は手持ちがこれしかないのですが、お好きなカラーがありますか？」

「そうね……これかしら？」

千沙さんがおずおずと選んだのは薄いピンクのものだ。確かにこの色なら、そこまで目立たない。千沙さんの柔和な雰囲気にマッチしている。

「じゃあまずは少しだけ爪を削っていきますね」

「えぇ。お任せするわ」

爪切りで削り、ヤスリで爪の形を整えると、ウェットティッシュで拭き取る。終わったらベースコートを塗り、乾くのを待つ。

「へー。上手《うま》いもんだな。で、雪兎。なんで急にそんなのやり始めたんだ？」

「アレは今日みたいな暑い日のことだった」

「え、なんだそのフリ。回想か？」

ぽわぽわぽわ

「勉強にも飽きたし、勉強するか」

机に教科書を投げ出す。一通り予習も済ませてしまうと、これといってやることがなくなる。教科書の範囲も全て終わってしまった。夏休み。時間だけは無駄に余っていることもあり、勉強に精を出すが、幾ら何でも同じことばかりしていては飽きてしまう。

「アンタ、何処《どこ》か行くの？」

部屋から出ると、リビングで寛《くつろ》いでいた悠璃さんに呼び止められた。

「図書館で新しい扉でも開こうかと思って」

「ふーん。私も行こうかしら」

思案気な顔の姉さんだが、爪をソファーに引っかけてしまう。

「痛っ……。もう爪が割れちゃった」

「大丈夫？」

「少し欠けたくらいだから。そうだ、アンタ。暇ならネイルでも勉強したら？」

「ネイル？」

「なんてね。冗談よ、気にしないで。ちょっと便利だなって思っただけ。じゃあ気を付けて行くのよ。変な女には近寄らないこと。私は爪を切ってくるから」

悠璃さんが軽く頬にキスをして自分の部屋に戻っていく。

俺の頭の中では悠璃さんの言葉がリフレインしていた。

「ネイル……ネイル……便利……」

ぽわぽわぽわ

「というわけだ」

「え、それだけ!?」

「暇だったしな。理由としては十分だろ」

「思わせぶりに回想したのなんだったんだよ……」

「母さんや姉さんが、それで俺に価値があると思ってくれるならやすいものさ」

「君は……」

どういうわけか少しだけ千沙さんの声が暗くなった。

喜んでくれるならそれでいい。実際、こんなものでは返せないほどに俺はこれまで心配を掛けてきた。母さんや姉さんの言葉には逆らわないのが俺のポリシーだ。

「さ、そろそろ乾いたかな。じゃあ塗っていきましょう」

「今日は本当にありがとう。まさかコウちゃんのお友達に、こんなことしてもらえるなんて思っていなかったから。また、遊びに来てね？　いつでも大歓迎だから」

「お礼なので気にしないでください。では俺は帰ります。光喜もまたな」

「あぁ。気を付けて帰れよ。今度はプールに泳ぎにでも行こうぜ」

「泳ぐ……ナイトプール……うっ、記憶が！」

「どうしたんだ雪兎《ゆきと》？」

「ちょっと黒歴史を思い出して。案の定ＳＮＳも炎上してたし」

「何があったのか聞きたい気もするけど、絶対ロクでもないだろ……」

「じゃあ、帰るわ」

玄関口で、そう言って去っていく親友の背中を眺めている息子に、千沙が声を掛ける。

「なんだか、放っておけない不思議な子ね」

「みんなそう言うよ」

千沙にとっても思いがけず楽しい時間だった。息子がいつも話題にしているお友達。

授業参観で一度会ったときは、そこまで会話することもなかったが、なるほど。とても優しく、とても魅力的な男の子だ。でも、少しだけ切ない。

「コウちゃん、楽しそうだったね。あんな風にしてる姿、初めて見た気がする」

「そうかな?」

「これまであまりお友達を連れてきたことないでしょう?」

「まぁ、アイツはなんていうか……そう。放っておけない奴《やつ》だから」

「クスクス。一緒じゃない」

見透かされていることに若干恥ずかしくなり光喜は顔を背けるが、千沙は笑顔でそんな息子の様子を見ていた。親子関係は良好だと思っているが、それでも思春期の息子と、これほど気兼ねなく会話できたのはいつ以来だろうと千沙は思った。

普段は難しい年頃なだけに、どうしても遠慮がちになってしまうが、今の空気はとても心地よい。そんな優しさを残していってくれたことが、なによりも有難かった。

夕日の眩《まぶ》しさに目を細めながら、千沙が手を翳《かざ》す。

「そういうのって、嬉しいものなの?」

「そうね。女性なら誰だってそうなんじゃないかしら」

「雪兎がいつも女運が悪いって言ってる理由が分かった気がする」

「そうなの?」

とてもそんな風には見えなかった。あんなにモテそうなのに。

「アイツの自業自得だ」

苦笑しながら光喜と千沙は家の中に戻る。

夕飯の時間だった。そろそろ他の家族も帰ってくる。

夫は気づくだろうか。もし、気づいたら、どんな反応をするだろう。そんなことを考えながら、少しだけ弾むような気持ちで、千沙は台所に向かった。


「あれ、どうしたの母さん、それ？」

「なぁに、光莉《ひかり》ちゃん？」

珍しく夕食の時間に家に帰ってきた長女、光莉が目敏《めざと》く反応する。

「ネイルなんてするの珍しいね。どうかしたの？って、まさか母さん浮気!?」

「…………！」

普段、冷静沈着な父親の動きが一瞬止まったのを光喜は見逃さなかった。

「どうかしら。ね、コウちゃん？」

「なんではぐらかすんだよ……」

「コウ。何か知ってるの？」

光喜が光莉に詰め寄られる中、視線を向けると父が母に詰め寄られていた。

「気づいてくれないなんて、悲しいわ」

「……気づいていた。それで、どうしたんだ急に？」

「本当かしら」

「悪かった。確かに最近は君を少し蔑《ないがし》ろにしていたかもしれない」

「クスクス。どうしたのアナタ。そんなに動揺して?」

「いやそれは……」

いつも物静かな巳《み》芳《ほう》家の食卓が、どういうわけか賑《にぎ》やかな修羅場になっている。

(アイツ、いてもいなくても騒動を起こすな……)

この場にいない親友に恨み節を投げつけるが、興味を引かれたのか光莉の追及が続く。

「コウ、白状しなさい」

「今日、友達が遊びに来てさ。そいつがネイルを覚えたから母さんに試してただけ」

「なに、その子。ネイリストでも目指してるの?」

「そういうわけじゃないんだけど、説明するほどのことでもないというか……」

「で、その子と浮気したの母さん?」

「してないっての!」

何故《なぜ》か頑《かたく》なに浮気を疑う姉に、どうしたものかと頭を抱える。

「もう!　ハッキリしないんだから」

「ほら、もういいじゃん。食事に戻ろうぜ?」

面白いモノ好きの姉なら、会えば絶対に気に入るだろうと光喜《こうき》は思っていたが、ただでさえ姉に振り回されている光喜にとっては苦労が倍増だ。会わせるわけにはいかない。

話を流そうと強引に打ち切りにかかる。

「面白そう。会ってみたいかも」

「ハイ、この話はここまで」

「今度は私がいるときに連れてきて」

「俺の話なんて聞いちゃいない。姉さんが気に掛けるような奴じゃないって。地味で目立たない陰キャだし。それになんだっけ。よく言ってた……。そうだ、ぼっちだった」

「コウの友達じゃないの？」

「それはそうなんだけど」

「だいたいコウが友達を連れてくるのも珍しいじゃない。中学の頃とか全然そういうのなかったでしょ。コウも上辺だけは明るいけど、意外とアレだからね」

「アイツはマイペースでなんにも気に掛けない奴だから」

「会いたいのはこっちなのに呼びつけるのもおかしな話かもね。時機を見て私から会いに行こうかな。それよりもコウ、私に隠れて随分と面白いことやってるじゃない」

そう言いながら、光莉が取り出したのは一冊の雑誌だった。表紙には見慣れたウサギのマスクを被《かぶ》った怪人が、ラーメン屋の店主が如《ごと》く腕を組んでポーズを決めている。

「いつのまにコウもコスプレに興味を持ったの？　それに可愛《かわい》い子ばっかり揃《そろ》えて」

「成り行きでそうなっただけで隠してたわけじゃ……」

「もしかしてさ、この子だったりする？」

「うっ」

別に疚《やま》しいことはないのだが、弱点を突かれたかのように光喜は狼狽《うろた》える。

「どうやら正解みたいね。……面白いじゃない」

「スマン、雪兎。俺に止められそうにない」

嫌な汗が背中を伝うのを感じて、光喜はさっさと風呂にでも入って忘れることにした。

◆

「……くちゅ……ぷはっ……ん……はむ……あん……」

「いやあの……」

「どうかしたの？」

「まったく姉さんと同じ反応だなと」

「親子だもの」

「遺伝ってすごい」

就寝前、自室で母さんにネイルを施しているが、困ったことに下着姿だ。正直この光景は目に毒すぎる。こうなるとチラリズムですらないわけで、ダイナミズムである。

全てを諦めた俺は、いっそのこともう胸を張って堂々と見ることにした。遠慮はしない。目に焼き付ける。レーシックだ。スキンケアも完璧だから、肌も綺麗《きれい》だね！

「貴方《あなた》にそんなに視線を向けられると、恥ずかしい……かな」

「よかった。喜ばない理性が残ってたんだ」

胸中大号泣。悠璃《ゆうり》さんには母さんの奥ゆかしさを見習って欲しいものだ。

因《ちな》みにどうしてそんな恰好《かっこう》なのか聞いてみると「服が汚れるかもしれないでしょう？」と、至って真っ当な返答だった。だからといって、そこまで脱がなくてもいいのではないかと思ったが、それを覆す反論も特に思い浮ばないので、受け入れることにした。

「これでどうかな？」

足の小指まで塗り終わると、満足げに一息つく。少しだけグラデーションにして工夫してみたのだが、上手《うま》くいったようだ。常にスキル経験値を貯《た》めていかないと。

「とても綺麗……。ありがとう」

うっとりと言葉に熱がこもっている。喜んでくれただろうか。青が好きだという母さんには天色を選んだ。透き通るような色合いがとてもよく似合っている。

仕事があるときは、あまり華美な色にするわけにもいかないが、在宅ワークが増え、そろそろ母さんの職場も夏季休暇に入る。これくらいのお洒落《しゃれ》は問題にならないだろう。

「あのね、前に言っていた旅行先だけど、決めたの。京都よ」

かつて一度だけ行ったことがある。――雪の降るとても寒い日に。

「清水寺に雪が積もってて綺麗だった」

――今にも飛び降りてしまいたくなるほどに。

とても嫌なことがあって荒れていた俺は、そんなことを考えていた気がする。

あのとき、雪華《せっか》さんが俺を抱きしめていたのは、不安だったのかもしれない。

「今度は私達《たち》と一緒に。ね？」

自慢じゃないが、俺は未《いま》だかつて修学旅行に参加したことがない。

小学生の頃、修学旅行の行き先が京都だったのだが、不参加だった。

母さんは、そのことを気にしたのかもしれない。或《ある》いは雪華さんへの嫉妬か。

だが、どんな理由だろうと、家族旅行というものに参加するのは初めてなだけに、そこはかとなく楽しみだったりする。旅行のしおりを作らないと。

「旅館なんだけど、一番豪華な部屋が取れそうなの」

そう言うと母さんがスマホで予約先の宿泊施設を見せてくれた。

「景色も素敵で、天然温泉が自慢なんだって。楽しみね」

「よく部屋が取れたね」

「それがね、もともとはインバウンド向けの旅館だったんだけど、今はこういう時期でしょう？　外国人の観光客も来ないし、客室もずっと空《す》いているらしいの」

そういうこともあるかもしれない。一度棲《す》み分けされてしまうと、需要を取り戻すのは難しい。百貨店などもそうだし、銀座や秋葉原も外国人向けの観光地と化したことで、逆にもともとそこに行っていた人達が離れたという。

この旅館もそんな状態なのだろうか。風光明媚《ふうこうめいび》でその佇《たたず》まいには歴史を感じさせる。

スマホの画面には『海原旅館』と表示されていた。

震える手で教室の扉を開く。待っていたのは、歓迎ではなく軽蔑だった。

分かっていたこと。覚悟していた。罵声が飛んでこないだけマシかもしれない。

足を踏み入れることに躊躇《ちゅうちょ》して、それでも立ち止まるわけにはいかず、俯《うつむ》いたまま生徒達と目を合わせないように教室に入る。その視線に怯《おび》えながら。

膨れ上がった膨大な悪意が押し寄せる。あまりにも悍《おぞ》ましい。

ただの教育実習生にすぎない私が尊敬されることはない。数日前までは親しみを持たれていたのに。全員とは言わないが、生徒達からは好意を向けられていた。

今ではそれが遠い過去のように思える。胸に抱いた理想も、描いていた将来の展望も粉々に打ち砕かれ、教育者などと到底呼べない恥晒《さら》しが、こうして教壇に立っている。

誰にも必要とされない、誰からも望まれない、そんな私が、どうして子供達を導けるというのだろうか。それどころか、ただ傷つけて、追い詰めて、報いを受けて。

大人と子供では感受性に大きな差がある。心に負った傷は一生残る。今ここで私が感じている傷など、彼が受けた傷には到底及ばない。この状況が、辛《つら》いと弱音を吐く権利など私にはない。だから、こうして教壇に立つことが、罰なのだと自覚する。

逃げることすら許されない。だって、彼は決して逃げなかった。立ち向かい、全てを敵に回してでも、自らの正しさを証明したのだから。なんて、なんて強靭《きょうじん》な心。

子供達の表情を見ることすらできないまま、黒板に文字を書き連ねていく。

背中に何かがぶつかった感触。落下したのは、細かく千切れた消しゴムだった。

チョークを持つ指に力が入り、パキリと折れた。砕けて白い粉が舞う。

私の心も、このチョークと同じように簡単に折れてしまった。謝罪の手紙を受け取ってもらえず、一瞥《いちべつ》もしないまま教室から去っていく彼の姿に、私は夢を諦めた。

こんなにも呆気《あっけ》なく挫折してしまった自分への失望。滑稽で惨めな女。

最低の教育者だ。ただ有害な大人。悪意を植え付けて、憎しみだけを残して。

嘲笑が聞こえる。幻聴か、本物か。どっちでもよかった。甘んじて受け入れよう。

耳を塞ぐことなんてできない。でも、向き合うこともできなかった。

お前の所為《せい》だ　お前さえいなければ　お前なんてこなければよかったのに
消えろ　消えろ　消えろ　消えろ　消えろ　消えろ　消えろ　消えろ　消えろ
死んじゃえ　死んじゃえ　死んじゃえ　死んじゃえ　死んじゃえ　死んじゃえ

それは呪詛《じゅそ》か、違う。これは生徒達の本心。願いそのもの。

私はこの場から排除されるべき異物で、赦されざる咎人《とがびと》。

唇を噛《か》みしめる。泣かないと決めたのに、溢《あふ》れる涙を堪《こら》えきれない。

もしここで振り向いたら、私は殺される。それで赦されるなら、それで楽になれるのなら。そう縋《すが》りそうになる臆病な自分が腹立たしい。あれほど好きだったはずの子供たちが、今は恐怖の対象で、怖くて怖くて怯えることしかできなくて。

「──卑怯者《ひきょうもの》」

背中越しに突き刺すような言葉が貫く。この声の主は聞き間違いじゃない。彼だ。罪を擦《なす》り付け、名誉を貶《おとし》め、居場所を奪い、悪意の沼に堕《お》とそうとした。

どれほど恨まれても、言い訳すらできない。彼の母親もまた彼を信じなかった。そのとき、彼は絶望したのだろうか。このクラスで築いた交友関係も、これまで培ってきた家族との絆《きずな》も、出会って一週間程度の私が、何もかも壊して潰そうとした。

それがどれほど罪深いことなのか、私には想像さえも難しい。

「……あ……あっ……」

耐え切れなくなり、全てを投げ出したくなって、勢いのまま振り向く。

彼はただ私のことを見ていた。その無機質でガラスのように透き通る瞳で。

思うように言葉が出ない。どうやって呼吸をしていたのか忘れてしまったかのように、息を吸うことさえ困難で、ただ救いを求めるように手を伸ばし、私は意識を失った。

暗転する視界。ザザッとノイズが走り、意識を取り戻す。

そうだ、ここは産婦人科だ。初めての出産。極度の緊張と興奮。

成し遂げたことが誇らしい。ようやく授かった私の赤ちゃん。

この十ヶ月、ただただ幸福だった。一日千秋。こんなにも幸せで、待ち遠しく感じる時間があるなんて知らなかった。毎日、変わっていく身体《からだ》。大きくなっていくお腹《なか》。

──生命の胎動。自分の身体だというのに、まるで神秘のような奇跡を体感する。

「……私、母親になれたのね」

自然と零《こぼ》れた言葉。安堵《あんど》に包まれる。万感の想《おも》い。私は欠陥品じゃなかった。

この感情が母性なのだと、本能が理解する。胸が疼《うず》いた。赤ちゃんの栄養。

充実感と達成感に包まれる。夢を失っても、まだ私には希望が残っていた。

早くこの手に抱きたいと、衝動に突き動かされる。雛《ひな》が最初に見た者を親だと思い込むインプリンティングという現象があるが、赤ちゃんの目に入る最初の人物が、私でありたいとそう願う。こんなにも愛《いと》おしいから。その存在に触れれば、与えられるだけの愛情を与えて、この世界の誰よりも愛する存在になるはずだ。

「どうして……誰もいないの……？」

キョロキョロと辺りを見回しても病室には私だけ。誰もいない病室で途方に暮れる。

歓迎の声はなかった。それどころか、祝福してくれる家族も、この瞬間を待ち望んでいたはずの配偶者も、誰一人この場にいない。何故《なぜ》か配偶者の顔も思い出せない。

無機質な白い壁が、酷《ひど》く不安を掻《か》き立てる。孤独だけがそこにあった。

病室のドアが開く。看護師さんに抱かれている生まれたばかりの小さな命。

不安を吹き飛ばすように、ドキドキしながら受け取り、抱き上げる。

「……え？」

それはただの赤黒い肉塊。感じる鼓動。生きてはいるが、まるで──化物。

欠陥品から生まれた失敗作。蠢《うごめ》く異形の瞳がギョロリと私を認識する。

「なに……これ……。いや、いやぁぁぁぁぁぁぁぁぁぁぁぁああ！」

あらんばかりの悲鳴を上げて、私は再び意識を失った。

◆

「……懐かしい夢。しばらく見ることもなかったのに」

ベッドから身体を起こす。汗でジットリ濡《ぬ》れた肌が気持ち悪い。

いつしか見るようになった悪夢は、相変わらず後味が悪くて、酷く気分を沈ませる。

「夢の中の私の方が、まともなんて皮肉なものね……」

少なくとも夢の中では、ちゃんと結婚して子供を作ることができていた。

それだけでも現状の私よりは遥《はる》かにまともだ。アイロニカルな笑みを浮かべる。

そんな表情が鏡に映って嫌気が差した。こんな顔、見られたくない。──誰に？

そうだった。悪夢に苛《さいな》まれることがなくなったのも、雪兎《ゆきと》君と再会してから。

それまでは定期的にうなされていた。またこの夢かと麻痺《まひ》してしまうくらいに。

憧れていた職業も、結婚して家庭を持つ夢も、何もかも失って。

「これじゃあ、子供部屋オバサンなんて雪兎君に笑われるわね」

随分とくたびれた冴《さ》えない女。時が進む速さは密度に反比例する。充実した内容の濃い一年を過ごせば長く感じるが、無為に過ごせばあっという間に過ぎ去っていく。

もう何年も新しい思い出なんてない。古びた記憶だけに縋って生きていた。

挫折し、いつまでも停滞し続けていた社会の落ちこぼれ。生きる屍《しかばね》。

「貴女《あなた》は、もう一度――」

鏡の中の私に手を伸ばす。美咲《みさき》、貴女は――。自らに問いかける。

立ち上がる勇気をくれた。いつまでもこうしてはいられない。

汗を流そうと、シャワーを浴びる。震える身体を抱きしめ恐怖を押し流していく。

「幸せになって、いいんだよね？　雪兎君がくれたチャンスだもの。大丈夫――」

不倫などしていないが、他ならぬ雪兎君が言ってくれたもの。心配だって。

私に不幸になって欲しくないって。幸せになっていいんだって。だったら――。

それは――赦《ゆる》し。何よりも求めていた、彼にしか言えない、彼だけが可能な。

久しぶりに悪夢を見たのは、これが最後になるから。

全てを明かして、私はもう一度、自分の足で人生を歩んでいく。未来を取り戻す。

身体をバスタオルで拭き、ドライヤーで髪を乾かす。鍵の付いた小物入れから、一枚の便箋を取り出す。色褪《いろあ》せた、渡せなかった手紙。捨てられなかった。ずっと。

涼香《すずか》先生も、まるで憑《つ》き物《もの》が落ちたような、そんな穏やかで優しい顔つきになった。

私と同じ闇を抱えていたのに。けれど、涼香先生はあれからも子供達に向き合い続け、逃げずに自ら立ち上がった。とても強くて、尊敬できる素敵な女性。

「……覚悟も情熱も私には真似《まね》できないわね」

それでも、できることがあると信じて、前に進もう。

「自分を信じなくていい。でも、君の言葉だけは信じるって決めたの」

——その手の指す方へ。

◆

読み終わった紙を丁寧に折り畳み封筒へと戻す。

手紙に綴《つづ》られていた想い。それは開封されることなく閉じ込められていた。

何年も、何年も。あの日、消化されなかった想いは風化しないまま、そしてその時の牢《ろう》獄《ごく》の中に、彼女——氷見山《ひみやま》さんも囚《とら》われ続けていた。

三条 寺《さんじょうじ》先生に言われて、なんとなく気づいていた。あえて触れなかったのは、氷見山さんがそれを避けていたからだ。初対面だと振る舞っているなら、俺はそれでよかった。

言われてみれば、微《かす》かに面影がある。とうに忘れていた記憶。ありがちな過去のつまらないエピソードの一つ。そんなことは、いつだって日常だった。

だが、それが呪いのように彼女を苦しめていた。自分がしでかした罪深さに後悔する。俺にとってはいつものことでも、氷見山さんにとってはそうじゃない。

「すみませんでした！」

頭を下げる。それしかできない。彼女が無駄にした膨大な時間。夢に向かって費やした日々。抱いていた希望。掲げていた理想。それら全てを踏み躙《にじ》ったのは紛れもなく俺だ。俺が氷見山さんの未来を捻《ね》じ曲げた。言い訳なんてしようがなかった。

「止《や》めて雪兎君。謝らなければいけないのは私なの。このままでいいかもしれないと思っていた。気づかないままでいる君と仲良くできれば、それで満たされると思っていた。でも、このままじゃ前に進めないから……」

氷見山さんが深く深く頭を下げる。おぼろげな記憶。あの日、こうして氷見山さんが差し出してきた手紙を俺は受け取らなかった。

大した理由があったわけじゃない。手紙の内容なんてどうでもよかったし、そんなもので何かが変わるはずもない。どうせ彼女は学校を去る。興味なんて欠片《かけら》もなかった。

でも違った。手紙には氷見山さんの想いが込められていた。どっちだっていい。判決を告げる裁判官のように、赦すも断罪も俺の自由で、ただ必要だったのは答えだ。

けれど、俺は受け取ることすらせずに保留した。迷いの中に突き落とした。

俺が受け取ることで確実に氷見山さんの未来は変わっていたはずだ。それを切り捨てた俺は氷見山さんを過去に縛り付け束縛していたＤＶ野郎にすぎない。

「俺が受け取っていれば、氷見山さんは夢を叶《かな》えて今頃、教師になっていたんですね」

「それは違うわ！　あの頃の私は結局どこかで違う失敗をしていたもの。現実と理想のギャップが埋められず、誰かを傷つけていた。その対象になってしまったのが雪兎君だっただけよ。未熟だった私に、子供に教える資格なんてなかった」

「ですが、俺と出会わなければこんなことには……」

「君と再会できたことが嬉《うれ》しいの。何よりも幸運だと思っているわ。……これは私が選択した未来。だからそんな風に言わないで。雪兎君が気に病むことなんてないの」

「……そうなんでしょうか」

「本当にごめんなさい。あのとき信じてあげられなくて。私がちゃんとしていれば、きっと誰も傷つかなかったのに。さ、しんみりしたお話はここまでにしましょう！」

　雰囲気を変えようと氷見山さんが明るく振る舞う。

　過去に存在していた俺達《たち》の接点。氷見山さんの好感度が最初から高すぎることに疑問を抱いていたが、その理由は決して喜べるものじゃなかった。

　だが、氷見山さんは乗り越えようとしている。尊敬すべき大人がそこにいた。

　氷見山さんから連絡を受けてやってきたのはレンタルルームの会議室だ。塾講師として働く前に練習がしたいと言われて呼び出された。

「俺はどうすればいいんですか？」

「授業内容は小学生向けだから雪兎君には退屈だろうけど、生徒役をお願いね」

「その恰好《かっこう》、懐かしいですね」

「未練がましいよね。捨てられなかった……な。きっと、悔いが残っていたのね。でも、もう一度ここからやり直したいって、そう思えたの」

そう言いながらホワイトボードの前に立つ手が微かに震えているのが分かる。恐怖か緊張か。その両方かもしれない。氷見山さんは、そうさせてしまった原因である俺を前にして、自分の矜持《きょうじ》を取り戻そうとしている。あの日と同じ初々しいスーツ姿で。

だとしたら俺にできることは……。そう考えて、緊張を解きほぐすように、恐怖を振り払えるように、いつも通り軽口を叩《たた》いた。

「流石《さすが》にパッツンパッツンじゃないですか？」

はち切れんばかりに自己主張が激しい。こんな先生がいたらＰＴＡも大激怒だ。

「うふふふふ。太ったって言いたいのかしらぁ？　仕方ないでしょう。もう随分昔だもの。体形だって崩れてくるし、これでも無理して着てるんだから。今日だけよ」

「目のやり場に困ります」

「あらあら困った生徒さんねぇ。じゃあ始めましょうか」

場が和み、俺は黙々と氷見山さんの授業を受ける。簡単な基礎内容だが、たまにはこういった復習も楽しいものだ。それどころか、学習指導要領の変更により、興味深い内容も多い。集中していると、なんとも言えない表情を氷見山さんが浮かべていた。

「……あの雪兎君」

「はい？」

「真面目な生徒なのはとっても素敵なことだけど、真面目すぎて黙っていられると不安になってしまうわ。それにスムーズすぎても練習にならないし」

「なるほど。それもそうですね」

考えてみれば当たり前のことだ。誰も彼もが大人しいわけじゃない。これから色んなタイプの生徒達を相手にしていくのだから、中には困った性格の生徒もいるだろう。これでは氷見山さんの練習にならない。必要なのは演技力だ。

「分かりました。じゃあちょっとやってみますね。生徒コント『迷惑学生』」

「急にお笑いみたいなこと言い出してどうしたの？」

「ハイハイ！　先生は彼氏はいるんですか？　今フリー？　だったらお茶しない？　お茶しないって今時言わないか。グへへへ。スリーサイズを教えてよ！　グへへへ」

「変わり身の早さが凄《すご》いわね」

「ってかさぁ、だいたい勉強なんかしたってなんの役に立つん？　因数分解なんて社会に出てから使わねーしょっ。俺っち、将来はラッパーになりてぇんスよね。チェケラ☆」

「とてもウザいわ雪兎君」

「ＹＯ！　ＹＯ！」

俺はクソウザい小学生と化していた。世の中は厳しい。時には迷惑な生徒に遭遇することもあるかもしれない。こうした場を切り抜けられないようでは今後に不安が残る。

「ふふ……ふふふ。そうね。そんなに私のことが知りたいなら、今日は特別に保健体育の授業にしましょうか。テーマは女性の身体《からだ》よ。ふふふふふふ」

「あれ？」

「言ってくれたらいつでも教えてあげたのに」

「いやちょっと、え？」

「じゃあ、秘密の個人レッスンしましょうね」

「これは罠《わな》だ！」

九重《ここのえ》雪兎の知力が上がったような気がした▲
九重雪兎の体力が下がったような気がした▼
九重雪兎の弾道が上がったような気がした▲

「弾道ってなんだよ！」

「これのことしかしら」

「お、お触り禁止！」

やる気が絶不調になった▼

はぁはぁ……ここは地獄だ。油断も隙もあったもんじゃない。

保健体育でこっそり色々と教えてもらった。なにとは言えないがすごい……。

「別の意味で心配になってきました」

「安心して雪兎《ゆきと》君。塾の生徒達は小学生の子達だもの。保健体育はまだ早いわ」

耳元で、そっと『君だけよ』とか囁《ささや》かれる。安心要素なかった。

「そういえば、いつから講師を始めるんですか？」

「三日後よ。個人経営の小さな塾だけど、評判はいいのよ？」

三日後か……。心配なので覗《のぞ》きに行こうかと思ったが、生憎《あいにく》その日は家族旅行だ。

「氷見山さんの初陣をお祝いしようと思ったのに、その日、予定があるんです。すみません。無事に終わったら、盛大にパーティーしましょう。パーティー」

よくよく思い返せば、氷見山さんには普段から大変お世話になっている。いつもケーキやフルーツを御馳走《ごちそう》してくれるし、それどころか、氷見山さんのご家族にも接待される一方だ。してもらってばかりなのは気が引ける。ここは一つ、就職祝い開催だ！

「……少しだけ、こうさせて。今の顔、見られたくないの」

背後から、そっと抱き着かれる。背中越しに感じるのは、汗か涙か。

氷見山さんが、どれほどの覚悟で決断をしたのか俺には分からない。いつだって他人のことは分からない。でも、誰かが傍《そば》にいてくれるだけで、寄り添ってくれるだけで、安心できることだけは分かる。だって、俺がそうだったから。

「お祝いしてくれる？」

「はい」

「お願い聞いてくれる？」

「はい。できることなら」

「──キス、してくれる？」

「耐久ベロチューはちょっと……。あれ、息苦しいにも程があるっていうか……」

「耐久じゃなかったら？」

「未知の世界だ」

「一緒に、体験しましょうか」

「これ、答えたら個別ルートに入ったりします？」


バンと扉が開く。入ってきたのは三条寺先生だった。

「美咲《みさき》さん、お久しぶりです。──って、何をやっているの貴方達《あなた》!?」

「秘密の個人レッスンです。グヘヘヘヘヘ」

「ふ、不健全だわこんな！」

この後、三条寺先生にこっぴどくお説教されてしまったが、氷見山さんと三条寺先生は今では親友という間柄らしい。氷見山さんが塾講師として再起すると聞いて応援に来てくれたそうだ。三条寺先生も一緒に就職祝いをしてくれることになった。

思えば氷見山《ひみやま》さんだけではなく、三条寺《さんじょうじ》先生にも途方もない苦労を掛けてしまった。

それだけではない。俺はいつも俺の周りにいる人達を困らせてばかりだ。

——それはまるで、俺という存在が不幸を呼んでいるかのように。

◇

「まーた箇悔ですか。やめよやめよ」

暇つぶしに遊んでいたスマホのアプリゲームをアンインストールする。こんなのやってられません。だいたい、全国のご当地ヒロインをゲットするゲームってなんだよ。

『箇悔』とは、ゲームの難易度調整にありがちなミスである。折角作ったのだからプレイヤーにはしっかりプレイして欲しいという一見すると正論であり、まともな理由なのだが、実態としてはただの理不尽であったり、過剰なストレスや手間を押し付ける要素となってしまい、結果として不評しか生まない失敗パターンだった。こういった面倒な調整が横行しているのは困ったものだ。簡単でええやん。

あっさりと見切りをつけてスマホをポケットに片付ける。視線を前に向けると、あまりにも美しい姉さんが滅茶苦茶《めちゃくちゃ》不機嫌そうな表情でこちらを見ていた。ご機嫌45度だ。

ひっ！　眼力で俺を射殺さんとしている。

「なんで触らないの？」

「もう少し嚙《か》み砕いて頂けると有難いのですが……」

「もう着いちゃったじゃない」

「ほら、行きましょう？」

母さんが下車を促し、姉さんが俺の膝に乗せていた足を下ろす。

俺達は今、電車に乗っていた。新幹線だよ。ワーイ、速いぞー！

そう、今日は待ち待ったドキドキ家族旅行の日だ。

四人掛けのシートに母さんと姉さんが並んで座り、対面に俺。

隣には荷物が鎮座している。それはそれでいいのだが、どういうわけか電車が走り出すと、俺の真正面に座っている姉さんが靴を脱いで足を俺の膝の上に乗せてきた。

俺は箸置きか？

相手は大天使である。これくらいの貢献は幾らしてもし足りない。箸置きならぬ足置きとして、これといって何も言わずスルーしていたのだが、どうやらご不満らしい。

「アンタが触りたいだろうと思って乗せてあげたのに」

「俺に対する認識はどうなっているのでしょうか？」

「ふふっ。悠璃《ゆうり》はね。シャイなのよ」

「ついぞ学校でもそんな話は聞いたことありませんが」

「貴方にだけよ」

コロコロと楽しそうに笑う母さんが教えてくれる。

ここにきて思わぬ新事実が明かされてしまった。無謀にも俺は姉さんに聞いてみた。

「そうだったの？」

「そうよ」

「そうだったんだ」

「そうよ」

「そっかぁ」

「私から触るように言うのは、なんか恥ずかしいでしょ」

「なんで俺が触りたい前提なんだろ？」

「は？」

「スリスリしたかったなぁ！」

「素直になりなさい」

「はい」

「貴方達《たち》、遊んでないで早く出るわよ」

ヤケクソ気味な会話を繰り広げていると母さんに背中を押される。大天使の御心《みこころ》など、下賤《げせん》な俺には及びも付かないのであった。

改札を抜けると、そこは雪国でした。

ということもなく、夏らしい日差しが降り注いでいるが、新鮮な空気、見たことのない景色は、普段とはまったく違う非日常を彩っている。

「駅から出た時点で雰囲気あるわね」

「ここからどれくらいなの？」

母さんと姉さんがアレコレ会話を弾ませる。

今回は二泊三日の温泉旅行だ。思いがけず母さんが長期休暇を取れた為《ため》、どうせならこの際、他にも色んな計画を立てている。個人的にも、やること目白押しだ。

旅館での宿泊も楽しみだが、とりあえず今回はゆっくり温泉に浸かって、日ごろの疲れを癒す旅行だ。母さんにはリフレッシュしてもらいたい。

そんな様子を遠巻きに見ながら、如何《いか》にも観光地にありがちな毒々しい色のソフトクリームを発見すると、早速買いに行く。全員分だから三つ買っておけばいいか。

駅前、夏休み期間中ということもあり、ザワザワと混雑している。

俺達と同じような旅行者の姿もチラホラ見え、なんとも活気に溢《あふ》れていた。

母さん達の近くまで戻ると、どういうわけか四人グループになっている。イケてる大学生風の二人がなにやら親し気に話しかけていた。

アレはもしやナンパでは？　この短時間でしゅごい……。

母さんも姉さんも美人だ。並んでいれば美人姉妹にしか見えない。思えば、こういう旅先での出会いも旅行の醍醐味《だいごみ》なのだろう。母さんだって独身なわけで、思いがけず良い相手が見つかることもあるかもしれない。俺はこれまで家族旅行になど行ったことがないので知らないが、母さん達は案外こういう経験も豊富だったりしそうだ。

邪魔しない方がいいかな？　運命的な出会いは何処《どこ》に転がっているか分からない。

ペロペロとソフトクリームを舐《な》めながらどうしたものかと眺めていると、社交辞令的に笑顔を浮かべている母さんはともかく、姉さんは露骨に嫌そうな顔をしていた。ふむ。

「買ってきたよ」

「雪兎、何処行ってたの？」

「これを買いに行ってて。はい」

両手に持っていたソフトクリームを渡す。俺の分はすっかり食べ終わっている。

「あれ、君は彼氏？」

突然の乱入者に大学生風の男達二人が驚く。

「箸置きですが」

「え、なんて――？」

「そう彼氏よ。アンタ達には関係ないでしょ。行こ雪兎」

「ごめんね。君達みたいな子供はタイプじゃないの」

「あっ、ちょっと待って！」

母さんと姉さんに押されて歩き出す。

両脇をガッチリ挟まれて移動する姿は連行されているようにしか見えない。解剖された
ＵＭＡもこんな気分だったのかもしれない。

「どこに行ったのかと思って心配したのよ？」

「アンタは目を離すとすぐにいなくなるんだから」

「身体《からだ》に悪そうなソフトクリームが目に入って衝動的に」

観光地にありがちなテンションで買ってみたが、味はそうでもなかった。残念。

「雪兎のことだし、あれ以上、引っ張ってたら大騒ぎになってたわね」

「あの二人無事に済んでよかった。家族旅行に水を差されたくないもの」

「まるで俺が何かするみたいな」

「アンタ自覚ないの？」

「危ないことは止《や》めてね？」

不安顔の母さんと呆《あき》れ顔《がお》の姉さん。釘《くぎ》を刺されてしまった。一切信用されていない。

いや、幾ら俺だって、そんないきなりフルボッコにしたりしないけどね!?

正直、この手のトラブルはいつも通りすぎて、先手必勝に慣れ親しんでいる感も否めないだけに申し開きすることもできない。

「反省してまーす」

「それは反省してない人が言う言葉よ」

「まぁまぁ。満喫しましょう！」

停留所で数分待つとバスがやってくる。

流石《さすが》に観光地だけあって、バスの間隔も早い。

バスに乗り車窓から外の景色に目を向ければ、概《おおむ》ね郊外は何処も似通った光景が目に入る。家電量販店にショッピングモール、ドラッグストアといった大型店が定期的に並んでいた。ある意味、車社会の闇だ。商店街が衰退するはずだよ。

そんな景色もしばらくすると移り変わり、独自の模様を描き始める。

「着いた」

母さんがポツリと呟《つぶや》いた。

正面には古めかしくも美しい旅館。

周囲は何処か時代錯誤を感じさせるような古めかしさに溢れている。

バスを降り、風光明媚《ふうこうめいび》な温泉街を歩くこと数分。

俺達は目的地の『海原旅館』に到着したのだった。


「ほら、悠璃見て。とても素敵ね」

「部屋風呂も露天なんだ」

うーん、絶景かな絶景かな。畳の匂いが香《かぐわ》しい。

案内された部屋に到着すると、さっそく荷物を置き、広々とした部屋の中を見て回る。

最大六人での利用を可能とする和室は、十畳＋六畳という広々とした間取りで、更に露天風呂付きという豪華さで至れり尽くせりだった。

「素敵な部屋が取れたわ。お値段もそんなに高くなかったし」

「そうなの？　何か理由があるのかしら」

姉さんが説明ヨロシクと視線を送ってくる。

承りました。何事も下調べをキッチリするのがこの俺、九重《ここのえ》雪兎《ゆきと》である。

どうやらこの『海原旅館』は、訪日外国人の増加に伴うインバウンド需要を見込んで、海外からの観光客をメインとする経営に舵《かじ》を切っていたらしい。働いているスタッフも外国語を話せる人が多数だという。実際に部屋に着くまでの間、館内には英語など外国語の表記がそこかしこに並んでいた。温泉の入浴マナーも英語で記載されている。

古き良き温泉という佇《たたず》まいでありながら、館内は随分とグローバルだ。その奇妙なアンバランスさが魅力ではあるが、とはいえ日本人のお客さんからすれば、そうした外国語だらけの温泉は、随分と風情と情緒に欠けるように映るかもしれない。

しかしながら、海外からの往来が途絶えた今、国内客をメインにしなければやってはいけない。だが、長らく海外向けに展開していたことで、ここに来ての急な路線変更は困難で四苦八苦しているらしい。つらつらと説明を終える。

「ということです」

「へー。でもまぁ、部屋は最高だし温泉に罪はないわよね」

「確かに少し雰囲気を損ねているようにも思うけど、気にしないで寛《くつろ》ぎましょう」

座布団に座り一息つく。お茶をズズーッと啜《すす》る。

「大浴場もいいけど、部屋風呂も大きくて一緒に入れそう。ね？」

何故《なぜ》か母さんがウインクしてくるが、真意を測りかねた俺はとりあえず無難に返事だけしておいた。女性同士、姉さんと一緒に入るのかな？

「そだね」

きっとお風呂が楽しみなのだろう。女子とはお風呂が好きな生き物だ。

おもむろに効能を見ると疲労回復や冷え性は勿論《もちろん》のこと、神経痛や筋肉痛、不眠症などにも効果があるらしい。温泉ってすごい。

「まずは記念に写真でも撮ろっか」

姉さんがスマホを取り出す。流石に一眼レフカメラは持ってきていない。旅行に持っていくには重たすぎて荷物にしかならない。ますます使い道に困るばかりだ。

「最近、女子高生の間で流行《はや》ってるポーズ教えてあげる」

「そんな、悠璃さんがまるでごく一般的なＪＫみたいなことを……」

「は？　もう怒った。そんな態度なら容赦しない」

悠璃さんにあれこれポーズを指示されるままに動く。

「そう、それで後ろから私を抱きしめるように密着して、片手で胸を摑《つか》みなさい。もう片方の手はここで……こら、逃げないの。それでアンタは下品な笑みを浮かべて」

「何この恰好《かっこう》!?　倫理的に駄目な予感しかしない！」

「何って、最近の女子高生の間で流行ってるエロ同人誌の表紙みたいなポーズよ」

「風紀の乱れが著しいんだよ！」

壁を背にしている所為《せい》で、逃げるに逃げられない。特に手の位置がヤバい！

「じゃあ、母さん撮って」

「若い子の間ではそんなポーズが流行ってるのね。私も撮ってもらおうかな」

なんら疑いを持たない母さん。なんて純粋なんだ……。詐欺とかに気を付けてね？

「なんだか最近また告白してくる人増えたし、脳を破壊してやろうかしら」

「絶対、門外不出でしょ」

再度、悠璃《ゆうり》さんに告白するとか意気込んでいた水口先輩は元気だろうか？

「やだなに？　アンタ、こんな私の姿、他の人に見られたくないんだ？」

「なんかもうそれでいいです。はい」

ムフフと上機嫌な悠璃さん。先輩の脳は俺が守る！

「じゃあ、次は私ね？　部下に自慢しようかな」

「やめんかい」

結局、母さんとも写真を撮った。上司の脳でも破壊するつもりなのだろうか……。

◆

「まだ早いし、温泉街の方まで行ってみよっか？」

そんな母さんの鶴の一声で、温泉街へと繰り出したのだが、驚くことになんのトラブルにも遭遇しなかった。黒猫が三匹連続で目の前を横切ったくらいだ。

もしかして俺の運気、向上してたりする？

ただただ有意義な時間を過ごし、こうして旅館に戻ってきた。

「なんだかこういう雰囲気、とても懐かしいわ」

「レトロで風情があるね」

「閑散としてるし、如何にも場末のゲームコーナーって感じじゃない？」

正直者な悠璃さんがあんまりな発言をしているが、あながち間違ってもいない。

館内のゲームコーナーは実に古めかしい趣を放っていた。まだ夕方に差し掛かった時間帯だ。浴衣に着替えて館内を散策がてら寄ってみたのだが、俺達《たち》以外に誰もいない。

さほど広くもないゲームコーナーには、懐かしいビデオゲーム筐体《きようたい》や、太鼓やワニを叩《たた》く体感ゲーム、クレーンゲームなどが一通り揃《そろ》っている。あ、プリクラもあるよ。

三人で指♡しながら、プリクラを撮ったよ。旅行の思い出です。えへへへへ
「アンタ、こういうの得意でしょ。ちょっとやってよ」

「委細承知。俺のテクを見せてやりますよ！」

意気揚々と百円玉を投入するが、このゲーム、手前にある積み重なったお菓子タワーを崩して排出口に押し出すだけなので技量とか関係ない。やることなかった。

「虚《むな》しい……」

「いいじゃない。こんなに取れたんだし。駄菓子って、案外食べる機会ないわよね」

「ラムネなんて食べるのいつ以来かしら。美味《おい》しい」

ニコニコと朗らかな笑顔の母さんと一緒にゲットしたラムネを食べる。

俺はクレーンゲームが得意だ。というのも小学生の頃、壊滅的にこの手のゲームを苦手とする灯凪《ひなぎ》ちゃんが、欲しい景品をゲットする為《ため》に連コインする姿を見ていられず、俺が担当することになった。お小遣いは無駄遣いできないからさ。

そんなわけでクレーンゲームマスターとなった俺に取れない景品はない！

「うそ、そんなこと……これってまさか!?　ねぇ、お願い雪兎。これ取って！」

「いいけど、そんなに欲しい景品なの？」

悠璃さんが何やら衝撃を受けていた。一見、ただのクレーンゲームだ。透明なカプセルの中に景品が入っているが、パッと見それが何かまでは判別できない。

「カプセルはアンタの好みで選んでいいからね。ついでに母さんの分もお願い」

「あら、私のもあるの？　ふふっ。なんだか楽しみね」

そんな会話を尻目に慎重にクレーンを投下していく。下の方にあるカプセルを見下ろしながら目算を立てる。好みと言われても取り易《やす》そうなカプセルを狙うだけだ。

フラフラと下降したクレーンが力なくカプセルをキャッチする。握力は弱そうだが、それほど苦もなく持ち上げる。母さんの分と合わせて無事に二つゲットだぜ！

「ありがと。アンタ、こんな柄が好きなんだ」

「布っぽいけど、これってハンカチなの？」

カプセルをパカッと開けてニタリと口角を吊《つ》り上げる悠璃さんに聞いてみる。

「は？　何言ってんの。これパンティークレーンよ」

「パンティークレーン!?　まさかあのピンクのストライプも、黒のレースも――」

慌てて筐体を確認すると、確かにパンティークレーンと記載がある。

なんてことだ。あの伝説のパンティークレーンとこんなところで遭遇するなんて……。

「そんな馬鹿な……。この悪魔のクレーンは規制されて絶滅したはずでは――」

そこで気づく。ここはあくまでも古びた旅館のゲームコーナーにすぎない。

ゲームセンターとゲームコーナーは風営法上も明確に区別されている。ゲームセンターの景品として違法だからといって、ゲームコーナーでもそうとは限らない。

ゲームセンターならばクレーンゲームの景品は上限価格が千円に設定されているが、巷《ちまた》でよく見かける景品に高額なゲーム機などが入っている確率機が一向に減らないのも、その為である。尤《もつと》も、違法ではないからといって、やると損をすることだけは確実だ。

「やだこれ、ちょっと母さんの派手過ぎじゃない？　まぁ、いいけど。温泉から上がったら着てあげるから楽しみにしてなさい」

「そろそろ姉さんの暴挙を止めるべきだと思うんだ」

ここは一つ、浮かれポンチな姉さんに常識人の母さんから苦言を呈してもらおう。

「私には少し過激すぎるけど、たまにはいいかな。それにしても、こんな景品があるなんて……。そういえば昔はアダルト雑誌の自販機とかもあったのよね。これ、柊《ひいらぎ》のお土産に渡すのも面白いかも。あの子、こういうの好きだし。もう一つ、取ってくれる？」

「母さんも浮かれポンチだったか」

仕方ないのでお土産用に十個ほどゲットしておいた。灯凪ちゃん達にもあげよう。氷見《ひみ》山《やま》さんや三条寺《さんじょうじ》先生、澪《みお》さん、トリスティさんにもだ。俺も浮かれポンチである。

「温泉の前に一汗流していきましょうか。ほら、『九重家エアホッケー対決』を始めるわよ。アンタは強そうだし、私と母さんは同じチームね」

「クスッ。それじゃあ、負けられないわね」

悠璃さんが台の前でスタンバイしている。母さんも乗り気なようだ。

エアホッケーと言えば、ゲームセンターでお馴染《なじ》みのアレ。空気の噴き出す台の上で、マレットを使い、パックを打ち合って相手のゴールへぶち込む簡易的なスポーツだ。

俺はかつて、ゲームセンターで十五連勝した辺りから対戦相手がいなくなり、泣く泣く引退に追い込まれた忌まわしき経験がある。まだ腕は錆《さ》びついていないはずだ。

悠璃さんと母さんはダブルスを組む。相手にとって不足なし。

「……アンタ、なんで急に感動してるの？」

「なんかもう健全すぎて。初めてこの九重家シリーズで心から楽しめるというか……」

「はん、それはどうかしらね」

「吐き捨てた!?」

身も蓋もない発言に凍り付いていると、パックが排出されゲームが始まる。

だが、エアホッケーなら俺に一日の長がある。悪いが、勝たせてもらおう。

マレットを握り締める。いざ、尋常に勝負！

「であぁぁぁぁぁぁぁぁああ！」

バチコーンと強烈なスマッシュを決めると、悠璃さんが懸命に受け止める。

「――――ッ！　もう、少しくらい加減してよ！　母さん、よろしく！」

「任せて悠璃！　それ！」

母さんがスマッシュを放つ。その瞬間、激しい動きによって、はだけた浴衣から飛び出す生足。思わず、魅惑的な太ももに視線が釘付《くぎづ》けになる。刹那、一瞬の硬直。

「あ」

ガチャコンとパックがゴールに吸い込まれる。

「やった！」

純粋に喜ぶ母さん。流石《さすが》にこれは邪念を抱いた俺が悪いよ。気を引き締めないと。

「今度はこっちからいくわよ！」

悠璃さんがマレットでパックを弾《はじ》く。斜めからの角度を付けた攻撃だ。

しかしその瞬間、激しい揺れにより、はだけた浴衣から零《こぼ》れ落ちそうになる双丘。入浴前ということもあり、母さんも姉さんもブラを着けていなかった。一瞬の硬直。

引き延ばされる時間。極限の集中。ゾーン。視界がスローモーションになっていく。

「――視《み》えた！――あ――」

ガチャコンとパックがゴールに吸い込まれる。

「まんまと釣られるなんて。アンタってホントに素直というか、可愛《かわい》い子ね」

「アカン。これ、絶対に勝てないやつだ」

その後も、繰り返されるチラリズムに俺は敗北した。チラチラして集中できない。

だって視えたんだもん。こんなの勝てるわけないじゃん……。

「さて、第一ラウンドは私達の勝ちだけど、どうするの憐《あわ》れな負け犬？」

「再戦したいワン。お願いしますワン」

「負け犬根性、沁《し》みついてるじゃない」

たとえ、この身が屈辱に塗《まみ》れようとも俺は勝負を諦めない。必ず勝ってみせる！

「もう一戦くらいしていきましょうか。いい運動になるもの」

姉さんは言わずもがな母さんもヤル気だ。早急に打開策を練る。チラリズムに勝てない以上、打ち合いになれば一方的に不利だ。ならば、サーブで打ち勝つしかない！

「今度は煩悩に負けたりしないワン！」

「アンタの考えることなんてお見通しなのよ」

一撃必殺と意気込む俺を前に、姉さんと母さんが極端に前傾姿勢で構える。台にかぶさるような体勢になると、それはそれは大きなGとHがゴールを覆い隠す。塞がれし穴。

このまま全力でスマッシュを打てばGとHに当たってしまうのは確実だ。

「――馬鹿なッ！　鉄壁のガードならぬ鉄乳のガードだと!?　そんなの卑怯《ひきょう》だワン！」

本邦初公開。エアホッケーのあまりに斬新な戦術に恐れ戦《おのの》くことしかできない。

「アンタは優しい子だもの。でも、それが弱点よ。酷《ひど》い真似《まね》できないもんね？」

勝ち誇る姉さん。打ち合いに競り負け、サーブすら対策された今、打つ手なしだ。

「どうしたのかしら？　その逞《たくま》しくてカチカチなものを私の穴にスマッシュして挿《い》入れてみなさい！　さぁ、早く挿入れなさいよ！　母さんもこういうときは煽《あお》って煽って」

「えぇ、私もなの!?……その、あんまり痛くしないでね？」

あらゆる可能性を模索するが、鉄乳のガードを攻略する手段が見つからない。チェックメイト。勝てると思ってしまった俺が間違っていたのかもしれない。

ガクリと意気消沈した俺は、そのまま力なくパックを弾いた。カツン　ポヨン
「やん♡」

あえなく姉さんのGに弾かれる。まさに難攻不落の要塞。いや、乳塞。

カツン　ポヨン　カツン　ポヨン　カツン　ポヨン　カツン　ポヨン
「アンタ、そんなに私のことを気持ちよくしたいわけ？」

「――ハッ!?　なんか楽しくなってつい無我夢中に!?」

「後で思う存分気持ちよくさせられてあげるから。たっぷり吸いなさい」

「……………………な、何を？」

誤解があってはいけないので、念の為に確認してみる。念の為ね、念の為。

「は？　そんなの決まってるでしょ。ちく――」

「どっせぇぇぇぇぇぇぇぇぇえええい！」

ドゴーンとパンチングマシーンをぶん殴って一位の記録を更新しておく。

「ふぅ。ざっとこんなもんよ」

「なにアンタ。私じゃなくて母さんがいいってかぁ!?　あぁ!?」

「ガラが悪すぎる!?　地元愛の強いマイルドヤンキーか」

威圧感が半端ない。悠璃《ゆうり》さんの沸点低すぎであった。情緒不安定すぎて怖い。

「そろそろ姉さんの暴挙を止めるべきだと思うんだ母さん」

本日、二度目の提案です。

「その……赤ちゃんのときぶりだし、貴方《あなた》がチュッチュしたいなら私はそれでも……」

「どりゃぁぁぁぁぁぁぁぁぁぁぁあああああ！」

再びパンチングマシーンをぶん殴る。三十秒前の俺の記録を超えた。

「DVよDV。アンタDV夫だったのね」

「DVでも夫でもない！」

不当な追及に反論しながら、マレットでパックを弾く。カツン　ポヨン
「やだ！　浴衣の中に――」

母さんのHに弾かれると思ったそのとき、パックが浴衣の中に滑り込んでしまう。

「背中側に潜りこんでしまったみたい。手が届かないの。取ってくれる？」

お困りの母さん。既に敗者の俺は勝者に従うしかない。意を決して、そのままズボッと浴衣の中に手を入れると、まさぐってみる。どれどれ。お、これかな？　コリコリ

「……それは……違っ……ん！　そこじゃなくて、もう少し後ろに手を回して……」

「羨ましい。後で私もお願いね」

「もうやだこの家族」

「アンタそれ本気で言ってるの？」

「本気で言ってたら一緒に旅行に来ないでしょ」

「…………………」

「…………………」

互いにジッと見つめ合う。胸に去来する想《おも》いは共通していた。

「これはダメだよ色々と」

「そうね。深入りするのは止《や》めておきましょう」

その間も、母さんの浴衣の中に潜り込んだパットを探す。それなりに動いたせいか、火照っている身体《からだ》、蒸れて汗ばむ肌。むわっとした熱気が籠る中、気にせず探る。

それなりに汗をかいている。このまま水風呂に浸《つ》かったら最高に気持ちいいはずだ。

そんなことを考えていると、何故《なぜ》か母さんがやたら艶っぽくグッタリしていた。

「取れたよ母さん！って、あれ？　どうしたの？」

「……貴方、とても愛撫《あいぶ》が上手ね」

「ゴールドフィンガーだからね！」

どういうわけか褒められたのだった。ゴールドフィンガーの称号は伊達《だて》じゃない。

♨♨♨

「いい湯だな～」

大浴場にお客さんはそう多くない。石に囲まれた露天風呂、絶景を眺められる檜《ひのき》風呂。泉質の違う温泉に順番に浸かりながら、俺はのんびりと極楽気分を味わっていた。

温泉街は思いがけずグルメタウンだった。あちこちで間食してしまったので、このままでは夕食に支障が出るかもしれないと心配したが、エアホッケーは白熱（意味深）したし、こうして温泉に浸かっていると、自然とお腹《なか》も空《す》いてくる。

爽やかイケメンにはお土産に温泉饅頭《まんじゆう》でも買っていってやろう。お母様の千沙《ちさ》さんも喜んでくれるはずだ。改めて指折り数えると、お土産を買っていく相手が随分と多い。

どうやら、いつの間にか俺は随分とリア充になってしまったらしい。以前は一桁だったスマホのアドレス帳も三桁まで爆増している。これでは、ぼっちとは到底言えない。

「いいのかな……気にしなくて」

気にしてもしょうがないことなのだろう。流れに身を任せるしかない。

変わりゆく周囲に、俺もまた変化を求められる。でも、それが嫌じゃなかった。

広々とした浴室で身体を伸ばしほぐしていく。弛緩《しかん》する筋肉に合わせるように、過去に怪我《けが》をした箇所を重点的にマッサージする。快癒しているとはいっても、損傷個所《かしょ》は癖になることも多い。再び怪我するようなことがあれば、また家族に心配を掛けてしまう。

それだけはなんとしても避けたい。再発防止も兼ねた日課だった。

入院中、時間が有り余っていたこともあり、怪我防止の為《ため》、俺はヨガやピラティス、整体、人体のツボなどありとあらゆることを勉強した。その甲斐《かい》あって、セルフケアといった身体のメンテナンスは得意だ。これも必要に駆られて学んだ知識だった。

熱心にストレッチをしていると、結構な時間が経《た》っていた。しかし、えてして女性はお風呂が長いもの。まだまだ温泉を堪能していることだろう。

「それにしても楽しそうだったなぁ」

今回は俺が家族旅行に付いてきてしまったことで母さん達《たち》が楽しめるのか心配だったが、杞憂《きゆう》に終わりそうだ。折角の旅行。嫌な気分にはなって欲しくはない。

おっと、このままだとのぼせてしまいそうだ。また後で入りにこよう。

名残惜しい気分で温泉を後にする。お風呂上がりにコーヒー牛乳を堪能した。

だが、それが地獄の始まりだとは、このときの俺はまだ気づいていなかった。

♨♨♨

「じゃーん！　これ何か分かる？」

温泉から戻り、傍目《はため》にもご機嫌な母さんが鞄《かばん》から取り出した小瓶を見せてくれる。

「えっと……マッサージオイル？」

「そう！　あのね、いつもマッサージしてくれるでしょう。旅行に来ているのに、お願いするのは申し訳ないんだけど、今日はこれを使ってマッサージして欲しいなって」

「それはいいけど……え、なんて？」

「いいの？　ありがとう！　お願いしてよかった」

浴衣姿の母さんがうっとりしている。妖しげに輝く小瓶。

理解が及ばず、思わず先に返事をしてしまった。小瓶にはアーモンドオイルと記載されている。肌に潤いを与える美容やアンチエイジング効果のあるオイルだ。

確かに俺は日頃、母さんや姉さんによくマッサージを施している。もともとは、母さんが肩こりに悩んでいるのを知り、入院中に色々と勉強したこともあり、そうした症状の改善の為に定期的に実施していたわけだ。それくらいしか家族の役に立てることがない俺としては断る選択などありはしない。ありはしないのだが……。

オイル？　それってどうやって使うの？

「浴衣の上からだと無理なんじゃ……」

「そんなの当たり前じゃない」

姉さんが至極当然とばかりに同意してくれる。

うん、そうだよね。無理だよね！　ハハ、そんなの常識じゃないか。

「これで大丈夫かな。じゃあお願いするね」

母さんが、布団が濡《ぬ》れないよう二重にバスタオルを敷いていく。

「って、待てぇぇぇぇぇぇええ！」

「どうしたの？」

「なぜ浴衣を脱ごうとされているのでしょうか？」

「ふふっ。どうしたの？　服の上からだと塗れないでしょう」

「さも真っ当なことのように答えられても!?」

母上の愚行を諫《いさ》めるべく、助けを求めて向き直るが、そこにはとうに浴衣を脱ぎ捨て、下着に手をかける悠璃さんの姿があった。び、美の巨人……。

「ほら、早くやってよ」

「下着！　なぜ下着を脱ごうとされているのでしょうか!?」

「なぜって、下着がベトベトになっちゃうでしょ。アンタ馬鹿なの？」

「あぁ、馬鹿だよ！　さも真っ当なことのように答えるんじゃない！」

そしてとうとう一糸纏《まと》わぬ姿になると、そのまま布団の上に寝そべる。

「じゃあお願いね」

「無理無理無理無理無理無理無理無理！」

「どうしてよ？」

「どーしたもこーしたもない！」

「アンタ今日はテンション高いわね」

「高くもなるぜチクショウ！」

マッサージをしているとは言っても、普段はあくまでも服の上からだ。肩を揉《も》んだり、肩甲骨をほぐしたりと、パジャマの上から指圧したりするにすぎないが、それとこれとはわけが違う。むしろどーしたのこの人達!?　ご乱心!?　ご乱心なの!?

「なんでそんなに平気そうなんでしょうか？」

「家族なんだから、気にしなくていいのよ」

「俺が気にするんで無理です」

母さんのおおらかさは限度を超えていた。

「恥ずかしくないわけないでしょ。アンタ馬鹿なの？」

「あぁ、馬鹿だよ！　クソ怒鳴りつけてやりたいのに直視できない！」

え、本当にやるのこれ？

「アンタが好きかなと思って、下も剃《そ》ってみたの。どう？」

「チャレンジ精神、半端ないね！」

「は？　好きよね？」

「好きだと言うと思ったか!?」

「土を耕したり、雑草を掘り起こす農具と言えば？」

「鋤《すき》。って、クイズやってる場合じゃなくて――」

「まぁ、刈ったのは雑草じゃないんだけど」

「お姉ちゃん、絶好調だね！」

マッサージで身体の老廃物、垢《あか》を落とすという観点から考えれば、これも垢ＢＡＮと言えなくもないが、それより運営に垢ＢＡＮされそうなんですけど!?

仕方ない。ここはもう正直に答えるしかない。

俺にとっては致命傷だが、背に腹は代えられない。

恐らくこれを言えば、俺は気持ち悪いと嫌悪され、これから一切口をきいてくれなくなるかもしれない。どうあっても非難を浴びることは確実だ。

しかし、この窮地を脱するにはこの手しか思い付かない。

どれだけ嫌われようが今更な話だ。もとより俺の好感度など地を這《は》っている。

そんな俺がどう思っているのか聞かされれば、流石《さすが》に母さん達も正気に戻ってくれるはず。伝えるかしかない。俺の本心を。素直に真《ま》っ直《す》ぐ偽りなく。

「忸怩《じくじ》たる思いなのですが……」

「どうしたの？」

言え。さぁ、言ってしまえ！

嫌われるくらいで済めばいいが、最悪家から追い出されるかもしれない。

だが、それでも俺は言わなければならない。幾ら何でもこんなことはおかしい。こんな理不尽には耐えられない。イオン結合のように強い俺のメンタルにも限界がある！

なるべく姿態を視界に収めないよう細心の注意を払い、俺は意を決して口を開いた。


「あの……性的な目で見てしまうので、こういうのはちょっと……」


シーン。

凍り付く空気。部屋の中を沈黙が支配した。

終わった。グッバイ俺。

ついに言ってしまった。こんな終わりなど迎えたくなかった。待望の家族旅行。俺にとっては初めての経験だ。楽しい気分で終えたかった。こんなバッドエンドなど誰も望んでいなかったはずなのに。どうしてこうなってしまったのか……。

恐る恐る視線を向ける。驚いたような表情でこちらを見ている二人。どのような思いが去来しているのか分からないが、罵倒や罵声を浴びせられるかもしれない。

少なくとも、今すぐにでも俺はこの場から立ち去った方がいいだろう。

沈黙に耐え切れなくなったように、二人が口を開いた。

「雪兎《ゆきと》アンタ……」

「そんな風に見てくれているなんて……まだ、魅力があるって思っていいのかな？」

「うわぁぁぁぁぁぁあん！　なんか変なこと言ってるぅぅぅぅう！」

駄目だこりゃ。

俺は泣いた。まぁ、涙は出てないんだけどさ。


「臨・兵・闘・者・皆・陣・列・在・前」

地獄のマッサージタイムを経て夕食の時間になる。俺はひたすら九字を切り邪念を払い続けた。払い過ぎた結果、無の境地に達しかけたが、その度に手に伝わる柔らかい感触が現実に引き戻してくれた。俺もまだまだ修行が足りないようだ。

どうしたことか温泉に入る前より疲弊している。えげつないほどメンタルを削られ疲労《ひろう》困憊《こんぱい》だが、虫の息の俺に対して、母さんや姉さんはお肌ツヤツヤだ。オイルマッサージの効果は覿面《てきめん》だった。これが現代の格差社会か。

「とても気持ちよかったわ。ありがとう。またお願いするね」

「次は目を逸《そ》らさないようにしなさい」

「アンタら、慈悲はないのか？」

旅館だけあって新鮮な海産物を中心とした夕食は豪華だった。旬な山菜やご当地牛。天ぷらやお刺身など、凝った料理がテーブルの上に所狭しと並んでいる。

料理に舌鼓を打ちながら穏やかな時間が流れていく。

俺と姉さんは未成年なのでお酒は飲めないが、母さんはほろ酔い気分でますます上機嫌だ。申し訳程度に着直した浴衣が今にもずり落ちそうになっていた。

視《み》え……なんでもない。散々見てしまったのに……。俺は学習しない男です。

「……美味《おい》しい」

「来てよかったね悠璃《ゆうり》」

「うん」

母さんも姉さんもご満悦のようだ。よかったよかった。

俺？　俺は二人が楽しいならそれで十分だ。俺もメンタルの大部分を犠牲にしたし。

「私ね、家族皆でこうしてオフに旅行するの夢だったんだ」

母さんが感慨深そうに言葉を続ける。

そんなことさえも、今まで実現することがなかった。どこか歪《いびつ》で壊れた家族関係。

「今まではできなかったから……」

「そうね。アンタはいつも一緒に来なかったし」

「それはその……ごめん」

嫌な気分にさせたくなかったと、この場で言うことは憚《はばか》られた。答えは今でも分からない。けれどきっとそれが、もしかしたら間違っていたのかもしれないと、何処《どこ》か少しだけそう感じてしまうのは、悲し気な表情と嬉《うれ》し気な表情。そのどちらも内包するかのような複雑な表情を母さんがしていたからかもしれない。

「アンタは中学の修学旅行だって行かなかったしね」

「いや、アレは――」

「悠璃。過去はもういいの。今が楽しいから。これからもっと楽しくなると思うから」

「そう……かな。うん、そうだよね」

「私達《たち》、家族はたった三人だけ。何十億人と暮らすこの世界で三人しかいないの。貴方達《あなた》のことを何よりも大切に思ってる。いつだって一緒にいたいって。信じて欲しいの。私がそんなことを言う資格なんてないのかもしれないけど、それでも――」

ふいに姉さんと一緒に抱きしめられた。

「今こうして三人でいられて幸せだよ」

微《かす》かなアルコールの匂い。

思えば随分と回り道をしていたような気がする。どう返事をするのが正解なのか、言葉が見つからなかった。いつからこんな風にすれ違っていたのかも思い出せない。

気が付けば、そうなっていた。どうしようもないほどに。

ただ、今この瞬間を大切なモノだと思ってくれていることだけは俺にも分かった。だから今は、今だけは。クラクラする頭の中、何も考えずにただ受け止める。

「ごめんね食事中に。なんだか我慢できなくて」

母さんが、しんみりした流れを変えるように話題を振る。

「そうだ！　まだ他にオフにしてみたいことがあったの」

「オフに？　休みの間しかできないこと？」

姉さんが不思議そうに聞き返す。

満面の笑みを浮かべて、パンッと両手を叩《たた》き、母さんが答えた。

「あのね。私、オフパコしたい！」

「なんか寒気がしてきた。夏なのに」

おっかしーな。俺ってば妖気でも感じてるのかな？

「こうして一緒のオフなんだし、駄目？」

首を傾《かし》げる母さんは可愛《かわい》い。いや、そんな場合ちゃうし！

「オフパコはオフだからってするものじゃない！」

「そうなの？　この前、会社の休憩中に柊《ひいらぎ》がね、最近の若い子はオフパコが好きだって言ってたから。貴方もしたいのかなって思って」

「したいかしたくないかで言ったらハッキリしてみたいとしか答えられない」

正直者な俺はつい正直に答えてしまうのであった。まこと憐《あわ》れなり。

「そうなんだ！　じゃあしましょうよ」

「オフ違い！　怒濤《どとう》のオフ違い！　その部下、ぶん殴ってきていいかな？」

「私だって、若い子に負けていられないんだから！」

「何と競ってるの⁉」

柊さんと言えば、以前一度だけ会ったことがある母さんの部下だ。会社でなんつー会話をしてるんだ。それも完全な誤用だし。母さんに変な知識を教えるんじゃない！

「ちょっと母さん！」

助け船を出してくれたのは姉さんだった。

そりゃそうだよ。オフパコはまずい。マズいなんてもんじゃない。禁忌のタブーに触れている。正直さっきの時点で既に限度を超えていた。理性が危機一髪ゲーム状態だ。発禁処分されかねない上に、これ以上は俺が持たない。色んな意味で。

やはり姉さんは大天使だった。後光が迸《ほとばし》っている。ユウリエルの優しき御心《みこころ》があまねく大地を照らしていく。もうこれは月額課金だ。毎月一定額を課金することで姉の優しさという恩恵を受けるサブスクリプションサービス。

この窮地から救ってくれるなら、お布施でもなんでも幾らでもしようじゃないか！

「私も交ぜてよね」

「馬鹿な……堕天しただと……？」

大天使ユウリエルは堕天使ユウリエルになっていた。

「私はすっかり堕《お》ちているのよ」

「そんな……！」

この世界に希望はなかった。姉さんが堕天していたなんて信じられない。

あ、そうだ！

「さっきマンドラゴラが自生しているのを見掛けたから駆除してくるね」

「待ちなさい。逃がすと思ってるの？」

「ぃみゎかんなぃ……。もぅマヂ無理」

迷宮に侵入した冒険者を追い詰めるＦＯＥのように逃げ道を塞がれる。

「アンタも諦めてオフパコしましょ」

「ひぃぃぃぃぃぃぃ！」

「ふぅ。酔っちゃった」

悠璃さんが甘い吐息を吐き出す。バッドステータス。酩酊《めいてい》状態（虚言）

「一滴も酒なんて飲んでないだろ」

「は？」

「こればっかりは素直に従ってたまるものか！　いつまでも従順だと思うなよ！」

脅しになど屈してなるものか。姫騎士の如《ごと》く高潔な精神で断ってみせる！

「私とオフパコしたいよね？」

「はい」

「じゃあお布団まで行きましょうか」

「ごめん嘘《うそ》！　咄嗟《とっさ》に返事してしまっただけで違うんです！」

「言い訳無用。ゴム必要よ」

「ちっとも上手《うま》くないな！」

「なんなら、なくてもいいし」

「そういう油断が大惨事を招くって、氷見山《ひみやま》さんが保健体育の授業で言ってた」

「だってその……恥ずかしくて」

「ここにきてシャイを発揮しなくても!?」

ズルズルと引きずられていく。その細腕のどこにそんな力があるの!?

「でも、オフは分かるんだけど、パコってどういう意味なのかしら？」

母さんがのほほんと、あまりにも今更すぎることを呟《つぶや》いていたのだった。

♨♨♨

「ぜぇぜぇ……」

危うく大人の階段を上るところだった。洒落《しゃれ》にならない。

地獄絵図の部屋から抜け出しラウンジまで逃亡してきた俺は、息を整えようと、ひとまずソファーに腰を下ろした。自動販売機で買ったコーラで喉を潤す。疲れた……。温泉に入ってこようかな。俺の疲労は癒えていないどころか膨れ上がっている。

母さんも姉さんもどうしたことか妙なテンションだ。それともこれが家族旅行の普通なのだろうか。これまで一度も参加してこなかっただけに分からないが、だとすれば家族旅行というのは随分と過酷なものなのかもしれない。家族旅行って怖い。

「どうされました？」

グデーンとソファーに身体《からだ》を投げ出していると声を掛けられる。男性の声だった。

トラブルに繋《つな》がりかねない女性の声ではないことに内心安堵《あんど》しつつ身体を起こす。

「随分とお疲れのようですが、大丈夫ですか？」

「いえちょっと、マンドラゴラが……」

「マンドラ……？」

「なんでもありません。気にしないでください」

従業員の人だろうか、壮年の男性。お騒がせしてすみません。

心配そうにこちらを窺《うかが》っているが、その表情がゆっくりと驚きに変わっていく。

「君は……街の電気屋さん？」

「はい？」

すみません、人違いです。


「悪いね。時間は大丈夫かい？」

「はい。もうこんな時間ですし、後は寝るくらいなので」

幸い時間は有り余っている。しかし今は迂闊《うかつ》に部屋に戻るわけにはいかない。

案内された部屋で、お茶とお茶菓子を出してもらう。餡蜜《あんみつ》だった。

俺が今いるのは、本来お客さんが立ち入らない裏側、つまり従業員達の部屋だ。といっても、この時間ここにいるのは俺と、俺を連れてきた男性だけである。いや、誰？

「何か俺に用事なんでしょうか?」

「そういうわけでもないんだけど、ほら、覚えていないかい?」

「ま、まさか小さい頃、一緒に甲子園に行こうって約束したよっちゃん?」

「全然違うけど誰なんだいそれ!? 年齢も違いすぎるだろう」

「イマジナリーフレンドです」

「目の前にいるんだが……」

「まぁ、俺も野球はやったことないですし」

「じゃあなんで甲子園を選んだのかな?」

だったら誰なんだよ! 呆《あき》れたように言われてもまったく見覚えがない。

確かに俺は知らぬ間に知り合いが増えていることが多々あるが、だからといって知らぬ間に増えた知り合いなど管轄外だ。

「美咲《みさき》のところで会っただろう? 君が電気屋さんと名乗っていたときだよ」

「電気屋? 俺は学生ですが、誰かと勘違いしてませんか?」

「名乗ったのは君だよ! 美咲——氷見山さんの家で会っただろう。そのときは会話なんてなかったから覚えていないかもしれないが」

そこまで言われて思い出す。

「あぁ、思い出した。あのときの不倫相手!」

「不倫じゃない!」

人の恋路を邪魔するつもりはないが、とはいえ道理は通すべきだ。

「大の大人にこんなことを言うのは失礼だと思いますが、氷見山さんも悲しみますし、不倫は止《や》めた方がいいですよ。最近は芸能人でも一発退場ですし」

「だから、不倫じゃないんだが……。もしかして俺が帰った後、美咲が何か言っていたのかい？　君とはかなり親しげにしていたが」

「そういえば、ちゃんとしますとか言っていたような……？」

うろ覚えだが、確かそんなことを言っていたような気がする。

「ちゃんとしますか。どういう意味なのやら。彼女からしてみれば、俺は恨まれて当然だろうな。それにしても、君は随分美咲と仲が良いんだな」

「むしろ天敵です」

「逆にどういう関係なのか気になるな……」

一つため息をつくと、改めて男性が自己紹介してくれる。なんとこの人、社長だった。海原旅館の社長で名前は海原幹也《うなばらみきや》さん。歳は氷見山さんより少し上くらいだろうか。若社長といった風体だが、何処《どこ》か疲れているようにも見える。

「いやなに、見掛けた顔だったから気になった。それだけなんだが……」

社長は言いづらそうに言葉を濁すと、唐突な質問を投げ掛ける。

「この旅館、どう思う？」

「ユニバーサルデザインで素敵じゃないでしょうか。温泉はとても心地よかったです」

「難しい言葉を知ってるね。ありがとう」

「本人の前でなかなか悪くは言えませんよ。そういうのは家に帰ってから旅行サイトの口コミに書き連ねます。特定されたくないので」

「それはできれば止めて欲しいかな？　それで心折れる同業者も多いからね」

「ネット社会の闇ですね」

「君の闇だと思うが……。まぁ、いい。君は施設内に違和感を持たなかったかい？」

「違和感ですか？　うーん。外国語の表記が多いくらいで他は特に……」

「問題はそれなんだ」

「はい？」

社長は滔々《とうとう》と語り出した。なんで俺、お悩み相談されてるんだろうと思いながらも、餡蜜の分だけは真面目に聞くことにする。これめっちゃ美味《おい》しい！

「なるほど。つまり不倫ではないと。なら最初からそう言ってくださいよ。氷見山さんがバッシングを受けたりしたらどうしようと心配してたんですから」

「誰も言ってなかったと思うんだが。まぁ、そういうわけでこの旅館は今、困っているというわけさ。実際、お客さんだって少ないだろう？」

海原社長は正式に離婚しているので不倫ではないらしい。なんだそうだったのか！

「よかった、これで解決ですね」

「雑に話を切り上げようとしないで欲しいな」

「そんなこと俺に言われてもどうしようもないのですが……」

「それはそうなんだが、美咲と仲が良い君ならと思ってな。彼女は君を信用しているように見えた。もしよかったら協力してくれないか？」

既に餡蜜分の義理は果たした。キッパリ断る。

「無理ですよ。そんなこと氷見山さんに頼めませんし、結局貴方《あなた》はどっちなんですか？氷見山さんを好きで一緒になりたいのか、それともただ利用したいだけなのか」

「彼女と一緒になれればいいと思っているよ。また昔みたいに」

「でも、貴方は捨てたんですよね？」

「捨てたわけじゃない。あのときは、それ以外の選択肢がなかったんだ」

苦悶《くもん》に満ちた表情で吐き出された言葉には後悔が詰まっていた。詳しくは知らないが、氷見山さんのコネクションは非常に強力だ。味方になってくれるなら大きな力になる。

だからこそ、おいそれとそれを利用するわけにはいかない。

「この旅館を外国人向けにシフトしたのも、お母様の判断なんですよね？」

「そうだな。こういったリスクを考えていなかったわけじゃない。だが甘く考えて、リスクマネジメントができていなかったというのも事実だ」

「氷見山さんと別れたのも、お母様に言われたからですか？」

「そうじゃないと胸を張って言えていれば、きっと違っていたのかもしれないね」

懐かしむような眼差《まなざ》しにはどんな光景が映っているのだろうか。ただ分かるのは、過去は変えられないということだけだ。

「俺が口を挟むような話ではないので恐縮ですが、そんなに後悔するなら、どうして守ってあげなかったんですか？」

「まだ若くて、何もかも言いなりだった。未熟だったんだろう」

「なら今だったら、全てを敵に回して守れるんですか？」

「それは……」

どちらか一方しか選べない。そんな選択は誰にだってある。この人は婚約者より、母親を旅館を地位を取った。背負うものが大きければ大きいほど、捨てることは難しい。

天秤《てんびん》に掛けて、そう判断せざるを得なかった。それはしょうがないことだ。どれほど悔やんだとしても、それを非難することはできない。

「今になって頼るのは間違っていると思います。それでも、もしどうしてもと願うなら、今度は全てと戦う覚悟がないと、きっと何も伝わりません」

「そうなんだろうか……」

「俺から氷見山さんに何か言うのは無理です。というか、もし俺にこんな話をしたことがバレたら、激怒されて二度と会ってくれないような気がします」

「それは困るな……。旅館のことがなくても、まだ彼女のことを――」

「だったら、もう一度よく考え直してみてください」

当たり前だ。こんな間接的な手段を取れば、氷見山さんは間違いなく怒る。

ただでさえどういうわけか好感度が振りきれているのだ。俺に何かしら頼んだことがバレたら、いい顔は決して しないだろう。

餡蜜のお礼を言って、その場を後にする。

旅館のこと、二人の関係、大人の世界。いずれにしても俺は部外者だ。深入りすることはできない。後は社長と氷見山さんが解決する話だ。

少し散歩でもしようと、俺はそのままラウンジを出て、外に向かった。

賑《にぎ》やかだった温泉街も、この時間にもなれば人はまばらだ。にもかかわらず何処か浮ついた雰囲気が残っているのは、温泉街ならではの光景かもしれない。

観光立国化する日本において、ナイトタイムエコノミーは喫緊の課題だ。

しかしながら、人材不足の現状、そうした要望にすぐに応えるのは難しい。

ブラブラ歩いていると、猫にめっちゃ威嚇された。地味にちょっとショック。

そろそろ母さんと姉さんの頭も冷めただろうか？　冷めてもらわないと困る。

このままだと寝るに寝られないしさ。夜更かしは旅行の天敵だ。

通りの先にコンビニがあった。二十四時間営業の有難さが身に染みる。こういった場所のコンビニにはご当地系の商品が置いてあるものだ。物珍しさに期待が膨らむ。

何かお菓子でも買って帰ろうと足を向けると、風に乗って微《かす》かな唸《うな》り声《ごえ》が聞こえた。

キシャアアアアアアアアアアア

「まさか本当にマンドラゴラが？」

当てずっぽうも馬鹿にはできない。まさかの大発見に、そこはかとなくワクワクしながら声の方に近づいてみると、女性が蹲《うずくま》っていた。

発作でも起こしたのだろうか。とても苦しそうだ。

「おとこなんて～みんなクソなのよクソ！　ロクなやつがいないんだからぁ～。いい？わたしはけっこんできないんじゃなくてしないだけなの。わかったか、ばかやろー」

……うん？　あ、これヤバい奴《やつ》だ！

呪詛《じゆそ》を吐き散らしている。ほのかに鼻腔《びこう》を擽《くすぐ》るアルコールの匂い。救急車を呼ぼうかと手にしていたスマホをポケットに戻す。一瞬だけ考えて、すぐに結論を出した。

「見なかったことにしよう」

「あぁ？」

しまった！　目が合ってしまった。

ギラギラとした眼光が全身を舐《な》め回すように見てくる。

「あんたぁ、苦しんでる私を無視しようっていうのぉ！　だから男はクソなのよぉ～」

「黙れ酔っ払い」

「酔ってないんらからぁ！　いったいどんな教育を受けてんのよ最近のガキはぁ～」

「変な女に出会ったら、すぐに逃げなさいと教育を受けてます」

偉大なる姉さんの教えである。これまで盲目的に従ってきたが、堕天したので微妙に信頼度は下がっていた。とはいえ、関わらない方がいいという点については同意しかない。少なくとも目の前にいる相手は面倒くさそうな予感しかしない。

「じゃあ俺は用事があるので」

「待ちなさいぃ～」

ユラリと立ち上がり、こちらに向かってくる。目が完全に据わっている。酒臭いし。何故《なぜ》こんな場所で酔い潰れていたのかは知らないが、俺に関係なくない？

どうしていつも厄介なトラブルに巻き込まれてしまうのか永遠の謎だ。

謎の酔っ払いは思いのほか上背があり、俺より少し高いくらいだった。その為《ため》、妙な威圧感がある。かなりのホラー体験だ。な、なんでジリジリ近づいてくるのかな？

「子供がぁ、こんな時間にフラフラしてたら駄目でしょぉ～」

「まさか自分の発言に説得力があると思ってませんよね？」

「うるさぃ！　ぅっ……大きな声を出したから気分が……うぷっ」

「は？」

「オロロロロロロロロロロロロロ」

俺の肩をガッシリ摑《つか》むと、そのまま顔面にゲロをぶち撒《ま》けた。

ははーん、なるほど。さては、妖怪顔面ゲロ吐き女だな？

なんだ妖怪だったのか。なら仕方ないね！

初対面の相手に絡んでゲロを吐きかけるような人間がいるはずない。

周囲に胃液の酸っぱい匂いが充満していた。むしろ俺からも漂っている。幸いお腹《なか》に何も入ってなかったのか固形物は見られないが、とんでもなく悲惨な状況だった。

なにこの惨状？　当然、服もゲロまみれだ。

「うぇ……気分が……うっ！」

妖怪がまた蹲る。特に何も言わず、俺はそのままコンビニに向かう。

あ、店員に嫌な顔された。突き刺さるような視線が痛い。そりゃそうだよね。いきなりゲロまみれの客が入店してきたら驚くよ。君は悪くない。悪いのは俺だ。いや、俺も悪くないでしょ！　悪いのは妖怪だよ。妖怪の仕業だよ！

必要な物を買って、妖怪の元に戻る。妖怪はそのままの状態でそこにいた。幻覚かと期待したのだが、現実だった。とても理不尽だ。

「ほら、これ飲んでください」

買ってきた肝臓水解物の錠剤と飲料水を渡す。

なんで俺が妖怪の世話をせにゃならんのだ……。

「はぁ？　睡眠薬でしょぉ～これ。おんなの敵めぇぇぇ。わたしを舐めるんじゃないわぁ～よ～。変なことしたらぁ留置所に送ってやるんらからぁ～」

ペシッと拒否された。プッツーン

「うるせぇぇぇぇぇぇぇぇぇ！　さっさと飲めやクソ女がぁぁぁぁぁぁぁああ！」

「ふわっ!?　ゴボボボボボボボボボボボボボ！」

ペットボトルを口にぶち込んでやった。錠剤を添えて。

「オゴゴゴゴゴゴゴゴゴゴゴ!?　ぶふぅっ！　ちょ、ちょっともうムリ——ゴボボボ」

「飲め！　飲み干せ！　さぁ、飲めぇぇぇぇぇ！」

容赦などしない。５００㎖の水がどんどんなくなっていく。わぁ、驚異の吸収力。

ペットボトルが空になる。目の前にはぐったりとした妖怪。

妖怪の恨みがましい目がこちらを向く。

「あとでぇ～アンタ、おぼえてなさいよぉ……」

「こんなところにいないで、早く帰って大人しくしていてくださいね」

どのみち、もう二度と会うことはないので気にしてもしょうがない。妖怪をウォッチするのはこれが最後だ。もんげーなどと言ってみるが、岡山には縁もゆかりもない。

それに俺としてもゲロまみれは気持ち悪いので早く戻ってお風呂に入りたい。

旅館に帰ろうとすると、後ろから足を摑まれた。ますます行動が妖怪じみている。

「待ちなさいぃ」

「そろそろ戻りたいんですが……。心配しなくても、貴女《あなた》に興味ないですし」

「このぉわたしぉ誰だと思ってるのよぉ……」

「妖怪顔面ゲロ吐き女」

「わたしの～どこがぁ妖怪なのよぉ！　こう見えても……あっ！」

「あ？」

「だめ……漏れる……」

「じゃあ俺はこれで」

「逃がすわけぇないでしょぉぉぉお！」

ズルズルと妖怪が這《は》い寄ってくる。なんかもう完全に恐怖映像だった。メンタルが最強すぎてホラーをまったく苦にしない俺じゃなかったら大変なことになっている。

「急いでぇ〜部屋まで運んで！　アンタのぉせいなんだからねぇ〜！」

「ひょっとしてこれが取り憑かれるってやつ？」

幽霊とかでよく聞くアレだ。妖怪に取り憑かれてしまったのだろうか。

あいにく俺に除霊スキルはなかった。どうしようこれ……。

「駄目……限界……出る……。そんなことになったら〜わたしのぉ人生は終わりね」

「もうだいぶ終わってませんか？」

「うるさい！　早く運ぶのぉ〜」

「そんなこと言っても、妖怪の住処《すみか》なんて知らないですよ」

「そんなにぃ〜遠くないから急げば間に合うわよぉぉぉお」

いつの間にか背中に取り憑いてきた妖怪が耳元でそっと囁《ささや》く。

「え、マジ？」

妖怪の住処は、俺達《たち》と同じ『海原旅館』だった。

「うぉぉぉぉぉおおおおおおお！」

「アハハハハハハ！　速い速い急げぇぇぇえ！　うっ、気持ち悪くなってきた！」

「吐くな！　吐くなよ！　吐くんじゃないぞ！」

「上からも下からも出そう」

「両方、固く元栓閉じとけ！」

「誰がぁぁあ緩いのよぉぉお！　私はまだ――うぷっ……オロロロロロ」

「ぎゃあああああ！　生温かいし臭い！　背中で吐くな！」

妖怪を背負ったまま来た道を爆走する。背中越しに頭から嘔吐《おうと》されたらしい。

妖怪なんて無視しておくべきだった。幾ら何でも酷《ひど》い目に遭いすぎだと思う。俺はちょっと散歩に出ただけなのに、どうしてこんなことに……。

旅館に戻ると、受付の人がギョッとした目で見てくるが、それどころではない。妖怪に聞いた部屋まで一目散に駆け抜ける。目的の部屋はもうすぐだ。

「……ギリギリの勝負ね」

「何が!?　ねぇ、何がギリギリなの!?」

深刻そうに妖怪が呟《つぶや》く。

「はい。鍵ぃ」

「あああああああもぉぉぉぉおおおおおおお！」

もぞもぞと渡された鍵で開けようとするが、妖怪が暴れるせいで上手《うま》くいかない。

「大人しくしてろ！　放り捨てるぞ！」

「部屋が見えて安心したのが失敗だったわぁ～。油断大敵だぞぉ」

「？　何を言って……」

「あっ♪」

そこはかとなく生温かい感触が背中越しに伝わる。

「まさか……決壊したのか……？」

「……すぅすぅ」

「寝たフリしてんじゃねーぞコラァ!?」


「はぁはぁ……。酷い目に遭った……」

「やっと帰ってきたって、どうしたのアンタ？」

「うわぁぁぁぁあん！　お姉ちゃぁぁぁぁぁぁあん！」

「よしよし。お布団で慰めてあげるからおいで」

「しまった。こっちも駄目だった」

妖怪を部屋に投げ捨て、這《ほ》う這《ほ》うの体《てい》で戻ってくる。

終わり良ければ全てよしと言うが、最悪の終わりだ。

妖怪は一人なのか、部屋に誰もいなかった。人の気も知らないで満足げな表情で眠りについている。俺が着替えさせるわけにもいかず、どうすることもできない。

そのまま部屋に転がしておくしかなかった。俺が得られたのは疲労感と汚物でビショビショになった服だけだ。洗濯しないと臭いも酷い。

「……本当にどうしたの？　なんか臭いし」

「重々承知しています」

幸い、この旅館にはコインランドリーがあるようだ。後で洗いに行ってこよう。

「母さんは寝ちゃったわよ。アンタのこと待ってたのに」

なんだかんだ仕事や家事で疲れているのだろう。母さんはスヤスヤ心地よい寝息を立てていた。いつもお世話になっております。感謝の念を送っておく。

「ごめん。もっと早く帰るつもりだったんだけど、妖怪に取り憑かれて……」

「……妖怪？」

「お風呂入ってくるね」

部屋風呂も温泉なのは嬉《うれ》しい。夏だからまだいいが、こんな時間に汗だくになってしまった。疲労困憊《ひろうこんぱい》だ。部活でもここまで疲れたことはない。

普段使わない筋肉がきしんでいた。ポチャンと温泉に浸《つ》かって大きく息を吐く。

「ふぅ。これが家族旅行か……」

初めての経験だが、家族旅行というのは相当大変みたいだ。まさかこんなに過酷だとは思わなかった。正直、全然気が休まらない。次から次へと想定外のことが襲ってくる。

「背中、流してあげる」

声の主は言わずもがな姉さんだった。

そう、こんな風に想定外のことばかり襲ってくるのだ！

どうやらここにきてまだ、気が休まることはないらしい。

九重《ここのえ》雪兎《ゆきと》こと俺は日本人である。

九重悠璃《ゆうり》こと姉も日本人である。

今まで当たり前のように思っていたことも、実は違うのかもしれない。

鎌倉幕府の成立が１１９２年から１１８５年に変更されたように、常識とはいつだってきっかけ一つで覆る。かつてドヤ顔でいい国作ろう鎌倉幕府などと教えていた教員は顔真っ赤になったりしたのだろうか？　むしろ顔面ブルーレイかもしれない。

世の中の常識を疑い続ける男、それがこの俺、九重雪兎である。

つまりさ、俺は確かにさっきこう言ったわけ。「お風呂入ってくるね」って。それなのにどうしたことか、入浴中に乱入してきたのは、まさかの姉である。

よもや俺達の間に日本語コミュニケーションは成立していないのではないかと疑いを持たざるを得ない。思えばこれまでも俺の言葉が通じていないフシが多々あった。

しかし、幾ら言葉が通じていないとしても、姉さんは女性だ。弟とはいえ、男性が入っていると分かっているお風呂にわざわざ入ってくることなどあり得るだろうか？

いや、ない（反語）。だが、待てよ？

そこで俺はある一つの可能性に気づいた。これも常識を疑った結果だ。

「……もしや悠璃さんは姉ではなく、兄だった？」

「お姉ちゃんよ」

「考察は振り出しに戻ったか……」

「ほら、頭洗ってあげるからこっち来な」

現実逃避もそろそろ限界なので、素直に聞いてみた。

「あの……部屋風呂だからって混浴ってわけじゃ……」

「混浴よ」

「そんな記載、なかったと思うんですけど……」

「混浴なの」

「ならせめてタオルの一つでも……」

「混浴なのに？」

「やっぱり通じてないじゃないか！」

「は？　大きくなったし嬉しいでしょ？」

「はい」

シクシク……。豪快に全裸でやってきた姉さんは椅子に座るとポンポンと膝を叩《たた》く。

こっちに来なさいと言いたいらしい。やはりジェスチャーの重要性は不変である。

姉さんとのこうした異文化コミュニケーションにも慣れつつあった。俺はスポンジのように吸収していく男だ。お風呂だけに。

「ところでアンタ。さっきなんか臭かったけど、どうしたの？」

「妖怪顔面ゲロ吐き失禁女にやられました」

「なにそれ？」

「姉さん、妖気を感じます」

「私に言われても困るけど」

ゴシゴシと頭を洗われる。正直、有難い。少しでも会話で気を逸《はや》らさないと、うっかり見てはいけないものを見てしまいそうになる。でも、実は結構見てる。

なんならマッサージしてるときも見てたし今更だった。ありがちな脳内天使と悪魔バトルは常に悪魔が優勢だ。ぐへへへへ
もうそろそろ明鏡止水の境地に目覚めてもいい頃だと思うが、覚醒の気配はない。

少し外に出ただけで散々な結果になったが、妖怪は無事部屋に討伐してきたし問題なかろう。酔っ払いに関わるとロクなことにならないのは雪華《せっか》さんで学んでいる。雪華さんは、ほんの少しのお酒で酔うが、酔うと確実に俺が被害に遭う。何故《なぜ》なんだ……。

妖怪との道中記を姉さんに説明すると険しい表情が更に険しくなる。

「はぁ。アンタはもう……。変な女に引っ掛かるなっていつも言ってるでしょ」

「身に染みてます。今まさに」

「は？」

「歓喜に打ち震えております！」

「私は例外処理だから」

ついでに背中も洗ってもらう。なかなかこういうのは自分一人だとできないだけに、貴重な体験かもしれない。その割に自宅ではちょいちょい発生している。

——って、ちょっと待って！　手が。その……それは……ひっ！

「ま、前は自分で洗えるので」

「アンタ、今まで何を学習してきたの？」

「確かに」

「なら、問題ないわね」

「ななな、にゃいわけあるか！」

噛《か》んだ上に全身くまなく洗われた。シクシク……。

「ふぅ。気持ちいいわね」

「素直に頷《うなず》きづらいのなんでだろう？」

湯船に浸かる。俺の疲労はピークに達していた。このまま出たくない。

刺激の強い源泉が身体《からだ》を溶かしていく。疲労回復に最適だが、はたしてこの疲労は本来俺が背負うべきものだったのか謎は尽きない。

「家族旅行、楽しい？」

　隣で一緒に浸かっている姉さんが、ポツリとそんなことを呟いた。

「家族旅行の過酷さを思い知りました」

「……それはアンタだけよ」

楽しい……。俺は楽しかったのかな？

わずか一日だが、振り返れば大変だったのは間違いない。それにこうして温泉に入っているのは、とてもいい気分だ。見上げれば、漆黒の空に月が輝いていた。

視線を隣に向ける。相変わらず鋭い目をしているが、いつもより少しだけ目尻が下がっていた。それだけで幾分、眼力は緩和される。

思えば、母さんや姉さんはとても楽しそうだった。はしゃいでいたような気がする。

それならば家族旅行は成功なのだろう。そこに俺の意見は関係ない。

みんなが楽しければそれでいいし、その為《ため》に俺はできることをやるだけだ。楽しいと思ってもらえるように全力を尽くすだけ。

そんなことを思っていると、いつの間にか真正面に姉さんが移動していた。その瞳が俺を覗《のぞ》き込んでいる。何かを探るように、俺を逃がさないように。

「あのさ、聞きたかったことがあるんだけど」

「な、なんでしょうか？」

「――修学旅行、どうして行かなかったの？」

「修学旅行？」

はて？　そういえば、夕食のときも姉さんは少しだけそんなことを言っていた。

「うーん。そんなに深い理由はないけど」

「それよ。深い理由がない方がおかしいの。なのにアンタは行かなかった。どうして？」

記憶を遡る。中学の修学旅行に俺は行かなかった。

その選択をしたことさえ忘れていたし、言われなければ思い出しもしなかった。そこに特別な何かがあったわけじゃない。だんだんと思い出してくる。本当に些細《ささい》なことだ。

しいて言えば、それが最適だったから。それ以外に理由など存在しない。

修学旅行の期日が迫り、あるとき担任に「くれぐれも問題を起こさないように」と忠告を受けた。その後、学年主任にも同じことを言われたのだが、先生がそう言うのも当たり前だ。何かとご負担を掛けてきたし、修学旅行は先生達《たち》にとっても一大イベントだ。その気苦労は計り知れない。神経を張り詰めもするだろう。

俺としては申し訳ない気持ちでいっぱいだった。

自分で言うのもなんだが俺は運が悪い。そこで思った。

そもそも行かなければ問題など起こらない。俺は余計な負担を掛けずに済むし、先生も余計な心配や苦労をせずに済む。まさにＷｉｎ－Ｗｉｎの関係。きっと喜んでくれるだろうと意気揚々と提案すると、何故か態度が急変し一転、参加を促してきた。

突然、謝罪されても俺は困惑するばかりだった。

後から必ず後悔すると言われても、修学旅行にこれといって思い入れもなく、俺が行かないことで誰もが楽しめるなら、それが最適な判断だった。

誰も損などしていないし、メリットしかない。実際に後になった今でも後悔するどころか、記憶からも消えかかっていたことを思えば間違ってはいなかったのだろう。

本当にそれだけの、今になって語る価値すらないほどつまらないエピソードだ。

思索に耽《ふけ》っている間、視線は虚空を彷徨《さまよ》っていた。

記憶の旅路を終え、意識を戻す。

「……姉さん？」

姉さんの目に涙が溢《あふ》れていた。その手が額に触れる。

「――アンタはどうしてそうなのよ！　雪兎が思う幸せに雪兎はいちゃいけないの？　雪兎が誰かの幸せを願うように、雪兎の幸せを願う誰かがいると思わないの？」

激情がぶつけられる。傷つくことを恐れない剝《む》き出しの感情。

それでいて、あのときのように突き放そうとする冷たい意思も感じられない。

ワケが分からなかった。何を言われているのか、何を悲しんでいるのか。

だけど、とても温かい。温泉の効果か、それとも姉さんの体温なのか。

カチリと、何かが嵌《はま》るような、そんな音がした。

ふいに理解する。俺はきっと今、――怒られている。

これまで母さんにも姉さんにも怒られたことはなかった。

なら、俺が何かを間違ったとき、誰がそれを教えてくれるのか。

こんなにも真剣に。こんなにも必死に。

姉さんは怒っていた。どうしようもない俺を。


——そして、ようやく気づいた。これが家族だったんだと。


「勉強も運動も家事も、アンタは誰の為にやってるの？」

月明かりが姉さんを照らしていた。映し出された儚《はかな》いシルエットは、さながら神話に登場するアルテミスのように神聖で、ただただ綺麗《きれい》だった。

問いかけの意図を図りかねて、そのまま当たり前の答えを返す。

「えっと……自分の為かな？」

「……本当に？」

はたして姉さんの言わんとしていることは何なのか、不出来な俺にその真意を読み取ることはできない。思えば、これまでもロクに理解できたことなどなかった。

姉さんは思慮深い。その胸の内を矮小《わいしょう》なる俺如《ごと》きが推し量ることなど到底不可能だ。

「それ以外に何かあるの？」

「そうね。本当にそう。でも、アンタは、いつからか誰も信用しなくなった。ううん、違うかな。誰も必要としなくなった。誰にも期待しないし何も求めない。だからアンタは、全部自分でやろうとするだけ。それがアンタを孤独にするの」

言われてみればそうかもしれない。でも、分からないことがある。

「……それに何か問題があるのかな？」

「アンタが何かを求めたとき、誰もがそれを悉《ことごと》く裏切ってきた。そしてそれを当然だと思うようになり、それが普通だと納得してしまった。こんなこと今更言ったってどうにもならないって分かってる。でも、見ていられないのよもう！」

見たくない悲しそうな姉さんの顔。そういえば、最近は不器用な笑顔ばかりだった。姉さんなりに練習の成果を見せてくれて、その笑顔に癒されていた。

やっと取り戻せたと思っていた。また、笑顔が見られるようになったのに。

「前に聞いたでしょ。卒業したらどうするか。アンタは具体的な答えを返さなかった。なのにいつも熱心に勉強を続けている。どうして？　将来目指したいものでもあるの？」

「それは迷惑をかけないように……」

「ネイルだってそう。私がちょっと言っただけのことをアンタは学んで実践してくれる。これでも感謝してるの。いつもありがとう。でも、それは何故？」

「？　それくらいしかできることがないから」

まったくもってそうとしか言いようがない。学校でも家でも家族には迷惑をかけっ放しだ。特に姉さんの場合、同じ学校に通っている。俺が原因で嫌な思いをしたことだって一度や二度では済まないはずだ。だから俺はその恩を返したくて――。

「私も母さんも迷惑だなんて思わない。――なんて、言っても伝わらないことは分かってる。だって事実、私達はそうして――」

悔し気に表情を歪《ゆが》め、握り締めた拳が水面を叩《たた》いた。

「でも、気づいて欲しいの。誰にも何も望まないのに、アンタは誰かに応えようとする。それはとても不公平だと思わない？」

姉さんが近づいてくる。距離がゼロになり、なんなら目の前に胸がある。おっきい。

その手がそっと額に当てられ、前髪を持ち上げた。

「傷、消えないね」

「見苦しいものをお見せしてすみません」

「……アンタが私を赦し続ける限り、私は私を赦さない」

今にも壊れそうなガラス細工に触れるかのように、繊細に優しく指が傷を撫《な》でる。

生え際には2センチほどの傷が残っていた。それは俺が遊具から突き落とされたときに付いた傷痕だ。普段は髪に隠れて見えない。灯凪《ひなぎ》だって知らないだろう。

「目立つものでもないですし、大丈夫ですよ」

「そういうことじゃない！　アンタがそんなんだから私は……。雪兎《ゆきと》、聞いて。私はね、アンタになら何をされたっていいの。どんなことだって構わない」

「じゃあ、胸を触っていいですか？」

「いいよ」

「失言でした」

即答されてしまった。当たり前だが、そんなつもりはない。思わず口走ってしまっただけである。だって、しょうがないじゃん！　目の前にあるんだよ？

さっきからなんとか目を逸《そ》らそうと努力しているが、目が離せない。脅威の吸引力。胸囲だからね。これが俗に言う魔力か……。

「私ね、アンタの献身が怖いの。見返りを求めず尽くそうとする。そんなことをしていたら、いつか全てが嫌になって、何もかも嫌いになってしまうんじゃないかって」

傷に触れたまま姉さんがしな垂れかかってくる。潤んだ瞳が揺れる。黒曜石のように深い漆黒。温泉の中だ。殆《ほとん》ど体重は感じない。女性に体重の話は厳禁なので止《や》めておくが、火照った身体の体温を直《じか》に感じる。

「――ねぇ、教えて。真実を。あの日のこと。あの後のこと。私がアンタを殺そうとして、アンタはいなくなった。許されることじゃない。謝れば済むことじゃないの。でも、ずっと疑問だった。連絡が来たとき、アンタは――」

記憶の奥底に溜《た》まったヘドロの中を探して答えを求めたとしても、何も変わらない。

全ては過去でしかない。姉さんは後悔している。今でも後悔し続けている。

――もう姉さんは十分に苦しんでいる。これ以上は必要ない。

姉さんのせいじゃない。姉さんは悪くない。悪いのは俺で、悪いのは――で。
それ以外に何もない。姉さんの求めている真実などありはしない。
それなのに――。
なのにどうして――。

「もしかして、アンタは誰かに連れ去られたんじゃないの？」


ずっと抱えてきた疑念。それを知ってるのは弟だけ。

仮にそうだとしても、私が抱えた罪が軽くなることはない。けれどもしかしたら、重くなることならあるかもしれない。私が犯したもう一つの罪。

あまりにも恐怖で、触れることさえできなかった。

表向きには事件性など存在しない。弟自らその可能性を否定していたから。

当時、弟はこう答えた。淀《よど》みなく、まるで用意していたように。

一人で遊んでいて、遊具から転落した。家に帰ろうとして道に迷った。

そこに私の名前はない。一切、口を噤《つぐ》んだ。殺そうとしたはずの私を庇《かば》い守った。

だから、その真実を知る者は家族だけ。でも、私にも知らないことがあった。

あの日、私が突き飛ばして、その後、弟がどうなったのか。空白の六日間。

弟を殺そうとして、そして弟はいなくなった。重症を負い、消えた弟と再会したのは一週間近く経《た》ってからだ。弟は生きていたが、その代償はあまりにも大きなものだった。

一生残る傷痕。笑顔を見せることはなくなり、姉と呼ばなくなった。

弟は隣の市で発見された。私達が住んでいる町はそれなりに大きく、隣の市といっても重症を負った小さな弟が歩いて行けるような距離じゃない。発見された場所も、到底子供が一人でいるようなところではなかった。

なら、どうしてあの子はそんなところにいたの？

何もなかったはずだと信じたかった。事実、何もなかったと弟は答えている。

なのに疑ってしまうのは私の疑心暗鬼に過ぎないのかもしれない。罰を望む私が、自らに見せている幻想なのかもしれない。だけど、どうしても拭いきれなかった。

弟は嘘《うそ》はつかない。とても素直ないい子だ。可愛《かわい》い。

でも、それは自分を理由に嘘はつかないというだけだ。誰かの為《ため》になら、誰かを守る為になら、弟は平然と嘘をつく。真実を覆い隠し、全てを虚構で塗り固める。

その結果、自分がどれだけ傷つくことになっても、弟は気にしない。

どこまでも自罰的で自らを犠牲にすることを厭《いと》わない。

それに気づいたのはごく最近。だからこそずっと燻《くすぶ》っていた、あるはずないと信じ込もうとしていた疑念が今一度頭をもたげた。

——本当は、誰かに連れ去られていたのではないかという可能性を。

◆

広縁でぼんやり月を眺めながら、お茶を飲む。姉さんは静かに寝息を立てている。

疲れたのだろう。散々な目に遭ったが、どれも忘れられない思い出ばかりだ。

「まだ、起きていたの……？」

「母さん？」

目を擦《こす》りながら、母さんが対面に座る。お茶を注いで渡す。

「ありがとう」

「起こしちゃったかな？　ごめん」

「ううん。喉が渇いただけだから」

優しい眼差《まなざ》しに誘われるように、言葉を紡ぐ。

「さっき、姉さんにこっぴどく叱られて、ウッキウキだった」

「悠璃《ゆうり》に？　何かしたの？　それと、怒られたときは神妙にするものだけど……」

「なんか新鮮な経験だったからさ」

不思議そうに首を傾《かし》げる母さんに一部始終を話す。

「……そう。あの子がそんなことを……」

「怒られるっていいよね。間違ってるって理解できるから」

間違いなら正せばいい。俺は馬鹿だから、言ってくれなくちゃ分からない。

それがコミュニケーションだと思う。察してちゃんでは困るのだ。

「——俺も、変わらなくちゃ」

これだけでも今回の家族旅行は有意義な経験だった。姉さんには感謝しかない。

「私がしないといけないことなのに……。悠璃にも、いつも助けられてばかりね」

苦笑した母さんは、窓の外に視線を向ける。

「……私も悠璃も不安なの」

「不安？」

母さんが、どう言葉を伝えるべきか迷うように思案して、ゆっくり言葉を続ける。

「貴方《あなた》は昔から自立心の強い子だった。いえ、そうさせてしまったのは私が原因で、貴方はそうせざるを得なかった。朝は一人で起きられるようになり、朝食だって自分で用意する。いつしか勉強も家事も完璧になって、私の出る幕なんてなくなって……」

それの何処《どこ》か悪いのか分からない。でも、母さんはとても寂しそうで——。

「貴方はどんどん周囲を必要としなくなっていった。とても強く、誰にも負けないくらいに。その為に、自分の全てを費やして。あまりにも多くのものを犠牲にして。貴方が一つ新しい何かを覚える度に、私や悠璃は必要とされなくなっていく」

「そんなこと……」

そうだ。姉さんにも、それが俺を孤独にすると言われたばかりだ。

「貴方は迷惑をかけてはいけないと思っているのかもしれない。でも、それは違うんだよ？　私も悠璃も貴方に迷惑をかけられたいの。甘えて欲しい、必要として欲しい」

ガガーン！　まさに青天《せいてん》の霹靂《へきれき》。俺は母さんの言葉に衝撃を受けていた。

それはこれまで俺が避けていたことだ。だとしたら、俺がやってきたことは……。

「……だって、貴方は私の大切な息子なんだから」

母さんの手が俺の頬をなぞる。繊細で儚《はかな》い。そんな指先。

「勘違いしないで。貴方には感謝してるの。いつだって、私達《たち》の為を思って行動してくれる。でも、貴方がそう思ってくれるのと同じように、私達も貴方にしてあげたいの」

立ち上がり、暗い夜空を見上げる。その姿が幻想的だった。

「一足飛びに子供から大人になろうとしないで。私の我儘《わがまま》かもしれない。でも、私はまだ貴方に必要とされたいの。もう少しだけ、手のかかる子供のままでいて。まだ高校生になったばかりなのに、経済的自立も果たそうとしている。家を建てるのだって、私の役割を貴方が代わってくれようとする。それは有難いことだけど、とても寂しいから……」

母さんは涙を見せなかった。諦めを含んだような切なげな笑顔。

母さんも姉さんも、俺はこんな顔を見る為に一緒に家族旅行に来たんじゃない。

「私を、貴方の母親でいさせて欲しいの」

「俺はどうすればいいのかな？」

幾ら考えても思い浮かばず、素直に質問することにした。

「……もっと、甘えて欲しいかな？」

少しだけ考えて、母さんがそんな要望を告げる。

「お母さん、好きー！……なんか、違うな」

甘えてと言われても、どうしていいか分からず、とりあえず、抱き着いてみた。

「私も、愛しているわ」

頬に軽くキスされる。俺はしっくりこないが、母さん的には正解だったらしい。

「何でもいい。貴方から求められたい。それは迷惑なんかじゃないの」

俺が母さんにして欲しいこと。昔は沢山あったんだ。でも、それは叶《かな》わなくて……。

なら、今は――。

「……そういえば、お姉ちゃんツルツルだったな」

「分かった。後で処理しとくね」

「わぁぁぁぁああ！　ついうっかり口が滑っただけだから！」

「貴方のそのとても素直なところ好きよ？」

なんでもすぐ口に出してしまうのは雪兎君のイケナイところだ。反省します。

「孤独じゃない……か」

「雪兎？」

母さんや姉さんの手を煩わせることなく、サクッと一人クエストを完了しようと思っていたが、それがダメだと怒られたばかりだ。だから、不安にさせてしまうのだと、言われてしまった。なら、頼ってもいいのだろうか。迷惑をかけてもいいのだろうか。

「……母さんに、お願いがあるんだ。──おっさんは、嘘をついている」

「あの男が……嘘？　貴方はやっぱり……。止めて、行かないで！」

打って変わって母さんの表情に悲愴《ひそう》さが滲《にじ》む。縋《すが》るように迫られる。

「あの男に何か言われたのね？　渡さない。今更、出てきたようなあんな男に。貴方を渡したりなんてしない。嫌なの！　お願い、私を捨てないで……！」

感情的になる母さんを抱きしめて、落ち着かせる。

「大丈夫。そんなんじゃないよ。でも、俺が解決しないといけないことなんだ」

親権者変更調停などと脅したところで、俺は十六歳だ。自分の意思が尊重される年齢。おっさんも、それくらい理解していたはずだ。それでも脅さざるを得なかった。

隠しきれない焦りと強硬な手段。誰かを犠牲にするような手段は取るべきじゃない。

「あんな男、放っておけばいいの。あのクズを貴方が気に掛ける必要なんてない！」

涙ながらに引き留めようとする母さんは顔面蒼白《そうはく》で、痛ましい。

「俺だって、厄介ごとに巻き込まれて、そう思うけどさ」

俺がおっさんの元に行くかもしれないと勘違いしている母さんに事情を話す。

普通にヤダよあんなおっさん。血縁上そうだとしても他人としか思えない。

けれど、おっさんにも家族がいて、母さんと同じように子供を愛している。

そして、俺も無視するわけにはいかない。俺は家族を大切にする男、九重《ここのえ》雪兎《ゆきと》である。

義妹が助けて欲しいと言ったなら、俺が手を差し伸べるしかないのだ。

「もしかしたら、母さん――」

おっさんは、俺を引き取ろうとしていた。だが、俺にそんなつもりはない。

俺はおっさんとは違う。逆転の発想。だったらそう――俺が引き取るのさ。

◇

「……ん……ふぅ……」

重たい瞼《まぶた》を持ち上げる。カーテンを閉め忘れていたのか、日差しが差し込んでいた。

ガンガンと頭が痛い。どうにもならない頭痛に顔を顰《しか》めて、まどろみから抜け出す。

……ここってどこだったかしら？

そんなことさえハッキリしない。著しい認知機能の低下。症状に思い至る。過去に何度か同様の経験があった。恥ずかしい話だが――二日酔いだ。

徐々に意識が覚醒してくる。夏らしい快晴。寝汗がじわりと背中を濡《ぬ》らしていた。

抱えていた案件が片付き、疲れを癒す為に休みを取って温泉に来た。趣味の一人旅だ。

誰かと一緒ならそういうわけにもいかないが、一人なら気兼ねなく多少羽目を外しても気にする必要はない。一人旅の醍醐味《だいごみ》というやつだ。

ゆっくり温泉に浸《つ》かり、豪勢な食事にお酒を嗜《たしな》む。テンションも上がっていたのだろう。

楽しみにしていた地酒はサッパリとした滑らかな口溶けで飲み易《やす》く、ついつい飲み過ぎてしまった。思いの外アルコール度数が高く深酔いしてしまったようだ。

ごそごそとポケットを漁《あさ》るとスマホが見つかる。冷たい硬質な手触り。

私はスマホをポケットに入れたまま寝てしまったのだろうか……。

周囲を見回すと見覚えがある。宿泊している部屋だ。

でも、どうしてここにいるのか分からない。

昨日の夜、コンビニに行ったはずだ。そこから先の記憶がなんとも朧気《おぼろげ》だった。

「――――ッ!?」

気持ち悪い感触。最悪な想像に跳ね起きた。

ペタペタと身体《からだ》を触る。夜に出掛けたときの服そのままだ。ぐっちょり濡れたショーツが不快さを際立たせる。鈍痛を振り払い必死に頭を働かせていく。

下腹部に触れる。特に違和感はない。ほっと胸を撫《な》でおろす。最悪な事態は避けられたかもしれない。他に何かをされたような形跡もないが、よく見れば服は嘔吐《おうと》物で汚れ、下着もとても着ていられるような状態ではない。

ショーツの冷たい感触がなんなのか理解しつつあった。これでもいい歳《とし》だ。笑い話にもならない。周囲に誰もいないのが幸いだった。

逆に気楽な一人旅だからこそ、ここまでやらかしてしまったのかもしれないが……。

それにしても、幾ら酔っていてもこんな惨状で眠ろうとは思わない。浴衣だって用意されている。寝るならせめて着替えくらいはしたはずだ。

ふらつきながら立ち上がる。布団で寝ているというより、布団の上にただ乗せられているような状態だった。まるで誰かに運ばれたような……。

「これって、そういうことよね……?」

嫌な想像が膨らんでいく。そういえば、昨日誰かと一緒だったような気がする。

いざ、それを思い出してしまえば、面影も蘇《よみがえ》ってくる。

私が泊まっている旅館を知っているはずがない。ましてや部屋まで知っているとなれば教えた以外に考えられない。ホテルや旅館が第三者に情報を漏らすことはあり得ない。

となれば、それはつまり私が誘ったと捉えられてもおかしくはないということだ。

溜《た》まっていたつもりはなかったが、自然とフラストレーションを溜め込んでいたなんてことはよくある。……はぁ。よくあると言っても、私が迂闊《うかつ》だったことには変わらない。

内心叱責するが、それで現実が覆るはずもない。

もう一度くまなく身体を確かめる。

少なくともそういう行為はしていない……わよね?

脱がされたのだろうか。下着はそのままなだけに臭いもキツイ。相手がそういう気分にならなかったことを祈るばかりだ。

だんだんと自信がなくなってくる。酩酊《めいてい》状態だったことを考えれば、そのままされていてもなんら不思議ではなかった。もし、そうだとしたら万が一もあり得る。

幸い大丈夫な時期だが、そんなことはなんの慰めにもならない。

こういった事例は腐るほどある。言ってしまえば、直近まで担当していた案件も似たようなものだ。だが、それはあくまでも無理矢理アルコールを飲まされたような場合であり、自分で酔った挙句、仮に私から相手を誘ったのであれば、どうあっても言い訳すら不可能だった。完全な合意であることに疑いの余地はない。

背筋に冷や汗が流れた。明らかな醜態。これほど前後不覚ならば、ちょっとやそっとじゃ気づかない。それこそ、直接何かをされていないにしても確認しようがない。

ふと、テーブルの上にビニール袋が置かれているのが目に入った。中にはコンビニで買える二日酔いに効くサプリと空になったミネラルウォーターが入っている。

昨日、私が買おうとしたものだ。だが、それを購入した記憶が私にはない。

「……介抱してくれた？……まさかね」

初対面の相手にそんなことあり得る？　何もせずなんの見返りも求めず、ただ介抱して帰る。そんな都合の良い人間など存在しないことを私はよく知っている。

この仕事をしていれば、嫌と言うほど人の醜さを知ることになるのだから。穿《うが》った見方をすれば、これもある種のアリバイ作りのようなものとして用意したのかもしれない。

幾つかの可能性を考える。服を脱がされ写真を撮られるようなことくらいはされているかもしれない。或《あ》いは、私が誰か気づかれている場合、それを週刊誌にでも持ち込めば、ちょっとしたお金にはなる。

一般人なら単純に被害者として扱われるが、それが多少なりとも著名人のリークならば、それは一つのエンターテインメントとして消費されるのが常だ。気取るつもりはないが、会話のやり取りや写真の流出など日々、そんな話題には事欠かない。

もちろん、そういった手合いにはキッチリ報いを受けさせるし対処にも慣れている。

とはいえ、自分自身がターゲットにされることに対して平然としていられるかと言えば、そこまで図太くはいられない。脇が甘かった。取り返しのつかない失態。

画像などが流出してしまえば削除申請こそ難しくないが、必ず誰かの手元には残るし、事実は決して消えない。周囲の見る目も変わるだろう。

それは私にとって、キャリアに影響するあまりにも大きすぎる代償だった。

楽しみにしていたはずの休暇が最悪なことになってしまった。場合によっては事務所の皆や、多くの人に迷惑をかけることになるかもしれない。

重苦しい気分で汚れた服と下着を着替える。とにかく、温泉にでも浸かって気分転換しよう。考えるのはそれからだ。最悪な可能性を想像すればキリがない。

本当にただ何もなく終わったのかもしれないし、仮に何かあったとしても、一夜の情事として、後腐れなくそれが表に出なければなんの問題もないはずだ。

少なくとも今は、そう割り切るしかなかった。

重い足を引きずるように、私は部屋を後にした。

♨♨♨

銭湯を庶民が楽しむようになったのは江戸時代からというが、かつて源頼朝《みなもとのよりとも》に追われた源義経《よしつね》が平泉から北の北海道、ひいては大陸に渡りモンゴルに逃亡したとされるのが、かの有名な『義経北行伝説』である。

その道中、赤羽根峠を抜けた先に見つけた家で、義経は風呂を作らせ入浴した。

以来、その家は姓を「風呂」と名乗るようになり、また地名も「風呂」と呼ぶようになったと伝えられている。何が言いたいかというと、逃亡中でも入浴したくなるほど、日本人は昔からお風呂が大好きなのだった。

お日様も高いうちから温泉に浸かり、すっかり寛《くつろ》いだ九重ファミリーだが、母さんと姉さんはまだ温泉から出てこない。気の済むまで満喫するつもりだ。

折角の旅行。これといって急ぐ理由もない。ゆっくりすればいいと思う。俺はコーヒー牛乳を飲みながら入口でのんびりと待っていた。

姉さんによる追及は有耶無耶《うやむや》になったが、都合の良い真実など存在しない。

何もかも遠い過去に終わったことだ。今更掘り返したところで意味などないし、俺自身、結局アレがなんだったのか、どういう理由でそうなったのかも分からない。

だがもし、あのままだったら、俺は目的を果たせていたのかもしれない。

――いなくなりたいと願った、そんな目的を。

それが良いことか悪いことなのかは分からない。あの日の俺は二つの選択肢を持っていた。けれど、今ではもう無理だ。片方は選べない。

そしてそれは、俺自身が弱くなったということなのかもしれない。

しかしアレだね。俺は勘違いしていた。温泉とは日頃の疲れを癒したり、リフレッシュする為《ため》に訪れるものだと思っていたが、肉体的な疲労は癒されても、精神的な疲労は積み重なるばかりである。旅館に来てからというもの、ちっとも休まらない。

昨日は母さんと夜中に話した後、一緒にお風呂に入ることになった。

母さん曰《いわ》く、どうやら一緒にお風呂に入って洗ってあげたかったらしい。ご厚意には感謝だが、その役目を姉さんに取られてご機嫌斜めのおこだった。

その後、結局、全身を全身でくまなく洗われるという高校生として如何《いかが》なものか状態になり果てたが、俺ってば、洗われすぎである。お肌も綺麗《きれい》になりました。ツヤツヤ

ふと、どこか見覚えのある女性が、こちらに近づいてくる。

もしや——妖気!?

温泉に浸かりにでも来たのだろうか。おもむろに声を掛ける。

「あの、体調は大丈夫ですか？」

「……？　えっと……私ですか？」

「はい。昨日は随分と酔っていたようなので」

「!?——ちょ、ちょっと待って。君の顔なんとなくだけど憶《おぼ》えが……」

アレ、ひょっとして忘れてる？　俺に経験はないが、お酒を飲み過ぎて記憶を失《な》くすというのは割とよく聞く話だ。成人したらなるべく気を付けることにしよう。

「着替えさせようにも、流石《さすが》にそういうわけにもいかなかったので」

「着替えって、君、昨日、私に何したの!?」

「何って、したのはそっちじゃないですか」

「――やっぱり！　したのは私からだったの……」

どうしたことか慌てた様子で詰め寄られる。激しく動揺していた。昨晩とは違い、その瞳には知性が宿っている。凛《りん》とした佇《たたず》まいに極めて激しいギャップを感じずにはいられない。改めて観察してみると、二十代後半から三十代前半だろうか。

「酷《ひど》い目に遭いましたよホント。反省してくださいね」

「……ん？　待って。君ってもしかして未成年……だよね？」

「そうですけど、それが何か？」

「……私は……なんてことを……。ね、ねぇ、昨日は私が誘ったの？」

「あんなに無理矢理拘束しておいて全然憶えてないんですか？」

「――!?」

いきなり膝から崩れ落ちた。ぶつぶつと「青少年保護育成条例が……」「バレなければ大丈夫……」「証拠さえ……」とか言ってるのが聞こえてくる。なんのこと？

「君、スマホ、スマホ貸して！」

「はい？　どうしてですか？」

「憶えてないけど、悪いとは思っているわ。でも、万が一にもバラされるわけにはいかないの。君、もしかして撮影とかしてないよね？」

「してませんよ」

「ごめん、信用できない。だからスマホを見せて」

「だからそんなことしてないですって」

「なら問題ないでしょう。いいから見せなさい！」

有無を言わさず従わせようと高圧的に迫られる。余程まずいことでもあるのか焦っていた。あからさまに面倒な事態に素直にスマホを手渡す。

ひったくるように無理矢理奪い取ると、勝手に操作を始める。

「ロックは……掛かってない。不用心ね。気を付けた方がいいわよ。画像は……え、何もない？　君、どうして画像が一枚もないの？」

「元からです」

「——本当はどこかのパソコンにでも送ったんじゃない？」

「何故《なぜ》そんな嘘《うそ》をつく必要があるんでしょうか？」

「何故ってそれは……」

俺が唯一保存していたムフフ画像は、その危険性からＵＳＢに移して保管してある。

世の中何があるか分からない。なんでもネットに繋《つな》がるＩｏＴ社会の到来は、同時にリスクも増やす。オフラインに隔離しておくことで、不測の事態を避けるのがリスクマネジメントを欠かさない男、九重《ここのえ》雪兎《ゆきと》である。

「何かあったら困るのよ。対処は難しくないけど、私にも立場があって——あっ！」

再びこちらに詰め寄ろうとして女性の手からスマホが滑り落ちた。

そのままパキッと音がして無情にも画面が割れる。スマホ全盛の時代、未《いま》だ強化ガラスの強度は思ったほど強くはなかった。

「…………」

「ごめ、ごめんなさい！　その、キチンと弁償を——」

それほど普段から使っていないとはいえ、スマホの画面を割ったのは初めてだ。

割ったのは俺じゃないけど。拾って確かめる。一応タッチパネルは正常に動作するが、画面が見辛《みづら》いことこの上ない。これで俺もスマホバキバキ勢の仲間入りか。

「——雪兎、誰その人？」

背後から聞き慣れた声。温泉から母さんと姉さんが出てきた。

「妖怪顔面ゲロ吐き失禁クソＢＢＡです」

「……妖怪？　そういえばアンタ昨日そんなことを——」

「うわぁぁぁあん、お母さぁぁぁぁぁぁぁあん！」

「よしよし。抱っこしてあげる」

「気の迷いでした」

昨夜、散々迷惑をかけられた上にお礼もなく、今日になっていきなり絡まれた挙句、スマホの画面まで割られたとあっては、幾ら温厚な俺でもほんのちょっとだけ口が悪くならざるを得ない。妖怪顔面ゲロ吐き失禁クソＢＢＡに対する印象は最悪だ。

母さん達《たち》に顛末《てんまつ》を説明する。顔面からゲロをぶち撒《ま》けられたり、背中で失禁されたこともバラしてやった。顔が真っ青を通り越して白くなっている。ふはは、ざぁまぁみろ。

その間、姉さんの目がみるみる険しくなっていく。

「してないって言ってるのに、まったく信じてくれないしスマホも割られるし……」

「だから変な女には気を付けなさいっていつも言ってるでしょ。それがこの世界の摂理なの。いい？　分かった？　分かったなら、返事は大好きお姉ちゃんよ」

「はい」

よく分からないことを言ってるのはスルーして、素直に返事する。こればっかりは反省するしかない。犬は歩くと棒に当たるが、俺が歩くとトラブルに遭遇する。重々肝に銘じておく必要がある。ホントもう無視すればよかったよ……。

「――ところでアンタさ、うちの弟になにしてくれてんの？　あ？」

「申し訳ありません！　そんなつもりはなくて、ちゃんと弁償はさせて頂きますから。まさか家族連れだったなんて……」

「うーん……。貴女《あなた》どこかで見たことあるような気がするんだけど……」

「――！」

「知り合いなの？」

「そうじゃなくて……」

敵意を剝《む》き出しにしている姉さんとは異なり、母さんは何やら思案顔だ。と、何かを思い出したのか、急に表情が明るくなる。

「思い出した！　雑誌で見たことあったの。確か……そう、法曹界の女神！」

「この妖怪顔面ゲロ吐き失禁クソＢＢＡが女神？」

「この妖怪顔面ゲロ吐き失禁クソＢＢＡが女神ってどういうこと母さん？」

なんか姉さんも追随してくるが、女神とはこれ如何《いか》に？

「彼女、新進気鋭の弁護士なのよ。それでよく雑誌にも取り上げられていて、死語かもしれないけど、法曹界のマドンナってやつね」

意外な事実が明らかになる。胡散臭《うさんくさ》い視線でジロジロ眺める。

弁護士？　この妖怪顔面ゲロ吐き失禁クソＢＢＡが？　とてもそんな風には見えない。

「妖怪から女神……？　それも弁護士？……女神……転生？……いや女神先生……」

――ハッと閃《ひらめ》く。

「なるほど。略してメガセン――！」

「やめなさい」

「はい」

Ⓒが怖いので程々にしておく。

「そうそう思い出したわ。名前は——不来方久遠《こずかたくおん》」

母さんが、その名前を口にするのと同時に、バッキバキのスマホに着信が入った。

新進気鋭の弁護士様とやらが冷や汗を流しているのを尻目に、相手を確認する。

「どうしたんですか先生？」

電話の相手、三条寺《さんじようじ》先生が切迫した様子で告げた内容は、衝撃的なものだった。

「——氷見山《ひみやま》さんが倒れた？」

◆

「大丈夫ですか氷見山さん!?」

「雪兎君？」

「よかったぁ……」

ベッドに座る氷見山さんの姿は儚《はかな》げで、ひと際、華奢《きやしや》に感じられた。

連絡を受けてから三時間近く経《た》っている。日も暮れかけ夕日が室内を照らす。

倒れたと聞いていたが、意識があることに安堵《あんど》して、力なくその場にへたり込んだ。

「すみません、遅れてしまって。なるべく急いだんですけど」

「そ、そんな謝らないで！　雪兎君にも心配かけてしまったのね……」

氷見山さんの表情には、心から申し訳ないという感情が浮かんでいた。

三条寺先生から軽く経緯を聞いたが、氷見山さんは塾での初授業だったらしい。

しかし、そこで急に倒れてしまい、都内の総合病院に運び込まれた。

俺にとって幸いだったのは、その病院が俺の御用達《ごようたし》だったことだ。この九重雪兎、入院経験には事欠かない。一年に三回も大怪我《おおけが》して病院に担ぎ込まれたときには、担当してくれた女医の冷泉《れいぜい》先生や看護師の黒金《くろがね》さんから懇々とお説教されたものだ。

退院する度に、「もう来るんじゃないぞ」と言われ、またすぐに顔を出す俺は、ある意味この病院の有名常連患者であり、馴《な》れ親しんだホームでもある。

といっても、最近はご無沙汰だったのだが、俺が受付に顔を出した瞬間、黒金さんが呼び出され、危うく検査に連れ込まれそうになった。誤解を解くのが大変だったが、事情を話すとすぐに氷見山さんの病室を教えてくれた。今度、お土産でも持ってきます。

「えっと、氷見山さんだけですか？」

キョロキョロと見回してみるが、綺麗に整理整頓されており、他に人の気配はない。

「さっきまで涼香《すずか》先生が一緒にいてくれたの。お祖父《じい》ちゃんもお見舞いに来てくれて。そんなに心配しなくてもいいのに。でも、まさか、雪兎君まで来てくれるなんて……」

どうやら俺が最後の来訪者のようだ。出遅れたが、これでも急いだ方だ。

家族旅行を途中で抜け出してしまい、母さんと姉さんには申し訳ないことをしてしまった。これから戻れば、夜になってしまうことは確実だ。二人とも心配していたが、今度、埋め合わせにプールに行くことになった。だが、今はそれどころではない。

「今日中に退院できるんですよね？」

黒金さん曰《いわ》く、幸い命に関わるようなものではなかったらしい。だが――。

「えぇ。後は着替えて出るだけよ。疾患もなくて、精神的なものだったみたい」

氷見山さんがそう力なく笑う。喜べなかった。以前、氷見山さんと秘密の個人レッスンをしたとき、身体《からだ》は強張《こわば》り、その手が震えていたのを覚えている。

だとしたら、精神的なものだと言うなら、その原因は間違いなく俺だから。

「お薬を飲んで安静にしていれば落ち着くそうだから、そんなに気にしないで？　でも、塾の講師はもう無理かな……。子供達にも迷惑をかけてしまったもの」

「……迷惑、ですか」

どうしてか、その言葉に引っ掛かりを覚えた。

黄昏《たそがれ》が氷見山さんの表情を徐々に覆い隠していく。

窓から沈む夕日を見つめながら、淡々と諦めの言葉が漏れていく。

「雪兎君にもあんなに手伝ってもらったのに、結局、私は駄目だったなぁ……」

それは、自分への失望。何も為《な》せなかったことへの悔恨。

「……克服、できたと思ってたの。君と出会えて、もう一度立ち上がろうって」

振り向いた氷見山さんは笑顔だった。いつも通り優しい微笑《ほほえ》みを浮かべて。

「あんなに君が手伝ってくれたのに……ごめんなさい」

ペコリと頭を下げる。その美しい紫の瞳が、黄昏を反射して紫紺に染まる。

——なんて、なんて悲しい笑顔なんだろう。

笑ってなどいない。偽りの笑み。氷見山さんのそんな顔、見たくなかった。

「さ、帰りましょうか。長居もしていられないし」

しんみりした空気を切り替えるように氷見山さんが明るく振る舞う。ただの空元気。

病室に入る前、一瞬だけ見えた氷見山さんの表情は、俺の嫌いな顔だった。

いつだって俺はそんな顔をさせてきた。家族にも幼馴染《おさなな じみ》にも同級生にも。

思えば、氷見山さんと出会ってから、いや、再会してから、いつも氷見山さんは笑顔だった。少なくとも俺の前では。勿論《もちろん》、怒ったり、困ったり、悲しんだり。そんな表情を見せたこともある。それでも、俺の記憶にある氷見山さんは笑顔の似合う女性で。

氷見山さんが帰宅の準備を整える。ここでこのまま帰したら、きっと後悔する。

俺は今、彼女を心配する人達の——『想《おも》い』を託されてこの場にいるのだから。

「走ったので喉が渇いちゃいました。これ、飲んでいいですか？」

「えぇ、どうぞ。……あの、どうしたの雪兎君？」

お見舞いに来た誰かの忘れ物か、それとも差し入れか、手つかずで台の上に置かれていた缶コーヒーを手に取り、氷見山さんの隣に座る。いつもの氷見山さんの距離で。

ビクリと、氷見山さんの身体が強張る。伝わる緊張。そうか、ふいに気づく。

いつも氷見山さんは距離が近い。けど、その近さには勇気が必要だ。適切な距離感を踏み越えて、相手に触れてしまうほど、近づくことは赤の他人同士には許されない。

家族か、よほど心許した相手か、或《あ》るいは、この人にならば殺されてもいいと思えるほど、無防備に自分を晒《さら》せるか、そんな距離。俺から近づこうとして、初めて悟る。

俺の隣に座る氷見山さんはいつだって、覚悟を決めて、勇気を振り絞っていた。

「……雪兎君、そんなに心配してくれたの？」

「当たり前です。俺と氷見山さんの仲じゃないですか」

「……私達、どんな仲に見えるのかしら。ママ活なんて言われちゃうかな」

「男子高校生と疑惑の女子高生じゃないでしょうか？」

「あら、ルーズソックスは好みじゃなかった？」

「あれって重りとか搭載してて、脱ぐと力が解放されたりとかするんですか？」

「ふふっ。試してみる？　今度、着替えて待ってるね」

「どうして俺は学習しないんだ！」

怒濤《どとう》の墓穴ブルドーザー、それがこの俺、九重雪兎である。ひーん
プルタブを開け、グイッとコーヒーを口に含み、渋い顔になった。

「にがー」

「ブラックだもの。雪兎君は苦手？」

「甘党なので、ブラックはまだ俺には早かったみたいです」

「大人っぽくても、そういうところは、まだまだ雪兎君も高校生なのね」

その言葉に、母さんや姉さんから言われた言葉が重なる。

「……そうです。俺はまだ子供なんです」

「あ、ごめんなさい！　子供扱いして、嫌な気分にさせてしまったわね」

慌てる氷見山さんの手を、そっと握り、指を絡めた。

「昨日、母さんと姉さんから随分と叱られちゃいました」

「あの君のことが大好きな桜花《おうか》さん達が？」

不思議そうに氷見山さんが首を傾《かし》げる。なにせ俺にとっても貴重な体験だった。

「まだ大人になるなって言われました。一人で何でもしようとするなって」

「それは……」

思うところがあったのか、逡巡《しゅんじゅん》した様子の氷見山さんに、そのまま続ける。

「俺は、ずっと家族に迷惑をかけてはいけないと思っていました。実際は、迷惑をかけてばかりでしたが、少なくとも、いつだって一人で乗り越えられるように努力してきたつもりです。――あのときだって、俺は一人で冤罪《えんざい》を解決しようとした」

「――ッ！」

引っ込めようとする手を、そのまま握り続ける。逃げ出さないよう強く、強く。

「それでいいと思っていました。事実、解決はしたから」

「雪兎《ゆきと》君、私は――」

氷見山さんの言葉を遮る。解決、いったいそれは誰にとっての解決だったのか。

「でも、あれが限界で、誰も幸せにならなかった。三条寺先生も、氷見山さんも、クラスメイトも、俺だってあのあと、ずっと一人で過ごしました」

クラスでぼっちだったことに悔いはない。幼馴染の灯凪《ひなぎ》がいたし、それでよかった。

「――あんな手段、取るべきじゃなかった。今は、そう思います。母さんに迷惑をかけても、姉さんに迷惑をかけても、相談して、一緒に乗り越えるべきだった。……と、怒られて、そう気づきました。好きな相手には迷惑をかけてもいいらしいです」

怒ってくれたから、間違いに気づけた。やっぱり姉さんは大天使だ。お布施しよ。

「氷見山さん、俺のこと好きですか？」

自惚《うぬぼ》れた俺様系イケメンホストのような発言に自分自身で辟易《へきえき》するが、好感度無限上昇系お姉さんこと、氷見山さんは、特に違和感を持つこともなく答えてくれた。

「うん。雪兎君のことは好きよ？」

「なら、だったら――」

グラデーションを描き、薄明に染まる景色。身体ごと氷見山さんに向き直る。

「氷見山さん、俺に迷惑をかけてください」

「……やめて……雪兎君」

瞳を覗《のぞ》き込む。涙が溢《あふ》れ、今にも零《こぼ》れ落ちそうな。

「独りで抱え込まないでください。その決断は、氷見山さんを不幸にします」

「私にはそんな資格なんてないの！　君を陥れ、尊厳を傷つけ、未来を奪って――」

背中に手を回し抱きしめる。いつもの氷見山さんの匂い。落ち着く匂いがした。

「お願いします。あの日、俺は氷見山さんから手紙を受け取らず、謝罪すら拒否した。助けを求める声を見捨てて、無慈悲に切り捨てた。だからもう一度――」

もし、あそこで俺が氷見山さんからの手紙を受け取っていたら、少なくとも氷見山さんにとって気持ちの整理にはなったはずだ。だが俺は受け取ることさえしなかった。

氷見山さんを一歩も前に進めなくしたのは俺だ。停滞させてしまった。その時間を。

だとすれば、氷見山さんはどれほどの時間、償い続けたというのだろう。

二十代というかけがえのない宝石のような時間を、ただ無為に過ごして。

パキリパキリと音がする。氷見山さんが浮かべていた微笑みに罅《ひび》が入っていく。

「手を伸ばしてください。俺を頼ってください」

戸惑い、困惑、瞳に浮かぶ葛藤。俺の言葉を受け入れていいのか、答えあぐねる。

ただ静かに待つ。手を伸ばしてくれることを、俺を信じてくれることを。

再会してから今日まで、俺達《たち》が築いてきた時間には意味があった。

――それは信頼。全てはこの瞬間の為《ため》、凍《い》てつく地獄の最下層から救い出す為に。

微《かす》かに、氷見山さんの唇が震える。冷たく冷め切った嘆きが。

「…………いいの？」

か細い声。氷見山さんの心が悲鳴を上げていた。俺の耳に、確かに届いていた。

苦しみに耐え続けながら笑っていた強くて弱い人。誰よりも優しい人。

「…………私を、この場所から救ってくれる？」

剝がれ落ちていく。まるで化粧のように、氷見山《ひみやま》さんが貼り付けていた笑みが。

笑顔の裏側にある、本当の貌《かお》。凍り付いていた感情が溶け出していた。

「はい」

氷見山さんの涙がTシャツを濡《ぬ》らしていく。ゲロと比べて綺麗《きれい》なものだ。

「怖い……怖いの！　子供達の私を視《み》る目が、嘲笑《あざわら》う声が、そんなはずないって分かってるのに、言葉が出なくなって、身体が動かなくて、呼吸も苦しくて。もう嫌なのよ！　情けなくて惨めな私のままでいるのは！　夢も希望も何もかも失って、ただ諦めて――」

「周囲に迷惑をかけまくりましょう。なぁに、みんな喜んで協力してくれますよ」

俺が一人でやれることには限界があるし、その必要もない。協力が必要だ。

こうして氷見山さんに助けを求められて、それを迷惑だなんて思うはずがない。

これが、母さんや姉さんが言っていたこと。独り善がりな俺には気づかなかった。

「…………………約束、してくれる？」

「指切りでもしましょうか」

小指同士が結ばれる。互いを離さないように。固く、誓う。

「――嘘《うそ》ついたら……嘘をついたら……ゃぁ……」

嗚咽《おえつ》。氷見山さんが、その先を口にすることを恐れる。考えたくないと拒絶する。

約束が反故《ほご》になる、そんな可能性を。たとえ、それが言葉遊びだとしても。

「氷見山さん、俺は嘘をつきません。――だから、必ずなんとかします」

かつて、俺が嘘つきだと断罪した人。再会した後も、偽り続けていた。

でも、もうそんな必要はなかった。俺たちの関係は、こうして変化したのだから。

「……あぁぁぁぁぁぁぁぁぁぁああああああ」

俺の胸で、氷見山さんが涙を零す。長年、苦しみ続けた慟哭《どうこく》。

剝がれ落ちた笑顔の断片を拾い集めることはない。

これからは、本物の笑顔でいられるように。

滾《たぎ》るような熱さを秘めた涙が、濁流となって覆っていた分厚い氷を溶かしていく。

――初めて、氷見山さんの心に触れた気がした。

◆

「人の目を恐れている……ですか」

黒塗りの高級車で密談する俺達は、さぞ堅気には見えないだろう。追突したわけでも、示談交渉しているわけでもない、氷見山さんの祖父、利舟《りしゅう》さんから呼びだされた俺は、病院の駐車場で、俺が知らない過去の氷見山さんについて、話を聞いていた。

「うむ。人前に立てなくなったというべきか……。昔から子供が好きで、教師の道を諦めた後、保育士を目指したこともあった。じゃが、実習中に同じことがあってのう。そのときは、幸いすぐ近くに同僚がいて大事にはならなかったが……」

孫娘を心配する優しい祖父の姿がそこにあった。現状に忸怩《じくじ》たる思いがあるのだろう。

「そこで自分にはもう無理だと悟ったようじゃ。あの子は何者にもなれなかった。最近は明るさを取り戻して、ようやく前に進めるかと思っていたんじゃが、ままならん」

「なるほど」

「塾の方には儂《わし》からも謝罪に向かった。じゃが――」

塾の経営者もいきなり利舟さんが謝罪に来たらビックリだろう。引退しているとはいえ、国政を担い、党の要職を歴任した政界の重鎮だ。テレビや新聞、ネットで顔くらい見たことがあるだろうし、氷見山さんがその孫だと知れば、すぐにクビにもしづらい。

「一週間、なんとか粘っても二週間ってところですか」

「それ以上は先方にも迷惑をかけるし、あの子自身が望まんじゃろうて」

このまま氷見山さんが講師の仕事ができないとなると、退職せざるを得ない。

今回は体調不良でいいとしても、今後授業が可能なのか、それが問題だ。

だとすれば、一週間か最低でも二週間以内に氷見山さんの問題をどうにか解決する必要がある。これは難問だ。外的要因ならいざ知らず、心因性となると、おっさんが持ち込んだクエストと違い、一発で満額回答というわけにはいかない。

「権力も金も無力なものじゃのう。幾らあっても、大切な孫娘一人救えんとは……。儂はなんの為にこれまでやってきたのか……。政治はいつだって、大勢を救うことはできても、個人を救うことはできない。教訓めいた皮肉よ。だから、君に来てもらった」

利舟さんが頭を下げる。運転手さんは後部座席に一切の視線を向けない。

「頼む。あの子を救ってやって欲しい。君にしか頼めない。美咲《みさき》があんなに笑顔を見せるようになったのは、君と会ってからだ。心の拠《よ》り所《どころ》なんじゃろう。儂にできることなら、なんでも力を貸す。必要なものがあれば全て揃《そろ》える。礼だって弾む。じゃから――」

「大丈夫ですよ。約束したんです。必ずなんとかすると。それに、さっき無力だと言っていましたが、権力やお金がないとできないこともあるはずです。俺じゃできないことが沢山。無駄なんかじゃありませんよ。だから、一緒に頑張りましょう！」

氷見山さんはこうして愛されている。どうしようか悩んでいたが、利舟さんが協力してくれるなら百人力だ。選べる選択肢が格段に増える。それこそが利舟さんの力だ。

「清々《すがすが》しいほどの益荒男《ますらお》よ……。欲しい。やはり、美咲の目は正確だったか……」

ギランと、利舟さんの瞳が怪しく輝いたような気がした。なんかこわっ！

「そういえば、塾の生徒は何人くらいだったんですか？」

「ふむ？　個人経営の小さい塾じゃからのう。そのときは五人程度だったそうじゃ」

「五人ですか……」

その子供達もいきなり講師の先生が倒れて、さぞ驚いたことだろう。両親とも話題にしているだろうし、そっちのフォローは後で俺がやるとして、少人数なのは朗報だ。

「それがどうかしたのか？　お主、まさかもう何か思いついたのか？」

「ここはスパルタでいきましょう。五人で倒れた？　なら、次は十倍だ！」

大は小を兼ねるのは、不変の法則である。

「利舟さん。俺、これでもフォロワーが大勢いるインフルエンサーというやつなのですが、インフルエンサーと言えばズバリやることはこれしかありません」

「ほう?」

「プレゼント企画」

無表情のまま、俺は人差し指をピンと立てた。

◆

熱いシャワーで全身を流していく。心を落ち着かせるよう入念に。

家に戻ってすぐは何もする気が起きなかった。数時間してやっと動き出す。

病室にいるときは、あれほど絶望の淵《ふち》に沈んでいたのに、今は高鳴っていて。

トクン、トクンと、抑えきれないほど膨れ上がろうとしている。

「……もしかして、私……」

この気持ちがなんなのか知っていた。けれど、自覚するのが怖くて、目を背ける。

あれほど泣いたのはいつ以来だろう。思い返そうとして、すぐに気づく。

あの日だ。彼に手紙を受け取ってもらえなかったとき、私は朝まで泣いた。

でも、あのときと違うのは、私の胸に灯《とも》る温かさ。身体《からだ》を抱きしめる。

鬱積していた感情を涙と共に洗い流してしまったかのように、心が軽くなっていた。彼が、雪兎《ゆきと》君が約束してくれたから。――必ず、救ってくれると。

無様に泣いて縋《すが》った。みっともなく醜態を晒《さら》して。それでも、その手を摑《つか》んだ。

浴室から出て、身体を拭きドライヤーで髪を乾かす。何かをしていないと、落ち着かなかった。気づいてはいけない気持ちに、呑《の》み込まれそうになってしまう。

そのとき、スマホが着信を鳴らす。

「幹也《みきや》さん？」

予想もしない相手に困惑して、スマホを手に取る。

『美咲？　倒れたって聞いたけど、大丈夫か？　退院して今は家に戻ってるって――』

「どうして幹也さんがそのことを？」

知るはずのない人物からの意外な問いかけ。けれど、予想外の答えが返ってくる。

『あぁ。彼に聞いたんだ。さっき、やっと帰ってきてね。ひとまず安心したよ』

「彼？」

心当たりが一切ない。私と幹也さんとの関係は既に途切れている。もう何年も連絡すら取っていなかった。間に入るような知人も存在しない。

『ほら、君の家で会っただろう。電気の子だよ』

「電気？　幹也さんいったい何を――って、もしかして雪兎君のこと？」

幾つもの疑問が浮かぶ。幹也さんの言葉がさっぱり理解できない。

「どうして幹也さんが雪兎君と？　いつの間に連絡先を交換していたの？」

『ん？　あぁ、君は知らなかったのか？　彼は今、うちの旅館に泊まっているんだよ。家族旅行みたいだね。綺麗な女性二人と一緒さ。連絡を受けて、飛び出していったんだ』

「待って。幹也さんの旅館って……」

思わず、スマホ取り落としそうになる。あり得ない。そんな馬鹿なこと。

だって、幹也さんの旅館『海原旅館』は京都にあって。連絡を受けて、すぐに新幹線に乗ったとしても、病院まで三時間以上かかってしまう。そういえば雪兎君は、遅くなってすみませんと謝っていた。来てくれたことが嬉《うれ》しくて、気にしていなかったけど、だとしたらあの言葉はそのままの意味で、じゃあ、雪兎君は……。

否定したい。否定させて欲しい。お願いだからこれ以上、君を――。

『彼が君のところに行く前に教えてくれてね。俺も誘われたんだ。けど、俺は今日、融資の相談の予定があって、彼の誘いを断った。そのとき言われたよ。「仕事と私、どっちが大事なのと聞かれたら、どうするんですか？」ってね』

幹也さんが苦笑したのが分かった。ありがちな愚かな質問だ。比較できないものを比べてもなんの意味もない。身長と体重、どちらが大きいか？　などと聞かれても答えようがない。だけど、それが雪兎君の言葉だとしたら、意図があるはずだ。

『俺は結局、今回も仕事を選んだ。前回と同じさ。また君を裏切って見捨てた』

「そんなこと――」

流石《さすが》にそれは飛躍しすぎだ。今はもう他人同士。幹也さんにはなんの関係もない。

『守りたいものが二つあるなら、大切なものが二つあるなら、どっちも守れるくらい強くならなくちゃならない。それができないなら、望まないことだと言われたよ。まったく、情けない話だろ？　でも、彼が君のところに飛び出していくのを見て、これがそういうことだと理解したんだ。彼は君のことを大切に思っていて、大切なものを守る為《ため》に行動した。口だけなら何とでも言えるさ。こうやって俺が電話しているみたいに』

カァッと全身が熱くなる。洗い流したはずの気持ち。でも、そんなことできなくて。

「幹也さんは何も悪くないわ。こうして連絡してくれただけでも嬉しいもの」

『一日中、仕事が手に付かなかった。ミスを連発して母にもお説教されたよ』

「ありがとう。心配してくれて。幹也さんにも迷惑をかけてしまったのね」

『あ、いや、違うんだ！　そういうことじゃない！　こっちの方こそすまないな。気にしないでくれ。なんにせよ、君が元気そうでよかった』

雪兎君が言う周囲に幹也さんは含まれているのだろうか。迷惑をかけていいと言ってくれた中に、いったい誰がいるのだろう。――私が信じられるのは君だけなのに。

『――彼は、不思議な子だな』

「雪兎君？　そうね、彼は少しだけ変わっているから」

幹也さんがポツリと呟《つぶや》く。かなり変わっているが、あえて言う必要もない。

『彼には、守るべきものが沢山あるのかもしれない。分からないな。どうして――』

「幹也さん？」

『なに、こっちの話さ。すまないね。じゃあ美咲。俺は明日も早いから』

「えぇ。それじゃあ」

通話を切る。最後、幹也さんは何を言おうとしていたのだろうか。

雪兎君が守ろうとしている大切なもの。沢山あって、その中には私もいて。

「──まさか幹也さんも？」

そんなはずはない。そしてそんな必要も。一人で背負うにはあまりにも過大だ。

でも、雪兎君と関わってしまったのなら、否応《いやおう》なしに幹也さんの人生も変わっていくのかもしれない。彼には不思議とそういう力がある。

「なんてね」

ベッドに倒れこむ。身体が火照っていた。気持ちが昂《たかぶ》って抑えきれない。

「雪兎君は私の為に駆けつけてくれた……」

言葉に出して嚙《か》みしめる。それがどれほど大変なことか。

すぐさま家族旅行を抜け出してまで、なんら躊躇《ためら》わずに。綺麗《きれい》な女性二人とは母親の桜《おう》花《か》さんと姉の悠璃《ゆうり》ちゃんだろう。家族にとっても大切な時間だったはずだ。

それなのに私を優先してくれた。あれほど君を苦しめたのに。

病室で抱きしめられたことを思い出す。逞《たくま》しい胸板に安心感を覚えた。

何故《なぜ》かブラのホックが外されていたが、雪兎君が気づいた様子もなく、私も気づかなかった。ただ単に偶然手が当たってしまい外れただけだろう。すさまじいテクニックだ。

「愛《いと》しい男の子だったのに……。卑しいな、私」

もう限界だった。抱きしめられたとき、私は感じてしまった。雪兎君が男だって。

「駄目よ……本気になっちゃ……」

思ってしまった。女として、身も心もこの人に捧《ささ》げたいと。委ねてしまいたいと。

──抱かれたいと、そう。許されない願望。疼《うず》く身体を持て余す。

なんとか我慢していたのに、堪《こら》えていたのに、幹也さんから話を聞いて再燃してしまった。だって、しょうがないじゃない。誰だって、そんなことされたら好きになるもの。

目を背けようとしたが、もう無理だ。自分に嘘《うそ》はつけない。彼から求められれば、私はなんだってしてしまうだろう。禁忌などありはしない。堕《お》ちた女。

「雪兎君。──私、君のことを本気で愛してしまったの」

こんなにも、すんなりと言葉が口から零《こぼ》れる。大切な男の子であり、愛する男性。

それでも、まだこの気持ちは胸に秘めておける。こんなオバサンに好かれたって、彼にとってはいい迷惑だ。大丈夫。これまでと同じように接することが──。

「できるのかしら……？」

不安だ。これから、雪兎君が何をしようとしているのかは分からない。

今でさえ、こんなにも愛している。もし、その結果次第で私は──。

第四章 「始まらず、終わらない恋愛」

「ごめんなさい、待たせてしまったかしら」

「ううん、私も今来たところだから。久遠《くおん》さんと会うの久しぶりだね」

「付き合ってもらって悪いわね。どうしても話したいことがあって」

一人旅から帰り、二日が経《た》っていた。個室のカフェで従妹《いとこ》と待ち合わせる。

個室を選んだのは、周囲を気にすることなく話したいことがあるからだ。

「これ今回のお土産。私も食べてみたけど美味《おい》しかったよ」

「そうなんだ。ありがと。皆にも渡しておくね」

適当に注文を済ませる。昼食時、手頃な料理と飲み物を注文して一息つく。

「また温泉に行ってたんだっけ?」

「そうなのよ。温泉自体は最高だったんだけど、それがねぇ……」

「聞きたいことがあるんだよね? 私に答えられることなんてそんなにないけど……」

普段から従妹とは仲良くしているし、会話も多い。メッセージのやり取りもよくしている。歳《とし》は離れているが、従妹はとても聞き上手だった。慕ってくれるし、楽しい気分になれる。聞きたいこともあるが、なにより愚痴を聞いて欲しかった。

こんなことは到底事務所の子には話せない。仲の良い同級生か、それこそ従妹くらいだ。

身内だからこそ気にせず恥を晒せるというのもある。

土産話に花を咲かせながら、自分の醜態を語る。

こうでもしないと気が休まらなかった。とにかく、思い返せば返すほどに、普段の自分とはかけ離れた愚かな行為に終始しすぎていた。

彼からちゃんと話を聞いてみれば、私がやったことは、ゾッとするような醜態を晒した挙句、勝手に勘違いして詰め寄り、不審な目で疑いスマホを破壊しただけだ。

事実を並べ立てるだけでも眩暈《めまい》がしてくる。

彼は酔い潰れていた私をわざわざ運んでくれただけで、感謝こそすれ、なんら落ち度はない。当初、私が懸念したようなことなど何一つなかった。それもそうだろう。

家族旅行で温泉に来ているのに、女性を連れ込もうなどと思うはずがない。

それなのに私は全てにおいて最低だった。嫌悪感しか持たれていないに違いない。

事実、彼の姉が私に向ける視線は極めて剣呑《けんのん》で手厳しいものだったし、まったくもってその通りだ。隠したかった素性もバレている。

呆《あき》れられているだろうし、クズ人間だとネットに書かれても否定のしようもない。

壊したスマホの弁償はするが、そんなものは当たり前であり、むしろ、しなければ訴えられてもおかしくない。最低限必要なことだ。

それとは別に、誠心誠意謝らなければ私の気が済まなかった。日を改めて後日、正式に謝罪するつもりだ。それこそ何を言われても、甘んじて受け入れるしかない。

もしこれで、彼が持っていた優しさを失わせるようなことになれば、それこそ目も当てられない。損得なく誰かを助けようと動ける人はとても尊い。

こういう仕事をしていると、どうしても人間の醜い面を見ることが日常になる。

だからこそいつの間にか私も、そんな疑《うたぐ》り深《ぶか》い人間になっていた。

清流のような澄んだ人間性を持つことは得難く、とても貴重で決して穢《けが》してはならない。

だからこそ、あそこまで清廉な人物像に、どこか未《いま》だに現実感がないのも事実だった。

「それで、その子の顔に嘔吐《おうと》しちゃったの？……それはちょっと酷《ひど》いよ」

「今回ばかりは真摯に反省したわ。お酒は好きだけど、なるべく控えなきゃね。貴女《あなた》も成人したからって、こんな飲み方しちゃ駄目よ。私が言っても説得力なんてないけど」

「気を付けるとしか言えないけど、久遠さんが、そんな失敗するなんて思わなかった」

「私だって、こんなことになるなんて思ってなかったわ。……それだけじゃないし」

……流石に漏らしたことまでは言わなくていいわよね？

従妹といえども、大人としてのささやかなプライドが否定する。

文句の一つも言わず（実際には言っていたのかもしれないが）、私を部屋まで運んでくれたことには感謝しかない。

部屋には私しかいなかった。彼としては着替えさせるわけにもいかず、放置するしかない。だけどテーブルの上には、私が買った覚えがないミネラルウォーターと肝臓をサポートするサプリが置かれていた。彼が用意してくれたものだ。

そんな気配りまでしてくれた相手に私は何を……。

この二日ばかり、そんな酷い自己嫌悪に陥っている。とはいえ、仕事に持ち込むわけにはいかない。だからこそこうして吐き出したかった。

「でも、なんだか不思議な子だったわ。最初は私を妖怪とか呼んでたし」

「妖怪？　なにそれ面白いね」

「名前はとても言えたものじゃないけど。それにそうそう。彼のお母様が私のことを知っていてね、それ以降、何故か私のことを女神先生と呼ぶから恥ずかしくて。ただでさえ法曹界の女神とか痛すぎるのに。変な異名を付けないで欲しいわ」

「……女神先生？　なんだか猛烈な既視感が……」

「それで貴女に聞きたいことがあったんだけど。彼、一年生だけど貴女と同じ高校みたいなのよね。あんなに目立つ子がいるなら、貴方《あなた》も知ってるんじゃないかって」

「そうなの？　待って久遠さん。なんだか急に嫌な予感がしてきたんだけど――」

「九重《ここのえ》雪兎《ゆきと》君って言うんだけど」

「――!?」

彼のご家族に名刺を渡してあるし、連絡先も聞いている。その際、偶然にも従妹と同じ高校に通っていることを知った。

生徒数だって多い。従妹が知っているとは限らないが、それでも今日、こうして話をしたかったのは、何か参考にならないかと思ったからだ。

「……女神先生……女神先輩……一年生……九重……」

「どうしたの鏡花《きようか》？　何か知ってるなら教えてくれると嬉《うれ》しいんだけど」

どういうわけか従妹の相馬《そうま》鏡花は、驚愕《きようがく》に目を見開くとうんうんと唸《うな》っていた。

◇

「ありがとうユキ！」

「開けてみてくれ。君が喜ぶと思って、それを選んでみた」

夏休み中に学校に来る生徒は概《おおむ》ね三パターンに分類される。部活か補習か委員会かのどれかだ。人生が落第している俺だが、テストの成績だけは問題ない。

したがって俺が学校に来るとすれば部活動か委員会のどれかに該当するわけだが、委員会には所属していないので、つまりは部活というわけだ。

女バスの活動を終えた汐里《しおり》と帰路に就く。ついでにお土産を渡しておいた。

「家族旅行で温泉って素敵だね！　どんなお土産なんだろ？」

「パンティーだ。熟考したんだが、君には水色が似合うと思って――」

「なんでパンツなの!?」

カプセルを開封した状態でガビーンと汐里がショックを受けていた。

よかった。喜んでくれたみたいだ。やっぱり汐里には明るい色だよな。

「さっき生徒会室で会長にも渡したんだけど、その場で着替えようとするから参った」

「何からツッコんでいいのか分からない！」

三雲《みくも》先輩が羽交い絞めにしていたが、書記の佐久間先輩は煽《あお》っていた。

俺が温泉旅行秘話を披露していると、後ろからふいに声が掛かる。


「――神代《かみしろ》さん？」


俺達《たち》と同じように部活の帰りなのだろうか。数人の集団。

仲間達に押し出されるように一人の男子が前に出てくる。

「鈴木《すずき》先輩……？」

その名前には聞き覚えがあった。確か汐里に告白したという野球部の二年生で次期エース候補の男子だ。俺はまったくの初対面なので、会話に割り込むわけにもいかない。

野球部だというのに丸刈りじゃない。これも時代か……。

「神代さんはデートかな？」

「ちち、違います！　ユキとは一緒に帰ってるだけでデートじゃありません」

「そっちの君は……って、そうか君は九重君か」

まな板の鯉《こい》のように大人しくしていたのだが、先輩の方から話を振ってきた。

「俺、自己紹介したかったのに……」

いじけた。

「ま、君は有名だからね。俺は二年の鈴木啓二。君と神代さんは付き合ってるのか？」

「パンティーをプレゼントする仲です。ま、ワンコインなんですけどね！」

「どうして話をややこしくするの!?」

「そ、そうか。……いや、それはどうなんだ？」

鈴木先輩が困っていた。だが、気を取り直す。

「正直、俺は君のことをあまり良く思っていない。真偽はどうあれ君は目立ちすぎる」

「先輩、ユキはそんなんじゃ――！」

「神代さん、俺はまだ諦めてない。誰とも付き合ってないんだろ？　だったらチャンスがあると思ってる。この前は告白してフラれたけど、君を振り向かせてみせる」

「――こ、困ります！　お断りしたはずです！」

「俺は本気で君のことが好きなんだ」

「そんなこと言われても……」

ヒューヒューと先輩の仲間達が無責任に囃《はや》し立てる。鈴木先輩は真《ま》っ直《す》ぐな目をしていた。ストレートに気持ちをぶつける姿は潔い。野球部だけに。だが、同時に一度断られているにもかかわらず、こうして集団で囲って再び告白するのは圧力を掛けているようにも見え、卑怯《ひきょう》に感じてしまう。汐里が嫌がっていることに気づかないのもどうなのか。

「ダセえな。汐里、帰ろうぜ？」

「――え、ユキ？　ごめんなさい先輩！」

「お、おい。待て！」

強制的に会話を打ち切る。付き合いきれない。肩をすくめ汐里と校門を出る。

鈴木先輩がどんな人物なのかは知らないが、あんな風に詰め寄るのはフェアじゃない。

「ありがとねユキ」

「君はモテるなぁ」

「ユキが言うと嫌味にしか聞こえないよ？」

「彼女なんていたことないんだが……」

「――だったら！」

あれだけ澄み渡っていた空が一気に暗くなる。急激に発達した積乱雲が上空を覆っていた。夏、日差しに照らされ暖められた空気が上空で冷やされると、積乱雲が急発達し大気の状態が不安定になる。雷鳴が轟《とどろ》き、あっという間に猛烈な雨が降り出す。

突発的な夏の自然災害は極めて予測が難しい。当然、傘など持っていない。

「ゲリラ豪雨かぁ。汐里、走るぞ！」

「うん。ユキここからだったら家の方が近いから！」

女心と秋の空は変わりやすいそうだが、夏の天候もそう言えるかもしれない。

晴天は突如曇天に変わり、日差しで熱せられた空気を冷やすように雨が降り出す。

自然界の摂理は今日も通常運転だった。夏の風物詩は突然に。

部活からの帰り道、突然のゲリラ豪雨に見舞われ汐里のマンションで雨宿りさせてもらうことにする。靴の中に水が染みて気持ち悪い感触になっていた。

こうした天気の急変に天気予報は無力だ。持っていたタオルで頭と体を拭いていく。

「先にシャワー浴びてこいよ」

俺はともかく、汐里に風邪をひかせるわけにはいかない。そう提案してみるのだが、何故《なぜ》か汐里は顔を赤くしていた。どうしたの？

「な、なんかその台詞《せりふ》恥ずかしいね……」

いったい何処《どこ》に恥ずかしい要素があったのか微塵《みじん》も分からないが、さりとてそれをツッコんでもしょうがない。追及してもロクなことにならないのが世の常というものだ。

稲妻が走り、厚い雲に覆われた空にフラッシュを焚《た》いていく。

「停電しないかな？」

「そうなったら俺が温めてやるさ」

「なんでそういうこと言っちゃうのユキ!?　ワザとでしょ？　絶対ワザとだよね！」

「なんのこと？」

キラキラした素朴で純粋な目を汐里に向ける。

「くぅぅぅう！　いつも仄暗《ほのぐら》い目なのに、なんでこんなときだけ純真なの！」

汐里が苦悶《くもん》の声を上げて悶《もだ》えていた。いったいなんなんだ。

停電になって真っ暗になってしまったら、お風呂に入るのは危ない。

浴室で足を滑らせて転倒する危険性だってあるし、それこそ転倒時に頭でもぶつけたりしたら洒落《しゃれ》では済まない。ヒートショックによる急死だけでも年間五千人前後、浴室での事故は年間で一万七千人に上るという。浴室は家庭内で屈指の危険地帯なのだ。

暗い中で入るのはあまりにも危険すぎる。みんなも気を付けてくれよな！

もし停電になったら風邪をひかないよう俺がなんとかして汐里を温めてやることくらいしかできないという意味で発したのだが、汐里はいったい何を言ってるんだろう？

思春期だし妄想逞《たくま》しいのかもしれないね。ま、しょーないしゃーない。

「まだ止《や》みそうにないな」

「うん。夜になっちゃうかな？」

「向こうの方は雲が薄くなってるし、そんなに続かないんじゃないか？」

長引かないのが夏の雨の特徴でもある。依然としてその勢いは留《とど》まるところを知らないが、一時間もあれば小康状態になるだろう。

「あ、洗濯物も取り込まなきゃ！」

「やっとく。それより風邪ひくぞ。早く入れ」

「うん！　ありがとねユキ。すぐに出るから」

服を脱ぐ布切れの音を尻目に、そのままベランダに向かい洗濯物を取り込み始める。

横殴りの雨は容赦なくベランダにも吹き込んでいた。既に濡《ぬ》れてしまっている洗濯物は雨が止んだ後から干しても十分に乾く。乾いている衣服だけを取り込んでいく。

今年の夏も暑い。こんな時季にオリンピックの開催など正気の沙汰ではない。

洗濯物といっても数は少なかった。見る限り汐里本人のものだけしかない。


「でかい……」


SUGOIDEKAIブラジャーが干してある。汐里さん、ご立派になられて……。

神代汐里はガタイ的に最強な女子である。成長期なので記録更新中の身長。

そして単に背が高いだけではなく運動能力に優れている。バスケはもとよりバレーなど運動部から勧誘が引く手数多《あまた》なのも当然だった。そして何とは言わないが、身体のパーツもそれに応じて規格外なのが神代汐里という女子だ。

そんなことを思いながら、服と一緒に干してあった下着も一緒に取り込んでいく。

下着だけ残すわけにもいかないしな。俺には邪《よこしま》な気持ちなどないのだ。

「わぁぁぁぁぁあ！　ユキ、下着、下着はダメ！」

下着を干してあることを思い出したのか、汐里がバスルームから慌てて出てくる。

「その恰好《かっこう》の方が駄目じゃないか？　それにもう取り込んでしまったが……」

バスタオルを巻いただけの姿で飛び出してきた汐里だったが、時すでに遅し。

その頃には俺は洗濯物を畳み始めていた。母さんの帰りが遅かった頃は大抵の家事は俺

がやっていた。今更洗濯物に下着が交じっていたところで動揺することなどない。

それに母さんや姉さんもSUGOIDEKAI。母さんはともかく、姉さんの場合は汐里と違い、そんなに背が高いわけではないので背徳感がある。

「ううう……」

涙目で顔を真っ赤にしたまますごすごと浴室に戻っていく。俺はラッキースケベ展開など期待しない男、九重《ここのえ》雪兎《ゆきと》である。あの恰好のままの汐里と会話を続ければ万が一にもバスタオルがはだけるといったそんな危険なハプニングが起こってしまうかもしれない。

俺はそんなリスクは冒さない。リスクマネジメントは完璧だ。

シャワーを終えて出てきた汐里はまだ赤面中だった。あうあうと言葉にならないうめき声を発している。どうしたものかと思案し、とりあえず安心させようと声を掛ける。

「母さんや姉さんで見慣れてるから気にするな」

「き、気にするよ！って、なんで見慣れてるの!?」

「姉さんは嫁スキル皆無だからな。洗濯物とか家事は俺が担当してたんだ」

「そうだったんだ……。だから料理とかもできるんだね」

「昔は母さんが帰ってくるの遅かったからなぁ」

めっきり料理を作る機会も減ってしまったが、損にはならないスキルだ。

ラフな恰好に着替えた汐里に畳み終わった洗濯物を渡す。

「ユキもシャワー浴びる？」

「俺はいいよ。止んだらすぐ帰るし」

「浴びていきなよ！　この後、用事とかあるの？」

「いやないけど……」

「だったら――！」

ははーん、なるほど。さては寂しいんだな？

汐里《しおり》のご両親は不在だ。社員旅行で北海道に行っているらしい。

「分かった。少し借りるぞ」

「うん！」

「変なことしないから安心してくれ」

「なんでいつもそういうこと言っちゃうの！」

「正直者なつもりなんだが……」

「もう！　は、早く浴びてきて。一緒にゲームでもしよ？」

ぐいぐいと背中を押される。石鹸《せっけん》の匂いが鼻孔をくすぐる。こう見えてストレスを溜《た》めているのかもしれない。その解消に付き合うのも女バス送りにした俺の義務。

――俺は、いつまで汐里の未来を奪い続ければいいのだろう？

「何しよっか？　私、あんまりゲームとか得意じゃないからなぁ」

「じゃあビンゴでもやるか？　まずはビンゴシートの作成から――」

「二人でやるゲームじゃないよねそれ!?」

「景品用意してないもんな」

「そういうことじゃないんだけど……」

「じゃあまずは数字を一から五百まで」

「絶対揃《そろ》わないよ！　何時間やるつもりなの!?」

あれこれ思案した結果、普通に堕《お》ちものパズルに決定した。よく知らないが、パズルを完成させてキャラクターを堕としていく恋愛ゲームらしい。なんなんだよそれは！

思わず確認してみると、聞いたこともない謎のメーカーだった。呆《あき》れながらも意外と盛り上がりつつ四人目のキャラクターを快楽堕ちさせた頃には、夕方になっていた。

「カルボナーラでいいか？」

「ユキの料理食べるのも久しぶりだね！」

濡れた服は乾燥機で乾かした。材料を確認し、手早く料理を作る。

汐里はそんなに自炊が得意ではないようだ。台所を見れば分かる。

「ほれ。コンビニ食ばっかりとかは止《や》めろよ」

皿に盛りつけ、テーブルに並べる。簡単クッキングだが微妙な時間帯だ。夜また食べることを前提に量を少なめにした。なんといっても神代《かみしろ》汐里は成長期である。

ＳＵＧＯＩＤＥＫＡＩし。これくらい食べてもどうということはないはずだ。

「一応、頑張ってはいるんだよ……結果がコミットしないだけで」

「なんだかんだ一人分だと面倒だしな。ま、そのうち慣れるよ」

「そうだよね！　いただきます」

食べ終わり、食器を洗い終わると汐里がおずおずとした様子で話しかけてくる。

「なんかさ、こういうのっていいよね。家に一人だとさ、夜とか、少し寂しくなったりすることもあるから。誰かがいてくれるの嬉《うれ》しいんだ」

汐里が壁に貼られているカレンダーに目を向け、困ったような笑顔を浮かべる。

「北海道旅行なんだろ？　そのうち弟か妹ができるんじゃないか？」

「生々しいこと言わないでよ！」

「先に孫でも作っちゃいますか☆」

「生々しい度合が倍増してる!?」

汐里が顔を真っ赤にしてポカポカしてくる。一見、可愛《かわい》く見えるが、ガタイ的に最強な汐里の場合、効果音はドガバキなので、俺は多大なるダメージを負った。

「すまない。どうやら周囲からセクハラされすぎて感覚が麻痺《まひ》してるみたいだ」

「環境も症状もどっちも重症だね」

「ほんとそれ」

ビンゴシートに穴を開けながら、おもむろに口を開く。

「君はどうして先輩の告白を受けなかったんだ？」

「そんなの、私が好きなのはユキだからだよ！」

どこまでも真《ま》っ直《す》ぐに、逃げ道を塞ぐようにその言葉が届く。

野球部の先輩だけじゃない。汐里を好ましく思っている人が大勢いることを俺は知っている。そんな人達《たち》にとって、俺という存在は邪魔でしかない。

嘘告《うそこく》のままだったらよかった。汐里の気持ちを蔑ろ《ないがし》にする最低な感想。だが、決意の宿るその瞳は、もう二度とそんな誤解をさせないと突き付けてくる。

好意を持たれていると知った。俺にはハーレム漫画の主人公のような鈍感さも器量もない。あんな風に無自覚に振る舞い続けるようなマネは到底できそうもない。

好意を向けさせたまま、いつまでも気づかずに保留したままでいるのは残酷だ。

誰にとっても時間は等しく流れる。青春という限られた時間を、いつまでも俺に縛り付けておくことは罪だった。輝かしい時間を送る権利は誰にだって存在している。

そしてそれを奪う資格は誰にもない。

だから、伝えよう。何も飾らず、事実だけを。

その答えが傷つくものだとしても、汐里は汐里の青春を送るべきだ。

否定も保留も傷つけることには変わらない。傷の大小が変わるだけだ。それでも、曖昧にしたまま希望や期待を持たせ続けて気持ちを弄ぶようなことは許されない。

「──汐里、君の告白は受けられない」

ハッキリと息を呑《の》む音が聞こえる。

一瞬、泣きそうに表情が歪《ゆが》むのを見ないフリはできなかった。

「私じゃ隣にいられないのかな？　やっぱり硯川《すずりかわ》さんじゃないと駄目なの？」

「灯凪《ひなぎ》にも同じことを伝えるよ」

「……え？　ど、どうして……？」

──言いたくない、言わせないでくれ！

心のどこかでそんな葛藤が渦巻いていた。

だからこそ、それを口に出さなければ納得は得られないのだと分かっている。

「……好きになれないから」

それがたった一つの本心。

「わ、私のせい？　私があんなことしなかったら……！」

大きな瞳に滲《にじ》ませた涙をそっと指で拭う。

「違うんだ。君は何も悪くない。全部俺が悪いだけなんだ。憎んでくれていい。嫌ってくれていい。だから、君もそろそろ前に進め。時間を浪費するな」

「やめてよユキ！　そんなことできない……」

「君はモテる。素敵な相手だってきっと見つかる。あの野球部の先輩みたいなのは論外だが、爽やかイケメンみたいな婚活スペック最強男子もいるしな」

「他の誰かじゃ駄目なの！　私が好きなのは──」

「君の贖罪《しょくざい》はもう終わったんだ。俺は君を幸せにすることができない」

過去なんてどうでもよかった。怪我《けが》をしたことなんて元から気にしてもいない。

これは単なる別れ話。告白されて断った。何処《どこ》にでもあるただそれだけの一コマ。

それが複雑に絡み合ってしまった。本来異なる二つの事象。その紐《ひも》を解く。

「今までありがとう」

「嫌……離れたくないよ……」

縋《すが》るように手が頬に触れる。

どうすれば彼女は前に進める？　どうすれば過去を振り払える？　嫌われればいいのだろうか。こんな最悪な人間を好きになったことが間違いだったと、気に病む価値などないのだと、彼女が汚点だとそう思えるようになれば――。

「汐里、俺はずっと君が嫌いだった。もう近づかないでくれ」

「ユキ……？」

そのまま汐里を振りきり、玄関に向かう。

外に出ると、厚く覆った雲は過ぎ去り、日差しが戻りかけていた。

「だから、サヨナラだ」

振り返らないまま、小さく囁《ささや》く。どうあっても、悲しませることになるのは分かっていた。なのに幸せになって欲しいと思うのは矛盾なのかもしれない。

誰かを好きになれれば、汐里を好きになれる未来もあったのだろうか。いずれにしてもそれはＩＦでしかなく、答えのない問いだ。

告白を受け、それを断るだけでこれほど辛《つら》いというのに、一度関係を結んだ後、浮気するなど、相手をどれほど傷つけることになるのか想像もつかない。

とてもじゃないが、俺にそんなことはできそうにない。やはりおっさんはクズだ。


俺はハーレム主人公になどなれない男、九重雪兎である。


「あーあ。フラれちゃった……」

ユキがいなくなり一人に戻った部屋の中、椅子に座り込みぽつりと呟《つぶや》く。

嬉しい思い出と悲しい思い出。統制の取れない釣り合わない感情。

「嫌いだって……。そうだよね。好きになってもらえるはずなんてないよね」

三度も彼を傷つけたのは自分だ。自分で自分の言葉を否定して、その後、怪我をさせた。

大切な大会の直前に怪我をしたユキを、部活の顧問もメンバーも責めた。

それだけ期待が大きかった。結果を残せるのではないかと一生懸命だった。だからだろう、ついそんな言葉が口をついてしまったのかもしれない。

でも、ユキは私が原因だと一言も言わずに、私を怪我からも責められることからも守ってくれた。ただ黙ってなじられるままに言葉を受け止め、バスケを辞めた。

言い訳なんてしなかった。それから二度とバスケ部に顔を見せることはなく、後輩への引継ぎにも現れなかった。言い過ぎたと反省したのか、顧問や男バスのメンバーが謝罪に行ったけど、ユキが戻ってくることはなく、何も変わらなかった。

全部、私が引き起こしたことだ。嫌われていて当然。そんな相手、好きになるはずなんてない。付き纏《まと》う私を煩わしいと感じていたのかもしれない。

嫌いだと初めて真正面から告げられた。そう思っていた。でも、ユキは――。

「諦めきれないよぉ……」

ユキがいつも通り無表情でそれを口にしたなら、私はそのまま素直にユキの言葉を受け入れられただろう。本心から私を嫌っていると信じられた。

もしかしたら、諦めることができたかもしれない。

でも、それを口にするユキの表情は、今までに見たことがないくらい苦しそうだった。

絞り出すように言われた嫌いだという言葉。だから分かってしまう。それが優しさなのだと。偽りの本心なのだと。どうしても徹しきれない優しさが残っている。

だからかな。嫌いだって言われたのに、言葉で否定されたのに、気持ちは膨らんでいく一方で、好きだという気持ちが抑えきれない。でも、どうすればいいか分からない。

私はユキの心に届かなかった。きっと硯川さんを選ぶと思っていた。

幼馴染《おさななじみ》で昔、ユキが好きだった相手だから。

でも、そんな硯川さんにも同じことを伝えると言っていた。どうして？　じゃあユキは誰が好きなの？　そうだ彼の言葉を思い出せ。何と言っていた。

ユキは自分を偽るのが下手だ。素直と言っていいかもしれない。どんな言葉も正直に口に出して取り繕わない最強のメンタル。だから分かることもある。


「——好きな人……いないのかな？」


好きになれないと言っていた気がする。他に好きな人がいるわけでもなく、そしてそれは硯川さんでもなく、もっと違う根本的に異なる理由があるような……。

往生際が悪いよね私……。

何度も何度もユキから言われた。もう気にしていないと。

実際にその通りだと思う。ユキが気にしていないと言ったのなら、本当に気にしていないのだ。彼はそういう性格だ。それでも私がしてしまったことを償いたかった。

「そっか。私、怒られたかったんだ……」

どうして今になって理解してしまうのだろう。バカな私はいつだって遅くて、後悔だけがそこにある。ユキは優しい。その優しさが私を縛っていた。

それを今、ユキに解放してもらったんだ。

何も返すことができない。ただ私は怪我をさせて守ってもらっただけ。

何もさせてもらえない。無力感に苛《さい な》まれた。だから追いかけた。

同じ高校を選んでまで彼と一緒にいたかった。

でも、ユキはそんな私が自分を犠牲にしていると感じていたんだと思う。

だからあんな風に拒絶した。違う、そうじゃないの。自分自身で償いだけじゃないと言いながら、私はまだよく理解していなかったのかもしれない。自分の気持ちを。

贖罪でも償いでもない、ただ純粋に彼が好きなんだ。混じりけなしの純真な気持ち。

もう一度ぶつけさせてくれないかな？

前に進めと言われた。それはきっと過去ではなく未来を見ろってことだよね。

でもさ、その未来にユキはいてくれないの？　そんなの嫌だよ。

これは私の問題じゃない。彼の問題。私じゃ届かない。答えが見つからない。

「でも、ユキだけでも辿《たど》り着かないんだよ？」

きっと同じ結論に硯川さんも辿り着く。

ユキが硯川さんを受け入れないと答えても、きっと私と同じように諦めない。

ユキがどんなに一人で考えても、その言葉で諦めさせることはできない。

何故《なぜ》ならそれはユキだけではなく、私だけでもなく、二人の問題。

二人で出した結論でしか納得などできないのだから。

第五章「氷解する時間」

The girls who traumatized me keep glancing at me, but alas, it's too late.

「わー！　ウサギさんだー！　ウサギさーん！」

「ちがうよ！　ボクしってる。バニーマンって言うんだよー」

「物知りウサ。将来、有望ウサなー。なでなで」

ワイワイと子供達に囲まれ、もみくちゃにされる。フッ、どうよ。これがバニーマンの知名度だ。子供のバイタリティーは凄《すさ》まじい。元気が有り余って仕方ないようだ。

「すみません。お願いを聞いていただいて」

「いえいえ。こちらも急に無理を言ってしまい申し訳ありません」

ペコペコと頭を下げてくる優しそうな保育士さんと、一緒に子供達の相手をする。

「おねーちゃん、あそんであそんでー！」

「えっと、そ、そうね。何がいいかな？」

氷見山《ひみやま》さんも子供達に大人気だ。氷見山さんは包容力のある優しいお姉さんだし、子供達にもそれが雰囲気で伝わるのだろう。俺だって遊んでもらいたいくらいだ。

「あのぉ……えほん、よんでくれましゅか……？」

おずおずと三つ編みの女の子が控えめにお願いしてくる。膝の上に乗せる。

「もちろんウサ。どれどれ。昔々ウサ、あるところにウサ、おじいウサさんウサ、おばあウサさんウサ、山ウサ、柴《しば》ウサ刈りにウサ、どんウサぶらウサどんウサぶらウサ」

「雪兎君《ゆきと》、ゲシュタルト崩壊してるわよ！」

「ウサ？」

「じぇんじぇんわからないでしゅ」

「そっかー」

改めて説明するまでもないが、俺と氷見山さんは保育園にボランティアに来ている。

インフルエンサーこと雪兎君のＳＮＳには日々、様々な依頼が殺到しているが、その中の一つにこういった催しへの参加依頼もあるのだ。急な参加にはなってしまったが、子供達《たち》も喜んでくれているし、保育士さん達の負担が少しでも軽減されるのなら万々歳だ。

報酬の提示がある企業の案件と違い、こうしたボランティアはあくまでもこちらの良心にかかっているが、そもそも報酬目当てにやるものでもないだろう。

高校生と言えば、夏休みのボランティアは定番。白々しく思ってもないことを口にする面接と同じで、内申点を上げる為《ため》だけに参加しようが、やらない善よりやる偽善の言葉通り、それで助かる人がいるなら、本音はどうあれ構いはしまい。少なくとも、こうして歓迎されているわけで、それだけで十分だと思う。うんうん。

「さー、みんなにプレゼントウサよー。どれがいいかなー？」

「わーいわーい！」

「わたし、このタオルほしー」

「じゃあ、ぼくこのペンがいいー」

持ち込んだバニーマングッズを大盤振る舞いだ。保育士さん達のペコペコっぷりがますます加速していく。だが、心配しないで欲しい。

「本当にいいんでしょうか？　こんなに頂いてしまって……」

「気にしないでください。在庫整理だったりするので」

サンプルやら贈呈やら、ひっきりなしにバニーマングッズが大量に送られてくるが、如何《いかん》せん使い道がない。溜《た》まっていくばかりのグッズをこうして消化できるので、俺にとっても一石二鳥というものだ。子供達の笑顔がバニーマンの糧です（善人ぶる俺）。

「ねーねー。おねえちゃんは、ウサギさんのおともだちー？」

「わ、私？　そうね。私はウサギさんの……」

氷見山さんが困ったようにこちらに視線を向ける。氷見山さんがお友達？　否！

「このお姉ちゃんは番《つがい》ウサ」

「雪兎君!?」

俺の解答に子供達がキョトンとしている。しまった。番はまだ難しいか。

「つがいー？　つがいってなぁにー？」

「お嫁さんのことウサよ。バニーマン様は嫁を孕《はら》ませて勢力を増やし、いつかこの地球をバニーマンの楽園に変える野望を抱いているウサ。ウサッサッサッサッサッサ」

ガハハハハハハハ、いや、ウササササササササと高笑いする。

「およめさんだー！　わぁ、ママとおなじー」

「はらませー」

「はらませだーはらませー」

「あの、あまり変な言葉を教えるのはちょっと……。保護者の方からも怒られますし」

申し訳なさそうにクレームが入った。ほんと、すみませんでした。土下座した。

そんなこんなで俺達はボランティア活動に精を出すのだった。


「すみません付き合ってもらって」

「何を言っているの。私の為だもの。お礼を言うのはこっちよ」

ボランティアを終えた俺達はファミレスで休憩していた。かなり体力を消費したが充実感がある。これを毎日こなしている保育士さん達は控えめに言って神だ。

「それにしても、どうして保育園に？」

「あぁ、そのことですか。利舟《りしゅう》さんに聞いたんです。氷見山さんが以前、保育士を目指したことがあるって。そして断念した理由も」

氷見山さんの表情が翳《かげ》る。あまり思い出したくない過去なのだろう。

「……そう、ね。ずっと昔から、子供が好きだったわ。教師を諦めた後、保育士ならって思った。でも、いざ対面してみたらダメで。拒絶反応っていうのかな、怖気《おじけ》づいてしまったの。小学生以上に純粋で無垢《むく》で、怖かった。無邪気に私を見る瞳が……」

氷見山さんの手がカタカタと震えていた。冷房が利きすぎているからじゃない。

「今思えば、妊活が失敗したのも、それが原因かもしれない。赤ちゃんが欲しいと言いながら、本心では恐れていたの。どうか生まれないでと、心から祝福なんてしてなかったのかもしれない。相反する気持ちのまま、願いとは裏腹のことを祈っていた。だから、授かれなかったのかもしれないわね。自業自得。それでもうこんな歳《とし》よ」

自嘲気味にそう笑う。俺は氷見山さんの言葉にムッとした。

「ムッ」

「どうしたの？　なんだかすごくムッとしているけど……」

「もうこんな歳と仰《おっしゃ》いますが、母さんなんて三人目とか余裕そうですし、諦めるのは時期尚早だと思います。むしろ、適齢期では？　お色気ムンムンじゃないですか」

アラサーは子供を諦めるような歳じゃない。アラフォーがギリだ。

「桜花《おうか》さんの場合、もし三人目の可能性があるとしたら、それは君の……」

「おや、もしや母さんの恋愛事情に何かご見識が？」

「い、いえ。なんでもないわ。なんでも。なんでもないの。えぇ、なんでもよ！」

何故か必死に否定する氷見山さん。謎だ。もしや母さんが内緒で誰かと付き合っていて、その相手について緘口令《かんこうれい》でも敷かれているのだろうか。これは気になる。気になるぞ！

「よーし、帰ったら、母さんに聞いてみようっと」

「どうしてそう君は危機感がないのかしら!?　絶対に藪蛇《やぶへび》になるから止《や》めておいた方がい

いと思うわ。雪兎君、くれぐれもそんな可愛《かわい》い顔で聞いたりしては駄目よ？」

「ハァイ」

「なんだか信用できないお返事は止めて！　もう君という子は……」

母さんの追及は後にして、今は氷見山さんのことだ。

「でも、おかしくありませんか？　今日だって氷見山さん大丈夫そうでしたし」

平気だったわけじゃない。観察していたが、強張《こわば》っていたし、顔色も悪かった。

それでもボランティアの間、氷見山さんはしっかり対応していた。

「そんなの簡単よ。――君が、雪兎君が隣にいてくれたもの。とても安心したわ。大丈夫って思えた。それが理由。私一人だったら、倒れていたと思う」

「ですが、無事に乗り越えたのは事実です。大丈夫です。今日から一週間、克服を目指して一緒にボランティアしましょう。すぐに慣れますよ」

氷見山さんに足りないのは自信だ。自分ならやり遂げられるという自負。小さいことから地道に積み重ねていくしかない。今日はその一歩だ。氷見山さんが前に進む為の。

「でも、雪兎君の夏休みをそんなに無駄にするなんて……」

「俺は氷見山さんにその価値があると思ってるから、そうするんです」

氷見山さんが小さく「ありがとう」と、呟《つぶや》く。

「……そう、ね。救ってくれるって約束してくれたものね。なら、改めてお願いします。雪兎君、私を助けて。もう二度と怯《おび》えたりしないように、子供達の前に立てるように」

「任せてください」

ボランティアだけじゃない。二の矢、三の矢と放つ必要がある。既に手は打った。

準備と調整が大変だが、なんとか間に合いそうだ。これも利舟さんのおかげだ。

「氷見山さんって、とっても声が綺麗《きれい》ですよね。まるで声優さんみたいです」

「そう……かしら？　初めてそんな風に言われたけど」

朝令暮改も甚だしいが、地道なだけじゃ現状を覆すには到底足りない。

「人の目が怖い。それを克服するには、あえて注目を浴びる必要があります」

氷見山さんの両手をガッシリ握って、俺は宣言した。

「やりましょう。アイドル」

「…………………………え？」

タラりと、氷見山さんの額に汗が流れた。

◇

「だぁぁぁぁぁあ、疲れたぁぁぁぁぁあああ！」

「それにしても、よくこんなに集まったもんだ。雪兎はいつも急すぎるんだよ」

アスファルトの上に大の字になる。背中が焼け焦げそうになり飛び起きた。あっつ！

爽やかイケメンが、爽やかに汗を拭う。たったそれだけで、他校の女子がキャーキャー歓声を上げている。今やすっかり、この男も有名人になっていた。

海原旅館の一画。駐車場の一部を借り、バスケットゴールを設置したストバス会場には、高校生や大学生、社会人のサークルなど、大勢の若者が集まっていた。

勝手に不法占拠しているわけじゃない。当然、社長の海原《うなばら》さんとも交渉済みだ。駐車場といっても乗用車用ではなく、観光バス用の敷地だ。現在の海原旅館は一日にそう何台も観光バスが止まるわけじゃない。そのうち一台分のスペースを借りている。

そこまで聞くと、海原旅館になんのメリットがあるのか疑問に思うだろう。

損はさせません。第三次バスケブームの到来により、全国でストバス熱が盛り上がっているが、その元凶となった俺達は、夏合宿と称して京都遠征をすることにした。

SNSで対戦相手を募集したのだが、隣県の奈良や兵庫、滋賀や大阪などの他にも全国津々浦々から多数の申し込みが殺到した。因《ちな》みに俺が募集をしたのは、病院の駐車場で利舟さんと会話した直後だ。薄氷の夏合宿。ギリギリ準備が間に合った。

そんなわけで、正式にくじ引きで選んだ全二十チームと対戦することになった。

その会場であり宿泊先が海原旅館だ。宿泊先を確保していることで、遠方からも安心して参加できるように配慮したのだが、これが思いの外、効果的だった。

一泊二日の日程だが、二十チーム分の宿泊費は俺が負担している。といっても経費なので、なんら問題ない。そもそもこの夏合宿はプロモーションも兼ねている。

俺達の対戦の様子はリアルタイムで動画配信されており、それぞれの学校や地域を代表するチームとの白熱した戦いに視聴者も大盛り上がりだ。スパチャも飛び交う。

宣伝広告費も加味すれば、プラスはあっても赤字になどなるはずがない勝ち戦。

閑古鳥が鳴いていた海原旅館も大賑《おおにぎ》わいで大歓迎。大口の予約にやる気もＭＡＸだ。

「さてと、お待ちかねの宴《うたげ》の時間だ！」

そう宣言すると、集まっていたチーム達から歓声が上がった。


夏合宿と言っても、参加しているのは俺と爽やかイケメン、そして正道《せいどう》の三人だ。

汐里《しおり》は不参加だったりする。部活とは関係ないし、考えてもみて欲しい。

温泉に一泊二日の泊まりで合宿。それも男子数人と。こんな旅行を汐里のご両親が許可するはずがない。ただの乱交パーリーとしか思われないだろう。未成年には早すぎる。

幾ら俺がＰＧ《ポイントガード》だとは言っても、夜の３Ｐ《スリーポイント》シュートは決められない。

何故《なぜ》か俺は汐里のご両親から信頼されていることもあり、汐里は大丈夫と言っていたが、家族を不安や心配させたりするのは俺の本意ではない。この埋め合わせはまたいずれ。

大宴会場は活気に満ちていた。未成年も多いのでアルコールは厳禁にしている。

料理に舌鼓を打ちながら、あちこちで新たな出会い、新たな交友関係が築かれていく。

「……なぁ、雪兎。なんかいいよなこういうの」

感慨深そうに光喜《こうき》がそんな言葉を漏らす。夏休みらしいことしたいって言ってたしな。

「満足したか？」

「あん？　バーカ。まだまだこれからだろ？　俺達《たち》は」

ニカッと笑った顔は下敷きに反射する校長のハゲ頭より眩《まぶ》しかった。

「正道も無理矢理巻き込んですまなかったな」

「ううん。僕もこういうの憧れてたんだ。それに、選ばれし勇者だからね！」

悪戯《いたずら》っぽく正道が笑う。この御来屋《みくりや》正道、熱血先輩から勇者を受け継いだ男だ。

熱血先輩が受験で引退したこともあり、チーム『スノーラビッツ』の勇者が不在となってしまった。そこで勇者を引き継いだのが、バスケ部の新入部員、正道というわけだ。

「そろそろか。進捗はどうかね光喜君？」

時計を確認する。場もいい感じに温まり、まさに宴もたけなわ。ここしかない！

「最低限形にはなったけど、つーかよー、これ、本当にやんのかよ？」

「俺だって、文化祭でバンドを組んでライブするような陽キャに落ちぶれたくはないが、とはいえ、こういう映像映えする演出も必要だろ。ほら、キャラソンとか」

「何を言ってるのかサッパリ分からん」

アニメに脈絡なく水着回が差し込まれるようなものだと思って欲しい。

「正道は？　最悪、フリだけでも大丈夫だぞ。主役は俺達じゃないしな」

「ほ、本番まではなんとか完璧に仕上げてみせるね……」

「何も知らない神代《かみしろ》が不憫《ふびん》でならない」

爽やかイケメンが汐里の心配をしているが、ククク、驚くに違いない。

動揺して汐里のポニーテールが暴れ馬のように跳ね回る光景が目に浮かぶようだ。

しかし、ここに汐里はいない。ここからの主役は――。

宴会場を出て、廊下で待機している氷見山《ひみやま》さんに声を掛ける。

「とっても似合ってますよ。本物のアイドルみたいです！」

煌《きら》びやかな衣装に包まれた氷見山さんが、ガチガチに緊張している。

「ゆ、雪兎《ゆきと》君。変じゃない私？　ババアがなに無理してんだとか思われてない？」

「そんなに可愛いのになに言ってるんですか。今にもガチ恋しそうなくらいです」

「それはしてくれていいんだけど……」

中を覗《のぞ》き込むと、部屋が暗転しこれから行う余興の説明が流れる。

事の発端は、ＣＭソングを作ろうというオファーだった。第二弾、第三弾のＣＭに流す楽曲の制作が進んでいたのが、どうせならそれもプロモーションにしてしまおうと、スノーラビッツでバンドを組むことになった。ボーカルは紅一点の汐里だ。

姉さんという選択肢もあったが、あまり乗り気ではなかったので、汐里に決定した。

因みにだが、ただ単にその方が面白いからという理由で、このプロジェクトは汐里に内密で進行している。楽曲の正式なお披露目は秋の予定だが、急遽《きゅうきょ》、この夏合宿でシークレット的に披露することを決めた。問題は汐里不在のボーカルだ。

ならばいっそ、人の目を恐れている氷見山さんに任せたらどうかと思いついた。

俺と氷見山さんはこの一週間、ずっとボランティアで一緒に過ごした。ベッタリだ。

最初は恐る恐る子供達に接していた氷見山さんも、数日経《た》つと、だいぶ慣れたのか自然に振る舞っていた。心から子供が好きなのが伝わってくる。けれど、まだ足りない。

そこで、かなりの強硬策を取ることにしたわけだ。これは賭けだ。九重家《ここのえ》はギャンブル厳禁だが、俺は負けるつもりはない。氷見山さんに全ベットだ。

「まさかアラサーになって、アイドルなんて……」

不安そうな氷見山さんを励ます。正直、滅茶苦茶《めちゃくちゃ》な策だが、強引さも必要だろう。

氷見山さんとボランティアが終わってからカラオケで何時間も練習したよ。

「……年齢なんて関係ありませんよ。いつだって、何かを始めるのに、遅いなんてことはないと思います。俺なんて、この歳になって初めて家族旅行を経験したくらいです」

温泉を楽しんで、エアホッケーで対決した。マッサージオイルを塗った。妖怪に遭遇しスマホは天に召された。どれもこれも楽しい思い出ばかりだ。

「氷見山さんと過ごした一週間だって、俺にとっては大切な思い出です」

これまで知らなかった氷見山さんの一面を知った。絶望の淵《ふち》で悲嘆し、それでも笑い、可能性に縋《すが》った。子供達に向ける優しい表情、苦しみに耐え堪《こら》える姿、傷つきながらも、過去を乗り越えようとしている。氷見山さんが流してきた涙を無駄にはしない。

「……雪兎君。そうね。君が、私の為《ため》に用意してくれた舞台だもの……」

「いっちょやったりますか」

爽やかイケメンがドラムの席に座り、試しに何度かスティックを叩《たた》く。正道がギターのチューニングを確認し、照明の準備も万全だ。俺もベースを担ぐ。

「雪兎君、待って！」

手を引かれ、廊下で呼び止められる。俺達二人だけの空間。

「本当に年齢なんて関係ない。……――そう、思ってる？」

「ないですよ。五百歳のロリだって、なのじゃ口調ならババアなんですから」

「それはよく分からないけど……」

ロマンと言わざるを得ない。ロリババアは俺の周りに足りない属性だ。※急募！

「一つだけ教えて欲しいの。――君は、どうしてそこまで私にしてくれるの？」

裁判の判決を待つかのように、恐ろしいほど真剣な表情。

氷見山さんの問いかけ。そんなの考えるまでもない。だって――。

「優しくしてくれたから。好きって言ってくれたから。……それだけです」

理由なんて、それで十分だろ。

「……そうだったわね。悪意には悪意を。なら、優しくされたら優しさを、好意には好意を。愛には――……。君は今でもガラスのように透き通った心で――」

氷見山さんに抱きしめられる。

「ねぇ、雪兎君。もし私が復帰できたら、ご褒美をくれる？」

「ご褒美ですか？　なんでもいいですよ」

懲りずに安請け合いする。それで氷見山さんがやる気になってくれるのなら、お安い御用だ。氷見山さんは良識ある大人だし一千兆円欲しいとか無理難題を言わないはずだ。

「ありがとう。だったら、絶対に成功させなきゃね！」

氷見山さんのぬくもりがそっと離れる。

「行こっか」

「はい」

暗転中の宴会場に足を踏み入れる。パチパチと盛大な拍手で迎え入れられる。

氷見山さんにスポットライトが当たる。これはまだ二の矢。

暗い部屋の中では観客の表情までは見えないはずだ。視線に怯《おび》える必要はない。

緊張しているのか、氷見山さんの肩が震えている。

「——美咲《みさき》、頑張れ！」

「……幹也《みきや》さん？」

仕事を抜け出し顔を出してくれた海原社長がサイリウムを振る。

「ほれ、お前達も応援せい」

「間に合ったか。じっちゃん！」

呼んでおいた利舟《りしゅう》さんが、他にも観客を連れてきてくれたらしい。

孫娘の晴れ舞台だ。応援にも熱がこもっている。

あ、じっちゃんっていうのは、単にノリで呼んでみただけなので気にしないで。

「パパ、あそこあそこ！　ユキト君、カッコイイ！」

「クレイジーガイ、招待にあずかり光栄だ。バケーションを楽しませてもらうよ。私も若い頃は、ショーウインドーに飾られたトランペットを欲しがる少年にツルハシを与えて、『石炭を掘れば楽器なんてすぐに買えるようになるさ』と諭したこともあって――」

「お酒も飲んでないのに、アナタはどうして酔っているの。黙って聞きなさい」

饒舌《じょうぜつ》なアメリカン親父《おやじ》が夫人に叱られていた。

トリスティさん一家も来てくれたようだ。レオンさんと澪《みお》さんもいる。

重畳、重畳。片っ端から誘った甲斐《かい》があったというものだ。

「見えませんが、今、氷見山さんに向けられている視線に敵意はありません」

「うん。分かる……。温かいね」

気合を入れようと、氷見山さんの背中をパチンと叩く。

「さぁ、見せつけてやりましょう！」

「やだ、ブラのホックが!?　もう、雪兎君！」

即土下座した。不可抗力なんですぅううう！　ホントなんですぅううううう！

「どんなときも君はいつも通りなのね。でも、緊張がほぐれたわ。ありがとう」

クスクスと氷見山さんが笑う。もう大丈夫そうだ。

カウントを取り、曲が流れ始める。俺もベースに集中する。

――そうして、たった一曲だけの短いライブが幕を開けた。

◆

「美咲さんにあんな特技があるなんて知りませんでした」

「代役です。もうしません」

「そうなんですか？　なら、貴重なものを見せて頂いたことになりますね」

「意地悪ですよ、涼香《すずか》先生！」

「ふふっ。いいじゃないですか」

チャプンと温泉に浸《つ》かる。先程までの高揚はまだ残っていた。心地よい疲労感。

まさか、私がアイドルだなんて……。初めて浴びるスポットライト。初めて着たファンシーなアイドルの衣装。初めてあんなにも大勢の人に応援されて、ただ、楽しくて。

思えば、この一週間はとても充実していた。何度も心が折れそうになって、不安に押し潰されそうになって、子供達の笑顔に怯えて、泣いて。でも、隣には彼がいた。

夏休みだというのに、毎日毎日、文句一つ言わずに付き合ってくれる。

献身的に心身ともに支えてくれた。とめどなく感謝が溢《あふ》れ出る。

その存在に、どんどん惹《ひ》かれていく自分がいて。私は自覚してしまった。

「すみません。涼香先生にまで来て頂いて」

隣で肩を並べて温泉に浸かっているのは、今では親友の間柄になった涼香先生。

彼女も雪兎君が招待した一人だ。見届けようと、こうして足を運んでくれた。

「謝らないでください。それに私も、温泉好きですから」

柔和な笑顔。涼香先生の表情も随分と穏やかになったように思う。

「それにしても、彼には申し訳ないことをしてしまいました」

小さく息を吐き、涼香先生の眉が八の字になる。

「後悔しているわけじゃないんです。その判断も選択も間違っているとは思いません。ただ、まさか家族旅行中だったなんて……。京都から呼び戻すような形になってしまったのは、彼にも、彼のご両親にも、頭を下げないといけませんね」

「ですが、涼香先生があの日、雪兎君に連絡してくれたから。……嬉《うれ》しかった」

涼香先生は責められない。倒れた私が悪いし、知らなかった以上、仕方がない。

雪兎君は連絡を受けたとき、京都にいるとは一言も言わずに、すぐ行きますと言って電話を切ったそうだ。電話をくれるだけでもよかった。心配してくれるだけでいいのに。なのに、まさか京都から駆け付けてくれるなんて、誰も想像なんてできない。

「そう言ってくれると心が軽くなります。本番は明日ですが、大丈夫ですか？」

「ここまでお膳立てされて、できないなんて言ったら、雪兎君に怒られちゃいます」

「……彼が怒っている姿を全然想像できません。小学生の頃は、もっとピリピリしていたように思うのですが、今の彼はのほほんとしていて、とても優しい子なので」

苦笑する涼香先生。私はライブ前の会話を思い出していた。

「雪兎君は言っていました。優しくしてくれたから、優しくするんだって。彼の本質は、ずっとあの頃のまま変わっていないんだと思います。彼が優しくなったと感じるなら、それは彼を取り巻く環境が、彼にとって優しい世界になったのかもしれません」

「……そうだといいですね」

友人との心地よい時間。取り繕う必要もない。涼香先生に一つ提案をする。

「私の為にこんなにも尽力してくれた。雪兎君にお礼をしたいんです。今度、食事に招待するつもりですが、涼香先生もご一緒に如何《いかが》ですか？」

「いいですね。私もお付き合いします。……反省したんです。あまりにも多くの負担を背負わせてしまった。お願いしたのは私ですが、まだ十六歳の子供なのに。つい頼ってしまう。頼りがいがあるのも困りものです。——私は、大人失格ですね」

涼香先生が困ったように笑う。……そうだ、まだ雪兎君は十六歳だ。

なんだかそれが、どうにも信じ難いことのように思える。

雪兎君以外の誰が、こんなことを実現させられるというのだろうか。

海原旅館。まさかまたここに舞い戻るなんて思ってもいなかった。

別れたはずの道。決別したはずなのに、雪兎君が繋《つな》いでくれた縁。

ここまで大掛かりな舞台を準備するのに、雪兎君はかなり無理をしたはずだ。

私の為だけなら、わざわざ海原旅館を利用する必要はない。

私だけじゃない。幹也さんも、この海原旅館も全て救おうとした強引すぎる計画《プラン》。

もしかして、幹也さんに私との橋渡しを頼まれた？　もし仮にそうだとしても、雪兎君がここまでする必要はない。目に見える全てを救ってみせるなんて、そんな不遜で欲張りで傲慢な。でも、それと同時に思ってしまう。彼なら、そうするのかもしれないと。

――君は私に教えてくれたのね。――その行動で証明してくれた。

何もかも諦めることなんてないって。欲しいものを全て手に入れて、やりたいことを全部やって、それでいいんだって。幸せを望んでいいんだって。

「涼香先生。私、もし克服できたら教員採用試験を改めて受けようと思っています」

「……美咲さん？」

涼香先生の目が見開かれ、ぽろぽろと大粒の涙が溢れ出る。

「そう……ですか。もう一度、目指すんですね。よかった。本当によかった――！」

胸に秘めていた決意。雪兎《ゆきと》君にもまだ話していない。雪兎君は喜んでくれる？

君がいなかったら、こんな気持ちになんてなれなかったのよ？

「涼香先生にも、ずっと心配をかけてしまいましたね」

「いいんです！　元はと言えば私が悪かったんです。二人の未来を壊してしまったから」

私が教師を諦めたことを伝えると、涼香先生は泣きながら謝罪を繰り返した。

涼香先生だって辛《つら》かったはずなのに。私が去った後、逃げることもできずに、あの地獄で担任を続けざるを得なかった。私なんて足元にも及ばない立派な教育者だ。

それからも、いつも親身になって私のことを気にかけてくれていた。

私の憧れる、とても素敵な人。理想の教育者。思慕の念を抱いていた。

「ですが……もう一つ、夢があるんです」

私も、雪兎君に感化されてしまったのね。心境の変化に可笑《おか》しくなってしまう。

「……夢ですか？」

「ボランティアで子供達《たち》と沢山触れ合いました。天使のように可愛《かわい》くて。やっぱり私、子供が好きなんだって。自分の子供が欲しいと、本心からそう思えたんです」

夢のような時間だった。相手をするのは大変だったけど、幸福で満たされる時間。

「雪兎君は全てを救おうとしている。その手に持てるだけの幸せを。だから、私も諦めないって決めました。夢が二つあるなら、そのどちらも叶《かな》える方法を模索するべきで、片方を諦める、そんな悲しい選択をしなくてもいいんじゃないかって」

人は妥協しながら生きていく生き物だ。歳《とし》を重ねる度に何かを諦めながら。

諦めた大人達から「いつまでも、そんな夢みたいなことばかり言って」そんな風に言われて、現実に押し潰されていく。抗《あらが》うことを忘れて、それが大人だと言い訳しながら。

「そうですか。美咲さんなら、どちらも大丈夫でしょう。まだまだお若いですから」

年齢、それは何よりも重要だ。涼香先生もそれを分かっている。

涼香先生の言葉の中に混ざる微《かす》かな諦念。私はそれが我慢ならなかった。

「ところで涼香先生。結婚相談所に通われているそうですが」

「うっ……。あまり聞かないでください。……――成果は芳しくありません」

プイッと目を逸《そ》らしてしまう。涼香先生も私と同じ。幸福に尻込みしている。

美人で経済力もあって家柄もいい。涼香先生なら選《よ》り取《ど》り見取《みど》りだったはずだ。

それなのに今でも結婚していないのは、涼香先生が畏れているから。

私は教師を諦め、雪兎君は孤立した。そうさせてしまった自分が、自分だけが幸せになってしまうことへの抵抗感。心から望みながらも目の前の幸せを忌避してしまう。

けれど、その必要はもうない。私は未来に手を伸ばす。だから――。

「涼香先生も子供が欲しいって、そう仰《おつしや》っていたじゃないですか」

「そうは言っても相手がいないわけで……。気づけばもうすぐアラフォーですし」

どんよりしている。涼香先生は年齢的に瀬戸際に差し掛かっている。

結婚も教員採用試験を受けるのもいつでもいいが、子供だけはそうはいかない。

明確なタイムリミットが存在していた。若ければ若い方がいい。

自然妊娠の確率は年齢と共に低下していく。特に四十代になると、その確率はガクンと下がりリスクも増える。婚活において、男性側が年齢を重視するのも、家庭を持ち子供が欲しいと考える男性にとって、年齢は最も重要なファクターになるからだ。

「涼香先生。――相手ならいるじゃないですか。とっても素敵な。ね？」

「…………え？」

◆

「美咲《みさき》、ここにいたのか！」

「幹也《みきや》さん？　こんなところでどうしたの？」

幹也は美咲を見つけると、声を掛ける。話をしようと探していたのだが、旅館の外に出ていたようだ。日付が変わる直前。満月の下、懐かしい時間を幹也は思い出していた。

「……まさか君がアイドルなんてな」

「改めて言われると、なんだか恥ずかしいわね」

そう言いながらも、満更ではなかった。美咲にとって、かけがえのない経験になったことは事実だ。ゆっくり歩きながら、言葉を重ねる。途切れた時間を埋めるように。

「…………彼は凄《すご》いな。彼が戻ってきて、君のことを聞いた。相談されて、驚くことばかりさ。俺が如何《いか》に君のことを知らなかったか教えられたよ。結局、俺は君を蔑《ないがし》ろにしていたんだな。それからは目まぐるしく変わる日々だった。変化は一瞬だった」

ふとした偶然から、あの少年と旅館で再会し、それから幹也には信じられないことの連続だった。文字通り、出会いが全てを変えてしまった。動き出した歯車。

海原旅館にはひっきりなしに予約の申し込みが舞い込んでいる。

旅館の行く末に暗澹《あんたん》たる気持ちを抱いていた従業員達も、今では水を得た魚のように生き生きしていた。幹也の母も同じだ。押し寄せる仕事の波にやる気を漲《みなぎ》らせている。

「俺はあまり詳しくないが、聖地巡礼？　というやつらしい」

「雪兎君のやることだもの。私達の理解は及ばないわ」

突拍子もないことを考え、それを実行してしまう少年。この旅館の恩人だ。

「それにしても、あの動画には頭を抱えてしまったよ」

インフルエンサーの少年が旅館を大々的に宣伝してくれたことは有難いが、幾ら何でもあれは予想外だ。九重《ここのえ》雪兎がSNSでアップしていた『パンティークレーンでゲットしたお土産を渡してみた』シリーズは、どの動画も百万再生を優に超えている。

難敵でありながら、まともだったのは担任の藤代《ふじしろ》で、銘菓だと思い期待して開封したら予想外のお土産で、『ほほう。貴様、私にこんなものをプレゼントしてくるとはいい度胸だ。えぇい、そこになおれ下郎！』とブチ切れて説教されるものから、生徒会長の祁堂《けどう》に至っては、『こ、これは！　今すぐに着替えるから待っててくれ』と、いきなりスカートに手をかけ強制終了になる放送事故回まで反応は多種多様で話題沸騰となっていた。

そしてなにより今日、ストリートバスケの聖地として、名実共にその名は全国に広がっていった。それはこれまでとはまったく異なる世代、客層へのアプローチ。

舞い降りた幸運。海原旅館にとっては、起死回生の出来事だった。

ストリートバスケのブームがいつまで続くかは分からない。一年か二年か。それとも半年で終了するのかもしれない。しかし、そんなことは関係なかった。

「彼は猶予をくれたんだ」

閑古鳥が鳴いていた。そんな状況が一変しただけでも奇跡だった。与えられた猶予の間に、方針を見直し、経営を立て直す。なによりも欲しかった貴重な時間の捻出。

そして、幹也にとってはもう一つ重要なことがあった。――復縁する機会。

それをくれた彼に感謝しかない。一度は幹也が手放した縁を再び繋いでくれた。

彼は頭を下げて言った。「氷見山《ひみやま》さんの力になってあげてください」と。

彼は美咲の為《ため》にあらゆる手を尽くしていた。だからこそ、幹也と海原旅館を選んだ。

その生き様に胸を打たれた。同時に幹也は己を恥じた。覚悟が欠如していたことに。

これまで必死にやってきた。けれど、必死なだけで、そこに幹也の意思はどれほど反映されていただろうか。生まれたときから旅館の跡取り息子として生きていた。

跡を継ぐことが絶対で、優先順位は常に旅館のことばかり。そんな生き方に付き合わされる身になってみれば、嫌気が差すのも当然かもしれない。事実そうして、美咲を捨ててまで結婚した伴侶には逃げられ、子供の親権も手放すことになった。

残ったのは負債を抱えた旅館と、間抜けなバツイチの男だけ。

金策に駆け回り、なんとか旅館を存続させようと四方八方手を伸ばす。

なのに、待ち望んだ救いの手は、美咲の関係者からだった。

自分は何をやっていたのだろうか。幹也は自問自答を繰り返していた。

そして幹也は目撃することになった。幹也が見たこともない美咲の姿。

無理矢理なのかアイドルをさせられ、歌っていた。だが、その表情に満ちていたのは充実感。付き合っていたときには見ることのなかった美咲の笑顔がそこにあった。

旅館のことを優先するのは間違いじゃない。しかし、もう少しだけ伴侶のことを気にかけ、その笑顔を守ろうとしていれば、逃げられることはなかったのかもしれない。

大切にすべきものを誤った男の後悔。でも、チャンスは突如として訪れた。

経営不振に陥った旅館の為じゃない。母から言われたわけでもない。幹也は幹也の意思で、美咲ともう一度、共に歩みたいと、隣で支えたいと決めたのだった。

「なぁ、美咲。――もう一度、俺とやり直して欲しい。誰の為でもない、俺と君で」

これまでの幹也とは違う力強さに、美咲は息を呑《の》んだ。

◇

「美咲さん。見守ることしかできませんが、応援しています。頑張ってください」

「……はい。いつか、涼香《すずか》先生とまた一緒に肩を並べたいです」

「楽しみにしています」

固く両手で握手する。そんな日が来ることを、私も心から願った。

「すまんのう。儂《わし》にやれることはここまでじゃて」

「お祖父《じい》ちゃんも、ありがとう。忙しいのに、来てくれただけで十分よ」

「最初に彼から聞かされたときは驚いたがな。思う存分やりなさい。いったい、どれほどあの少年に貸しを作ったものやら。儂が生きている間に返しきれるかのう……」

「大丈夫よ、お祖父ちゃん。私が返済します」

——この恩は、一生かかっても雪兎君に返さないと。私の全てを懸けて。

「カカカカ。そうだな、美咲に任せよう。ついでにひ孫の一人でも見せてくれ」

「雪兎君がOKしてくれたら、すぐにでも可能なんだけど」

お祖父ちゃんが豪快に笑いながら去っていく。涼香先生と同じように見守ってくれるのだろう。大勢の期待、今までどれほど心配させ、失望させてきたのか。

私達がいるのは、とある教室の廊下。といっても、学校の敷地ではなく、教室風のスタジオセットといったところだろうか。しかし、内装は本物の教室と相違ない。

これだけ子供が集まれば、おのずと賑《にぎ》やかになる。その数なんと五十人。

小学校では三十五人学級の導入が進んでいるが、少子化で定員割れするクラスもある中、この人数で一クラスというのは、子供達にとっても新鮮なのかもしれない。

とはいえ、ここに集まっている子供達は学年もバラバラで、満遍なく揃《そろ》っている。

その目はキラキラと輝いていて、活気と熱気に溢《あふ》れていた。

「あ、あの……。後でまたウサギさんに会えますか？」

八歳くらいの女の子が、私の元に来ると、おずおずとそんなことを聞いてくる。

「ええ。だから、少しだけ我慢してね？」

「わぁ♪」

パァッと女の子の顔が明るくなった。頭を撫《な》でると、テテテッと戻っていく。

「ご招待頂きありがとうございます。ですが、本当にいいんでしょうか……？」

「こちらがお願いした立場なので気になさらないでください。それよりも付き添いして頂いて、ありがとうございます。これだけの人数、私達だけだと不安もあるので」

「いえいえ、そんな。専業主婦で時間だけはありますから」

おっとりと笑う保護者の女性。本来なら私が答えるのも場違いだが、仕方ない。

廊下には同じように子供達を連れてきた保護者の方々が各々自由に過ごしている。

ここにいるのは、雪兎《ゆきと》君がプレゼント企画で集めた子供達だ。入手困難になっている限定モデルのバッシュをプレゼントすると大々的に告知して集めた。

条件は小学生の子供達。応募は殺到し、それぞれ男女学年バランスよく集めた。

受付で、住所と子供の足のサイズ、欲しいモデルを選んでもらい紙に記入。後日、発送という段取りだ。何故《なぜ》か新モデルとして魔女モデルが存在していたが、まさか私？

アイドルにされたり、魔女にされたり、翻弄されるばかりだが、こんなこと雪兎君以外の誰ができるというのだろう。私の為だけに、これほどまでに手を尽くしてくれた。

子供達とご両親にはエキストラだと説明している。ただ教室で四十五分間の授業を受けるだけ。こんなことでいいのかと保護者が疑問を持つのも当然だった。

真実を知るのは、私達だけ。けれど、それでいい。誰にとっても得しかない。

不幸になる人間なんて、この場には誰一人存在しない。なんとも雪兎君らしい。

「美咲さん、そろそろ」

「はい」

涼香先生に促される。いつの間にか雪兎君の姿が見えなくなっていた。キョロキョロと視線を周囲に這《は》わせるが、何処《どこ》にもいない。途端に不安になる。

でも、しょうがないじゃない。ずっと一緒にいたんだから——。

それが、どれほど心強かったか。彼がいなくなっただけで、こんなにも心細くて。

あえて姿を見せないのかもしれない。私が自立できるように、いつまでも雪兎君に頼らないように。随分と自分が依存心の強い女になっていたことに気づく。

幹也さんと一緒にいた頃は、そんなことなかったのに……。

深呼吸して、教室に足を踏み入れる。子供達《たち》の視線が一気に私に集まった。

授業内容は、授業とも呼べないような、学年の違う子供達が楽しめるようなものを準備している。それを披露するだけでいい。これも雪兎君と一緒に作ったものだ。

この時間を無事に乗り越えられたら、彼にもう一度、教師を目指そうとしていることを伝えるつもりだった。私にとって、始まりの一歩。なのに——。どうして——。

「——ッ！」

カタカタと身体《からだ》が震える。声を出そうとして、喉が詰まる。大量の汗。激しくなる動悸《どうき》。

私に向けられる視線が酷《ひど》く恐ろしいものに思えて、心がキュッと萎縮する。

あぁ、やっぱり私、ダメだったんだ。去来する自分への失望。情けなくて惨めで。

視線を向ければ、廊下では涼香先生やお祖父ちゃんが不安そうにしている。保護者の人達も様子のおかしい私に怪訝《けげん》そうな顔を見せていた。

異変に気づいたのか、ざわざわと子供達の間にも動揺が広がっていく。

何かを言わなくちゃ……。そう思うのに、俯《うつむ》いたまま、顔を上げることもできない。

「……ごめんなさい」

ただ小さく、誰にも聞こえないような小声で謝る。私には、無理だったんだ。

期待を裏切った。雪兎君がしてくれたことを台無しにした。そのことに居た堪《たま》れなくなって、この場から逃げ出してしまいたくなる。脆《もろ》い心は、再度アッサリと折れる。

胸を絶望が支配する。再び描いた未来も黒く塗り潰されて、私はまた地獄へ舞い戻る。

何を浮かれていたんだろう。あの場所こそが、私の居場所だと知っていたのに。

ポタリ、ポタリと涙が零《こぼ》れた。失意のドン底に叩《たた》き落とされ、無念さだけが残って。

「――美咲さん！」

無理だと判断し、駆け寄ってこようとする涼香先生。

その言葉を遮るように、小さく、微《かす》かに、愛《いと》しい声が私の耳に届いた。

（氷見山さん、氷見山さん。何やってるんですか！　早く授業を――）

「……雪兎君？」

教室に入ってきたまではよかったが、硬直したまま動かなくなる氷見山さん。

喧騒《けんそう》が広がりつつある。これは緊急事態だと、コソッと声を掛けた。

（……雪兎君？　ど、どうしてそんなところに？）

(ここじゃないと、氷見山さんの隣にいられないじゃないですか)
(ッ!……君は、最後まで私のことを――……)
え、俺がどこにいるかって? 知りたい? しょうがないなぁ。じゃあ、教えるね。
そう、俺はなんと教卓の下に隠れていたのでしたー! パンパカパーン
実は前から、一度くらいここに隠れてみたいって思ってたんだよね。満足しました。
ただ、隠れてから気づいたんだけど、ここに四十五分もいるの、しんどくない?
若気の至りと言えばそれまでだが、終わる頃には全身筋肉痛のおそれあり。
授業が始まった今、俺はただの不審人物でしかないわけで、大人しくするほかない。
(氷見山さんなら大丈夫。アイドルだってバッチリだったし、自信を持ってください)
(……雪兎君、ありがとう)
ツンツンと氷見山さんの美しい脚を指で突いて励ます。
フラッシュバックするトラウマを振り切って、氷見山さんが飛躍するのは今なんだ。
氷見山さんが前を向く。一人ひとり生徒の顔を確認して、しっかり目に焼き付ける。
「ごめんなさい。少しだけ体調が悪くて。けれど、もう大丈夫よ」
子供達を安心させるような、穏やかで優しい綺麗《きれい》な声。いつもの氷見山さんだった。
「じゃあ、授業を始めましょうか」
ホッと一安心。これなら、氷見山さんは大丈夫なはずだ。
子供達に隠れていることがバレないように、三条 寺《さんじょうじ》先生に小さく手を振る。

俺に気づいた三条寺先生が困った顔になり、苦笑しながら手を振り返してくれた。

後は何事もなく、時間が過ぎるのを待つだけだ。あーあ。でも。暇だなぁ……。

そのとき、不思議なことが起こった！

（……氷見山さん？　なんでスカートを……。氷見山さん!?）

目の前でスカートがツツツッとたくしあがっていく。パンチラどころではない。

セクシーなショーツに意識を奪われていたが、ハッと正気に戻った。

（こんなときに、いったい何やってるんですか!?）

（雪兎君が退屈かなと思って。どうかしら、君がくれたパンティーよ。触ってみる？）

（是非！　是非じゃない！）

俺の精神は千々に乱れていた。

（もう、初心《うぶ》なんだから。弄《いじ》ってくれていいのに……）

（真面目にやってください。トンデモ不良先生）

（はーい♪……怒られちゃったわね。でもね、雪兎君。私、君とこうしている時間が一番好き。心が安らいで、とても落ち着くの。ありがとう。もう大丈夫だから）

（……氷見山さん）

普段通り振る舞うことで、平常心を保つ。それが氷見山さんにとって、俺にセクハラすることだと言うなら、甘んじて受け入れるしかない。

か、勘違いしないでよねっ！　別に喜んでるわけじゃないんだからねっ！

そんなわけで、俺は四十五分間、氷見山《ひみやま》さんのショーツを鑑賞しながら過ごした。

「やった……。私、できたんだ！　もう一度、ちゃんと先生として――」

「よかったですね！　美咲《みさき》さん」

涙をハンカチで拭きながら、自分のことのように喜ぶ三条寺先生。

「オロロロローン。美咲ぃぃぃぃいい！　よかったのぉぉぉぉぉおおお！」

こっちは人目も憚《はばか》らず大号泣の利舟《りしゅう》さん。心配事が解決して安堵《あんど》したようだ。

利舟さんには、この場所を用意してもらうのに力を借りた。流石《さすが》は大物。とんとん拍子で話は進んだ。このギリギリのスケジュールが成立したのは利舟さんあってこそだ。

後方彼氏面して頷《うなず》いていると、フラフラやってきた氷見山さんに力強く抱擁される。

「私、立てたの！　君がいてくれたから、ずっと隣にいてくれたから――」

参考までに、氷見山さんはIだ。何とは言わないが。俺はIに包まれている。

「あのままだったら、また倒れていたかもしれない。でも、できたの。全て、君のおかげよ。――雪兎君。聞いて。私、もう一度、教師を目指してみようと思うの」

「美咲さん、九重《ここのえ》君が大変なことになってますから！」

三条寺先生に救出される。あばばばばばばばば。ふぅ、天国だった。そりゃあね。

「ご、ごめんなさいね!?　あまりに嬉《うれ》しくてつい」

「俺も嬉しいので構わないんですが、そうですか。戻るんですね、先生に」

　今度は手加減気味に抱擁される。氷見山さん的に抱擁しない選択肢はないらしい。

「うん。今の私なら、あんな失敗しないと思うから。いつだって、やり直せるんだって、君が教えてくれたから、だから、頑張ってみる。雪兎君、応援してくれる？」

「もちろんですよ」

　氷見山さんなら、生徒から大人気の素晴らしい先生になるはずだ。

　だって、生徒に寄り添える人だから。その優しさに救われる生徒だっているだろう。

　全ては、あるべき姿に戻る。俺が歪《ゆが》めてしまったものを、ようやく正せた気がした。

「……でもね、不安もあるの」

「不安ですか？」

　氷見山さんが翳《かげ》りを見せる。最後まで責任を持って俺は付き合う所存だ。

　それが、俺がトラウマを与えた女子達に対する、償いだから。

「ずっと、君が傍《そば》にいてくれるって信じたい。その証《あかし》、勇気が欲しいの」

　勇気。俺には一切、存在しない感情。

「どうすればいいんでしょうか？」

　分からない。メンタルが切断不可能な合成金属プロメテウスのように強靭《きょうじん》な俺には。

「――……それはね？」

　抱きしめられたままキスされる。――甘い、甘いキスを。

「――氷見山さん、何を!?」

「――私に、君を刻んで欲しいの。そしたら、雪兎君をずっと感じられるでしょう？」

そう悪戯《いたずら》っぽく笑う氷見山さんに毒気を抜かれる。ぐったり疲労に襲われた。

「まぁ、これくらいなら……」

「いえ、生気を貰《もら》うわ。お祖父《じい》ちゃん公認よ」

「こんなところにヴァンパイアがいる!?」

流石は千二百年の歴史を持つ京都。妖怪にヴァンパイアなど魑魅《ちみ》魍魎《もうりょう》が跋扈《ばっこ》している。

「――陰陽《おんみょうじ》師でも探すかぁ……」

なんとなく、そんなことをぼやいてしまう。

「――あの！　今、陰陽師を探してるって言ってませんでしたか？　偶然なんですけど、こう見えて私、新人陰陽師の邪涯薪枢《じゃがいまきくるる》って言います。みんなはいつもドジだって揶揄《からか》うんですけど、これでも実力は本物だっておババ様から褒められてですね。へへっ」

「もう女性は結構です！」

お引き取り願った。うわっ……、俺のエンカウント率、高すぎ……？

『……うん、ありがと。……──じゃあまたね悠璃《ゆうり》ちゃん』

姪《めい》との連絡を終え電話を切る。

汗が背中を伝いエアコンのスイッチを入れる。ソファーに座り、紅茶を口に含んだ。

……悠璃ちゃんも大変ね。

姪──姉の娘である悠璃ちゃんも苦労しているようだ。

家族旅行で温泉に行っていたようだが、なにやらまた一騒動あったらしい。

まさか、あのクズが姉さんの前に姿を見せるとは思わなかったが、ユキちゃんに何か考えがあるみたいだ。はぁ……。本当に困った子だ。

ちょっと目を離すとすぐに変なことに巻き込まれている。

そして、私がそれを知る頃には大抵終わっている。

それがなんとなく気に入らないことでもある。なんだか部外者みたいな気がして。

悠璃ちゃんも色々とユキちゃんにアプローチを掛けているみたいだが、実っているとは言い難い。中々進展は見られない。ま、一朝一夕に変わるようなものでもないか。

とはいえ、これまではそれさえも難しかったし、そもそも家族旅行に行ったなんて話も今まで聞いたことがなかった。それだけ距離が近づいたことは僥倖《ぎょうこう》だ。

――ここからだ。これから進んでいく。

少しずつ好転している。どうしようもなくマイナスだったこれまでがゼロになったに過ぎない。決して何か上積みがあったわけじゃない。

甘えるな。まだ何も始まってはいない。もっと、ユキちゃんを愛してあげないと。

姉さんとユキちゃんの間にだって、二人以外知らない蟠《わだかま》りがあったはずだ。

それは悠璃ちゃんも同じはずで、ユキちゃん自ら誰かにそれを話すことはないし、聞いても教えてはくれまい。けれど、確実に仲は改善している。良い傾向だった。

これからどうすればいいのか、なんとも難しい。

結局のところ、ユキちゃんは他人に執着がない。

誰にも何も望まず、何も求めない。

ユキちゃんが何でも自分でやろうとするのはその代償でしかない。

だからその先に進めない。誰かと歩む未来がユキちゃんの日常には存在しない。

進もうとして失敗してきた。その度に独りになり続けて、それなのに折れなかった。

その発端を作ったのは私だとしても、そこから全ては想定外の連続だった。

誰かに対する信頼も信用もなく、仮にあったとしてもそれは一般的な信頼や信用とはまるで別物だ。信頼していた誰かが、信用していた誰かが裏切ったとしてもユキちゃんは何とも思わないし傷つかない。最初からそういうものだと納得しているから。

何もかも自分が悪いとかしか思わない諦めにも似た何か。

それが親でも兄妹でも——恋人でさえも。

このままなら、きっと死ぬまで裏切らない誰かが隣にいたとしても、ユキちゃんの認識が変わることはない。それがユキちゃんの世界のルール。

ユキちゃんの「常識」がそうなっている。

ユキちゃんの世界はそんな「常識」に彩られてきた。

ただ不幸なだけ？　ただ運が悪いだけ？　分からない。

けれど、ユキちゃんは異なる常識で生きる異邦人。

随分と悪趣味で露悪的な巡り合わせだとしか言いようがない。

それでも、向けられている感情が「敵意」ばかりではなく、「好意」であることに気づけただけ前に進んでいる。それは待ち望んでいた千載一遇のチャンスだから。

「……ガリレオもこんな気持ちだったのかしら？」

随分と馬鹿げた妄想に苦笑する。飛躍しすぎだ。

だが、コペルニクスの意志を継ぎ地動説を唱えたガリレオは宗教裁判に掛けられて尚《なお》、それでも地球は回っていると曲げることはなかった。

人の根幹をなす「常識」とはそれだけ強固なものだ。

証拠を提示されても、頑《かたく》なにそれを認めないほどに。事実で争うのではなく哲学論争になったように、時に人は都合のいいものしか信じない。

ましてやユキちゃんにとっては、それは都合のいいことですらなく、当たり前の日常なのだ。どうしようもなく理不尽な運命。「常識」を覆すことは極めて難しい。

刀狩りを経て武器を持たなくなった平和な日本人に銃社会の「常識」は理解できない。

ユキちゃんがこれまで培ってきた「常識」を私達《たち》は知らない。

もしかしたら、そんな運命を乗り越えられる者こそが、共に歩めるのかもしれない。

それにしても、最近のユキちゃんの周囲は騒がしい。

まるで、運命の大転換が迫っているような――。

◇

和太鼓の音が鳴り響く。祭囃子《まつりばやし》が独特のメロディを刻み、屋台を回る人、神輿《みこし》を担ぐ人もいれば、盆踊りを踊る人もいる。まさしく老若男女。大人も子供もおねーさんも。ギーグは逆襲しない。名作保証。皆楽しそうにしている。誰もが笑顔に溢《あふ》れていた。

そう――俺以外。

邪魔にならないよう端に寄り、待ち合わせの場所でぼんやりと待つ。

腕時計を確認すると十八時を回っていた。花火は十九時からだが、灯凪《ひなぎ》が指定してきた待ち合わせ時刻は十七時半だった。かれこれ三十分以上経過しているが、灯凪が現れる気配はない。十七時には到着していたことを考えれば一時間近く待っていることになる。

連絡すればいいのだが、あいにくと俺のスマホは修理中＋最新機種入荷待ちという状態で手元になかった。液晶漏れし完全に破壊されたスマホからアドレスなどデータを取り出すべく、修理に出しているのだが、弁償してくれる女神先生から、「最新機種にしたら?」と言われ、そのまま任せた。しかし、昨今の端末価格の高騰化と毎年機種が発売されるという目新しさのなさから、入荷台数が少なく、一週間ほどかかると言われてしまった。

夏休み期間中だし、精々一週間程度ならパソコンのメールでやり取りすればいい。

そう思い、特に代替機など用意しなかったのだが、早速、困ってしまった。

灯凪から夏祭りに誘われたはいいが、こんなことなら待ち合わせ場所を灯凪の家にすればよかった。でも、あんまり行きたくないんだよな……。出禁だし、茜《あかね》さん怖いし。

屋台から香ばしい匂いが漂ってくる。夕飯も食べていない。お腹《なか》が空《す》いていた。たこ焼きを買って食べるが、これといって屋台を見て回ることもできず、虚《むな》しい時間だった。

更に待つが、一向に灯凪は来ない。いい加減、気づく。

……もしやこれって、嫌がらせだったりする?

思い返せば昔、男女数人のクラスメイトに遊びに誘われ、俺だけ別の場所を集合先に教えられたことがあった。幾ら待っても誰も来ない。連絡が来たのは家に帰った後だ。

翌日になり学校に行くと、笑いながら軽い冗談だったと言ってきた。クソである。

それからというもの、俺はそいつらを存在しない者として卒業するまで徹底的に無視し続けたわけだが、今となっては顔も名前も思い出せない。

その後、そんなつもりはなかった、本当は——だった。等々、どういうわけか後になってくだらない言い訳を並べ立て突然、態度を翻してきたが、存在しない者達の声が聞こえることはない。完全なる後の祭りであり、今日も祭りなのだった。

実につまらないエピソードだが、かといって、灯凪がそんな性格とも思えない。しゃーない。灯凪ちゃんだって、俺に嫌がらせしたくなるときくらいあるさ。

などと思ってしまうが、散々家族にも叱られて、俺は理解している。

——俺は間違っている。灯凪が見せた涙も、笑顔も、嘘《うそ》じゃなかった。

俺が嫌われている以外の理由がある。そんな甘い考えこそが正解なのだと、この世界が優しいことを知ってしまった。甘えていいと、教えてもらった。なら、信じよう。

公衆電話を探そうにも、この場から離れて入れ違いになると再会は絶望的だ。

かといって、公衆電話から掛かってきた電話など、用心して普通は出ない。

こういうとき、携帯がなかった時代は、どうやって待ち合わせしていたんだろう？

「——九重《ここのえ》？」

名前が呼ばれる。声を掛けてきたのは灯凪ではなかった。そもそも女性ですらない。

「……誰？」

「忘れるなよ！　同じクラスだろ！」

「冗談だよ。近藤」

「誰だよソイツは!?　高橋《たかはし》だ！　高橋一成《かずなり》。もう四ヶ月くらい経《た》ってるぞ……」

「まぁまぁ。高橋一成だろ。ちゃんと覚えてるって」

「本当かよ……」

「バトミントン部で活躍してる高橋一成だろ。知ってるって」

「俺はサッカー部なんだけど……」

「サッカー部で活躍してる高橋一成だろ。知ってるよ」

「俺に先に言わせることで情報集めてるだけだろ……」

高度なテクニックを見破るなんともノリの軽い男だが、高橋一成は俺と違い一人ではないリア充だった。男女の二人組。えっと……誰？　超気まずい。

「パパ活か？」

「なんでだよ！　そうだったらヤバいだろ。妹の橘花《きつか》だよ。ほら、挨拶は？」

「……こんにちは」

高橋の裾をちょこんと摑《つか》んでサッと後ろに隠れた少女がこちらを見ている。

浴衣姿が似合っているが、確かにデートではなさそうだ。こんな少女と、もしデートだったら各方面に怒られそうな布陣である。なんとなく顔立ちも似ていた。

「高橋、お兄ちゃんだったのか……」

「橘花は小二なんだ。母さんが忙しくてさ。折角のお祭りだし連れてきた」

「そうかそうか。じゃあ、飴《あめ》をやろう」

お近づきの印にポケットから飴を取り出して橘花ちゃんに渡す。

おずおずと受け取ってくれた。若干、人見知りっぽいが、素直な良い子だった。

「そういや、九重はどうしてこんなところにいるんだ？」

「待ち合わせのつもりだったが、違うかもしれない」

「ウチのクラスも結構来てたぞ。さっき、釈迦堂《しゃかどう》を桜井《さくらい》達が連れ回してるのも見たし」

「エリザベスが？　陰キャな釈迦堂が溶けてなくならないことを祈るばかりだな」

「毎回思うんだが、エリザベスって誰なんだよ……」

「ほら橘花ちゃん、ここ引っ張ってみて。万国旗だよ」

「わー！　すごーい！」

「なにそれ!?」

橘花ちゃんがポケットから出ている紐《ひも》を引っ張ると、スルスルと万国旗が出てくる。

ここに来る途中に立ち寄った雑貨店で興味本位に買ってみたものの、さりとて使い道のない代物だったが、思いがけず役に立った。

橘花ちゃんの目がキラキラしている。ふふん、子供ウケには自信があるんだ俺。

「高橋ブラザーズはもう帰るのか？」

「赤い兄貴と緑の弟みたいに言うな。ウチはマンションの上の方だから花火はベランダから見えるんだ。九重は誰かとデートだったりとか？　わりぃ。俺達、邪魔だったな」

「待て。高橋兄よ、君は救世主か」

高橋なら灯凪の連絡先を知っているかもしれない。代わりに電話してもらおう。

「どうしたいきなり？　あ、そういえばさっき硯川《すずりかわ》さんも見かけたんだが、なんか男子と一緒にいたけど……。いやでも、硯川さんに限ってそんなことないか」

「——どうやら俺の勘違いだったようだな」

「は？　何を——」

「お腹も空いたしさっさと帰るか。橘花ちゃんもまたね」

いつまでもこんなところにいても時間の無駄だ。もうすぐ花火も始まるが、別に一人で観《み》たいとも思わない。適当に屋台でも回って帰ろう。

高橋一成の言葉を反芻《はんすう》すれば、答えは自《おの》ずと見えてくる。

ははーん、なるほど。さては誤爆だな？

灯凪からの連絡は最初から俺に宛てたものではなかったのでは？

海水浴に行ったとき、灯凪から夏祭りに誘われたが、そのことを灯凪はすっかり忘れていて、以降の連絡は別の相手を誘うつもりで誤爆した可能性が高い。

俺が返信したときに訂正しなかった理由もよく分からないが、俺からの返信だと気づいてなかったのかもしれない。いやいや、そんなことある？

この仮説しかないとはいえ、どうにも信じ難い。幾ら何でもそんなことは流石《さすが》にないだろうと思うが、現に灯凪はいないし、にもかかわらず他の誰かと夏祭りを回っているのだとすれば、どれほど不自然でも目の前に存在する事実こそが答えだ。

今になって思い出せば、灯凪が意図の分からないメッセージを送ってきたことは過去にも何度かあった。——もっと早く気づくべきだった。

あの日、俺の手を振り払った灯凪が、夏祭りに誘ってくるなどあり得ないことに。

賑《にぎ》やかな人の往来も今は心地よいメロディのように流れていく。

喧騒《けんそう》の中、早足で彼の元に向かう。慣れない下駄《げた》を履き、覚束《おぼつか》ない足元がもどかしいが、しょうがない。随分と準備に時間が掛かってしまった。到着はギリギリになりそうだ。

この浴衣、気に入ってくれたらいいな……。

どこまでも甘い考え。どちらかと言えば、嫌な顔をされたっておかしくない。

……でも、雪兎《ゆきと》なら、そんな顔しないか。全幅の信頼。

一緒に夏祭りに行くのは久しぶりだ。あのとき、私が彼の手を振り払ってしまったときに着ていた柄と同じ浴衣。嫌なことを思い出させてしまうかもしれない。

あの日以来、浴衣を着る機会もなかった。サイズだって変化している。最初は新調するのに違う柄を選ぼうかとも考えたが、それでも、この柄を選んだ。

なによりも、素敵な思い出に上書きする為《ため》に。

「——私も、未来に進むね。雪兎……」

必要なのは勇気だ。自分を奮い立たせる。

もう一度、この柄を着ることに勇気が必要だった。

変わらない私と、変わった私。

見た目が変わっても、成長しても、想《おも》いは変わらない。

それを証明したかったのかもしれない。ずっと抱いてきた不変の恋。

中学生になって、周囲の環境も友達も、自分さえもどんどん変わっていく。そんな変化の中で、純粋な子供のままではいられない。かといって大人にもなれない。そんな変わらないものを求めた。そんな日々が、怖かったんだと思う。

ちょうどこの頃から、雪兎と上手《うま》くいかなくなっていた。感情が整理できずに、どう接していいのか分からない。辛辣に当たるようになっていったのもこの時期からだ。

馬鹿みたいにヒスッて、当たり散らしていた。私が大嫌いな私。

きっと幼馴染《おさななじみ》のままなら、そんなことにはならなかったのに。

――でも私は、その先を望んだから。

雑踏の中、彼は変わらず、昔と同じようにはぐれないよう手を繋《つな》ごうとしてくれた。

拒絶したのは嫌だったからじゃない。振り払ったのはただ単に手汗が気になったからで、こっそりハンカチで拭いて、もう一度握ってくれるのを待っていた。

自分から言い出せばよかっただけなのにね。自分の愚かさに笑ってしまう。

その頃の私は、そんな風に素直になることもできなくなっていた。

それから、いつも繋いでいた手が再び繋がれることはなかった。宙ぶらりんなまま、どうして手を繋いでくれないのかなんて責任転嫁して、口からは思ってもいないような言葉が零《こぼ》れ続けた。夏祭りが終わった後も、どんどん距離が離れていく。

――来年こそはって、そう決めたはずなのに。

そんな誓いも忘れて、私は変わろうとしてくれた彼をまた否定した。

もう少しだけ待つことができていれば、私の望みは叶《かな》っていた。

雪兎は私との関係を進めようとしてくれていたのに。変化を望んでいたのに。

彼だって勇気が必要だったはずだ。変わる勇気が。それを踏み躙《にじ》ったのは私。

どうしようもなく最低な形で、自分からは何もせず、それどころか傷つけて、いつだって求めるばかりで。何処《どこ》までも恥知らずなクソ女。

待つばかりじゃいられない。もう与えられるだけのお姫様じゃいられないの。

——いつだって選択を間違え続けてきた。だから今度こそは！

気持ちと裏腹の言葉ばかり投げつけて、出口のない暗闇に足を踏み入れていったのは、私が選択した結果だ。何もかもが自業自得でしかない。

だけど彼は助けてくれて、決して見放さず守ってくれた。自分がどれだけ悪者になっても、どれだけ自分を貶《おとし》めても、周囲の全てを敵に回して嫌われたとしても。

今度は私の番。

これからは、ずっと私のターン。

ガラスの靴はとっくに砕け散っている。

お城に行く馬車も背中を押してくれる魔女も存在しない。

ライバルは大勢いるけど、でもそんなことは関係ない。

私は私の足で彼の待つ場所に行くだけだ。

弾むような気持ちで、待ち合わせの場所に向かう。

この日ばかりは、道路は規制され車が入ってくることはない。

祭りの高揚感。遠目からでも楽しそうな空気が伝わってくる。

もうすぐだ。彼は待ってくれているだろうか。

なにやらスマホが故障して修理中らしい。理由は聞かなかった。何かやらかしたに決まってる。けれど、待っている相手とすぐに連絡が取れないという状態が、なんだかロマンティックなように思えて、自然と気持ちが昂《たかぶ》るのを抑えきれない。

時計を確認する。だいぶ遅れてしまった。着いたらまずは謝らなきゃね。

素直になるんだ。どんなことでもちゃんと自分の気持ちを伝えたら、きっと届くから。

偽る必要なんてないの。取り繕う必要なんてない。そう自分に言い聞かせる。

——さよなら、過去の私。はじめまして、これからの私。

◆

「お前、硯川か？」

そんな決意を挫《くじ》く、おぞましい声が背後から聞こえた。

「……吉川《よしかわ》……？」

「おいおい呼び捨てとは酷《ひど》いな。一応、先輩だぞ」

冷水を浴びせかけられたように高揚していた気分が凍り付く。ただ呆然《ぼうぜん》とその名前を呟《つぶや》くことしかできなかった。思い出すことすら忌避していたその忌々しい名前を。

人違いであって欲しいと願うが、身体《からだ》つきは中学の頃より大きくなっていても、その顔は紛れもなく記憶の中にある吉川そのものだった。

「どうした俊也《としや》、知り合いか？」

「中学のときの元カノだよ」

吉川俊也。私が中学のときに付き合っていた相手。実際にはそんな日々はあってないようなものだが、事実は事実として残り、どうあっても消すことは不可能だ。

――元カノ。

その身震いするほど気色悪い言葉に吐き気が込み上げる。

「美人じゃないですか。先輩、後で紹介してくださいよ」

吉川は一人ではなかった。他に吉川より一回り身体の大きな男と小柄な男。品定めするような、身体を舐《な》め回すような不躾《ぶしつけ》な視線が纏《まと》わりつく。

「久しぶりだな硯川」

「――なんで、なんでアンタがいるのよ！」

「別にいたっていいだろ。なぁ？」

「なんだ俊也。訳ありか？」

「昔、ちょっとな」

震える身体を抑えつけて、虚勢を張るように声を荒らげるが、見透かされているかのように効果がない。ようやく思考停止していた頭が回り始める。

そもそも相手をするべきではなかった。気づいたときにはもう遅い。

大きな祭りだ。学生だって多く参加している。知り合いと出会うことだって珍しくない。無視してさっさと進むべきだった。こうして立ち止まってしまったことが失敗だった。

「君、一人？　なら俺達《たち》と一緒に回らない？」

吉川を先輩と呼んでいた男が馴《な》れ馴《な》れしく声を掛けてくる。吉川は二年生だ。なら、この男は自分と同じ一年生だろうか。

「ちょうどいいか。硯川、俺達と来いよ？」

「ふざけないで！　どうして私が――」

「また滅茶苦茶《めちゃくちゃ》にされたくないだろ？」

「――ッ！」

小声で囁《ささや》かれた言葉に悪夢がフラッシュバックする。

毎日辛《つら》くて泣き続けて、どうにもならなくて藻掻《もが》き続けた。ようやく前に進めたと思っていた。抜け出したと思っていた底なし沼にまた引きずり込まれるような感覚。

助けてもらって、断ち切ったはずの過去がまたこうして邪魔をする。

「楽しませてあげますから。ほら行きましょう？」

「そうだな。硯川《すずりかわ》……いや、灯凪《ひなぎ》だったっけ。過去は水に流して仲良くしようか」

三人から、じりじりと距離を詰められる。全身に走る悪寒。

吉川はまたと言った。なら、ここで吉川の手を取らなかったら、また壊されてしまうの
だろうか。やっと手にしたはずの日常を。取り戻したいと願った日々を。

——そして、雪兎との絆《きずな》を。

そんなことにはもう耐えられない。蛇に睨まれた蛙《かえる》のように動けなかった。

あまりにも呆気《あっけ》なく、私が宿した勇気は霧散していた。

「……あ……ぁ……」

ロクに声すら上げられない。この男は、トラウマとなって私を蝕《むしば》む。

力なく項垂《うなだ》れる。結局、何も変われていなかった。いつまでも過去は私の足を摑《つか》んで離さない。アリ地獄に嵌《はま》ったように、絶望から抜け出すことなどできなかった。

弱い私はずっと弱いままで。

彼の隣に立てるくらい強くなろうと決意したはずなのに。

目には涙が浮かんでいた。

吉川が私の手を摑む。

あの日、彼の手を振り払って、今、私の手を摑んでいるのは彼じゃない。

「——そんなの、そんなの認められるはずないじゃない！」

激情に突き動かされるように、私はその場から駆け出していた。

認めよう。私は弱い。

強がってばかりで、素直になんてなれなくて。彼とは違う。

――でも、一人じゃない。

また忘れかけていた。何度も同じ失敗を繰り返してきたはずなのに。

また迷惑をかけるかもしれない。いつだって私は頼ってばかりだ。

それでも、私一人じゃどうにもならないことも、二人なら。

彼と一緒ならどうにだってなるはずだ。もう一度最初からやり直そう。

そして、今度こそ頼られるように、彼から必要とされる存在になれるように。

決して一方的じゃない。対等な私と彼で。

――だって、私達は「幼馴染」なんだから。


「あーあ、フラれちゃいましたね先輩」

「なんだありゃ。俊也、本当にあんなのが元カノだったのか？」

「相変わらずムカつく女だ」

吉川達は硯川の背中を目で追っていた。もとよりこれだけ大勢いる場所で騒ぎを起こすつもりもなかった。ナンパ目当てなのは事実だが、祭りともなればトラブルも多く、警察も周囲に目を光らせている。考え無しに行動するほど愚かでもない。

「でも、美味《おい》しそうでしたね」

「もうヤッたのか？」

「いいや。でもそうだな、それもいいか。馬鹿にされたまま終われねーし」

「そうこなくちゃ！　あの様子なら簡単に墜《お》ちるんじゃないですか？　ああいう子は脆《もろ》いですからね。……そういえば俊也先輩って中学の頃から結構モテてたんですよね？　いいなぁイケメンは。やりたい放題じゃないですか」

「バーカ。中学の頃は大人しかったぞ」

「嘘《うそ》つくなよ俊也」

「マジだよマジ。下の学年にとにかくヤバい奴《やつ》がいて全然目立たなかったし」

「喧嘩《けんか》が強い奴でもいたのか？」

「なんていうかアレはそんなんじゃゃ……止《や》め止め。思い出したくもない」

何かとてもよくないことを思い出しかけて顔を顰《しか》める。触らぬ神になんとやらだ。

あんなのと関われればロクなことにならない。話を打ち切るように吉川達も歩き出す。

「ま、今日は他の相手を探しますか。本命ちゃんは今後のお楽しみってことで」

後輩の言葉に苦笑しながら、吉川達は女を物色し始めた。

◆

今宵《こよい》ばかりは夜天を照らすのは月明かりだけではない。漆黒の大空をキャンバスにした炎色反応の大実験は、数秒間だけ色鮮やかな大輪を咲かせる。

しかしだからといって、花火を見て赤だからリチウムだとか、紫だからカリウムだとか、黄だからナトリウムだとかそんな無粋なことを言ってはいけない。得意げにそんなことを語りたがるのは男子の悪い癖だ。やだなにそれ感じわるーい！　とか言われてしまう。

花火を見て「綺麗《きれい》ね」と言っている女子は、そんな化学反応トークなど求めていない。こういった温度差こそ男女の違いと言えるのかもしれない。花火だけに。

これもまた昔、姉さんに教えてもらったことだ。偉大なる姉。勉強になります。

徒労に終わった夏祭り会場を去り、家に戻ってジャージに着替えると、ルーチンワークであるランニングに繰り出す。日々の鍛錬を欠かしてはいけない。

その途中で花火が始まったが、一人で見るのはなんとも味気ない。立ち止まり見上げることもなく黙々とランニングを続ける。轟音《ごうおん》が大気を震わせていた。

つまるところ祭りにしてもそうだが、こういったものはある種のコミュニティを形成するものであり、コミュニケーションの場である。

一緒に楽しむ相手がいないのでは意味がない。誰かと楽しむものなのだ。

夏祭りに誘われたと勘違いしていた恥ずかしい俺が一人で参加するものではなかった。

パソコンにも灯凪からのメールは来てなかったし、かといって事故でもない。

やはり、俺の痛い勘違い以外に理由が見つからない。アチャー。つれぇわ。

一定のリズムが思考をクリアにしていく。人と馬の歴史は紀元前数千年前に遡るそうだが、シマウマとは疎遠だ。人間関係も意外とそんなものなのかもしれない。

近くて遠い。似ているようで違う。知っているようで知らない。理解しているようで、何も知らない。シマウマはああ見えて馬より気性が荒いらしい。へー
夜とはいってもまだまだ暑い。気温と運動で火照った身体をほぐすべく、ゆっくり息を吐き、緩やかなウォーキングに切り替える。その頃には、夜空を貫くような大音量も聞こえなくなっていた。花火大会も終わったみたいだ。

たっぷり時間を掛けてマンションに戻ると、エントランスで誰かが座り込んでいた。酷く憔悴《しょうすい》している。浴衣を着ているところを見ると祭りから帰ってきたようだ。

ならば何故《なぜ》こんなところにいるのか分からない。まさか鍵でもなくしたとか？

近所付き合いはそんなにないが、挨拶くらいは必要だろうと隣を通り過ぎようとして、その人物がよく知ってる相手だと気づく。


「こんなところで何やってんだ？」


どうして灯凪がここに？

整えていたであろう髪は無残にも乱れ、浴衣も着崩れている。

捨てられた野良猫を彷彿《ほうふつ》とさせる様子でそこいたのは、野良灯凪だった。

無視するわけにもいかず声を掛けると、項垂れた状態からハッと顔を上げる。

「……雪兎《ゆきと》？　雪兎!?――痛っ！」

勢いよく抱き着いてこようとした灯凪が体勢を崩す。咄嗟《とっさ》に受け止めると、潤んだ瞳が俺を認識する。摑んでいる手が小刻みに震えていた。

「ごめんなさい！……連絡もできなくて！　アイツが――！　でも、今度は――！」

濁流のように溢《あふ》れ出てくる言葉は要領を得ない。灯凪がここにいるということは、灯凪は本当に俺を誘っていたのだろうか。誤爆じゃない？　そこで気づく。

ははーん、なるほど。さてはダブルブッキングだな？

最初から二つ予定があったとしたらどうだろう？

一つ目の予定が長引いてしまい、時間通り来なかったのなら辻褄《つじつま》が合う。そのことを俺に伝えようにも、なにせ連絡手段がない。今後は狼煙《のろし》の活用も考慮すべきか……。

――馬鹿馬鹿しい。くだらない妄想を投げ捨てる。

辻褄が合っているから何だというのか。何がダブルブッキングだしょうもない。

以前までなら、そんな自己完結をしていたかもしれないが、ただ事ではない灯凪の様子がそれを許さない。俺は俺を信じない。俺が出す結論は間違っているのだから。

相手をちゃんと見ろ。その表情を、態度を、様子を。そうじゃないはずだ。

きっと何か理由があって、灯凪は今ここにいる。

落ち着かせるように背中を撫《な》でると、浴衣の薄い生地越しに体温がダイレクトに伝わってくる。安心したように表情を緩めるものの一瞬、苦痛に歪《ゆが》んだ。

視線を下に向けると、下駄《げた》を履いている足の指先が赤くなっていた。

「怪我《けが》してる」

「……あ……えっと……」

「乗れ」

「え？」

「問答は後だ」

背中に灯凪を担ぎ、部屋に向かう。

苦肉の策だが仕方ない。どういうわけか我が家の住人は母さんも姉さんも部外者をあまり家に入れたがらない。ある種の聖域という認識でもあるのかもしれない。

正直、後が怖いが四の五の言っていられる場合でもなかった。緊急避難だ。

母さんや姉さんだって許してくれるはず……。頼む、許してくれ！

「おかえりなさい。遅かったわね……って、あら灯凪ちゃん？」

「す、すみません桜花《おうか》さん」

「ちょっとそこで野良幼《おさな》馴染《じみ》を拾ったんだ」

「は？　どうしたのよアンタ……」

奥から姉さんも顔を見せる。途端にギュッと眉間に皺《しわ》が寄り、視線が厳しいものに変化する。ヤバい！　めっちゃお怒りだ。なんとか怒りを鎮めてもらわないと。生贄《いけにえ》とか。

「――待ちなさい！　野良って何！　なんでソイツがいるの？」

「怪我の手当てしたらすぐに帰らせるから！」

「怪我って……家の中で変なことしたら許さないから。だいたい今何時だと――」

「家の外だったらいいの？」

「いいわけないでしょ！」

「…………じゃあ、姉さんとだったら？」

「それは有りでしょ」

「はい論破」

「!?」

今にも嚙《か》みつきそうな番犬を牽制《けんせい》して自室に戻る。こうなることは目に見えていた。

理由は知らないが、姉さんは灯凪をそれはもう大層嫌っている。

昔はそんなことなかったのだが、何か確執でもあるのだろうか？　というか姉さんは大抵の人間を嫌っているような気がするのだが、そんなんで人間関係大丈夫なのかと心配になる。だが実際問題、姉さんは学校で大人気なので俺如《ごと》きが心配するのは烏滸《おこ》がましいのだった。大天使の魅力たるや尋常ではない。

無駄に広いベッドに灯凪を座らせると急いで救急箱を取り出す。時間に余裕はない。

「いいか灯凪。詳しいことは後だ。ここは俺の部屋だがプライバシーは存在しない。鍵とかないしな。すぐに怖い人がやってくるから治療だけ済ませるぞ」

「う、うん……」

消毒液と包帯を取り出す。足の親指と人差し指の間の皮膚が捲《めく》れて赤くなっていた。

「下駄なんて履き慣れないのに無理するなよ」

「……ここまで走ってきたから」

下駄で走る？　灯凪《ひなぎ》は修行でもしていたのだろうか？

「他に痛いところは？」

「足だけ……かな。ごめん」

患部に消毒液を塗る。なるべく痛まないよう丁寧に処置していくが、所々染みるのだろう。苦悶《くもん》の声を上げる。しかし、ここは我慢してもらうしかない。

いつぞやの再現のような既視感のある行動に内心で苦笑を浮かべてしまう。

「君はいつも足を怪我してるな」

「……二度目だね。こうしてもらうの」

「そう落ち込むな。あのときも言ったが君の足は臭くない。自信を持て」

「だからなんなのよソレは！　臭いってこと？　ねぇ、私の足は臭いの!?」

元気づけようと軽口を叩《たた》いてみるも逆効果だった。頬を朱色に染め怒り心頭だ。

ぐいぐい首を締められるが、気にせずテキパキと包帯を巻いていく。

「ホッピングで胃下垂になるってアレ嘘だよな。そんな奴聞いたことないし」

「そんな余談で誤魔化せると思わないで！　ねぇ、どうなの!?　臭くないでしょ？　今日は裸足《はだし》だし直前にお風呂だって入ってきたんだから！」

「俺としてはフラフープで腸捻転になるっていうのも眉唾だと思ってるんだよね」

「良い匂いよね!?　デオドラントスプレーだってちゃんとしてるし。じゃあなに、嗅がせればいいの!?　嗅ぎたいのアンタは!?」

「だから匂わないって言ってるだろ！」

「だったら不安になるようなこと言わないでよ！」

「分かった分かった。そんなに言うなら、後でちゃんとクンクン嗅ぐよ」

「それもなんかヤダ！」

理不尽すぎない？　俺としてはそれで灯凪が納得するなら、やぶさかではない。

灯凪が抗議——もとい言い訳している間に治療が終わる。この間、僅か十分。

「ほら終わりだ。帰るぞ。このまま送っていってやるから」

「ちょ、ちょっと雪兎！」

再び灯凪を背負う。時刻は二十一時を回っていた。親御さんだって心配しているはずだ。ただでさえ彼女は足を負傷している。こんな時間に一人で帰らすわけにもいかないし、ましてや泊まらせるわけにもいかない。速攻で送り返す必要がある。

灯凪だってそんなつもりで来たわけじゃないだろう。いったい何時から家の前にいたのか分からないが、とにかくここではゆっくり会話もできない。どういうことだよ！

何度も言うが、我が家に俺のプライバシーなど存在していないのだ！

自慢げに言うことかなそれ……？　家を建てたら最重要事項にしよう。

バンと扉を開けると、案の定、ピッタリ張り付いて聞き耳を立てていた。怖っ！

「野良幼馴染の治療が終わったので、このまま放流してきます」

「野良なんて、その辺に捨ててきなさい」

「外道すぎるだろ」

「灯凪ちゃん、もう大丈夫なの？」

「は、はい……。夜分にすみませんでした」

「なんだってこんな時間に……。アンタもし変なことして遅く帰ってきたら分かってるわよね？　明日の朝、夢見心地で目覚めることになるから」

「何されるんだろう？　ドキドキ」

「ふっ。期待していることね。私がモーニングフェ――」

「わぁぁぁぁぁあ！　だ、駄目です悠璃《ゆうり》さん！」

「あぁ!?」

「猛獣が暴れる前に行くぞ」

修羅場からとっとと逃げ出す。まさに水と油、犬猿の仲。

でも、思うんだけど、本当に犬と猿ってそんなに仲悪いの？　だとしたら桃太郎は子分のギスギスした交友関係に気を遣っていたのだろうか。英雄とて世知辛い限りだ。

「……あの！　じ、自分で歩けるから」

マンションから出てしばらく歩くと、灯凪はようやく自分がどんな状態か気づいたらしい。何がとは言わないが、俺としては役得なので体力が尽きるまでこの状態でなんら問題はない。かつてはちんちくりんな少女だったが、今では立派な女性になっている。

「俺が疲れるまで大人しくしてろ」

「──……うん」

数時間前まで騒がしかったのが嘘《うそ》のような静寂。花火も夏祭りも、本当にあったのかどうかさえ疑わしい。聞こえるのは、背中越しにポツリポツリと呟《つぶや》く灯凪の声だけ。

「花火、見れなかったね」

「あぁ」

「夏祭り、一緒に回りたかったのに……私はまた自分で台無しにしちゃった」

「ふぅん」

淀《よど》みなく吐露されていく言葉をただ受け止める。別に何か口を挟もうとは思わない。

何かしら嘘をついたり言い訳をしたりする必要もない。そこに騙《だま》そうとする意図はなく、悪意など存在せず、語られるのは事実であり、正真正銘、硯川《すずりかわ》灯凪の想《おも》いだった。

──硯川灯凪は変わった。

彼女はとても素直になった。取り繕うことも飾ることも自らの言葉を過剰に脚色することもなく。これまでの彼女からは信じられないほどに。いや、変わったのではなく取り戻したのかもしれない。どこまでも素直で一途《いちず》だった自分を。

ならば俺も、もう一度失ってしまった何かを取り戻すことができると信じてもいいのだろうか。彼女のように。過去の俺が持っていたものを——。

「……待ち合わせの場所に着いたときにはもう雪兎はいなくて、連絡もできなくて。どうしたらいいのか分からなくて、気が付いたら雪兎の家まで走ってた」

スマホを持っていない弊害が如実に表れていた。『九重《ここのえ》雪兎スマホ不要説』は、今ここで完全に否定された。結局、現代人には必須のアイテムなのだろう。

「悪い」

「ううん、違うよ。悪いのは遅れた私。すぐに雪兎の元に走ればよかった。でも、それだとセットが乱れるとか、そんなことを考えて……。いつからかな。何をやっても上手《うま》くいかなくなって、何一つ望んだことは叶《かな》わなくなった。願うばかりでいつも届かない」

そっと耳元で囁《ささや》かれる。


——好き——


唐突で、あまりにも簡素な言葉。

この至近距離で、勘違いも聞こえないフリも通用しない。ありもしない斜め上の結論で誤魔化すことなんて不可能だった。灯凪は確かに言葉にしたんだ。「好き」と。

「隣にいたはずなのに、いつからかその背中を追いかけていた。諦めようって思ってたん

だよ？　私は弱くなるばかりなのに、どんどん強くなっていって。いつの間にか見えないほどに距離が開いてた。もう遅いって、そんな後悔ばっかりしてきたの」

――硯川灯凪は強くなった。

本当にどうしようもなく眩《まぶ》しいほど。

その言葉は、魔法のように今の彼女を形作る。

「すれ違いなんか起こさせない。私の気持ちが分からないなんて言わせない。雪兎《ゆきと》がどんな答えを選んでも、真《ま》っ直《す》ぐに想いが伝わっているなら、後悔なんてしないはずだから」

人は変われるのだと、そう教えられているような気がした。

氷見山《ひみやま》さんも、汐里《しおり》も、灯凪も。姉さんや母さんだって。誰もが変わろうとしている。

変われていないのは、俺だけなのかもしれない。取り残されているような疎外感。

「――雪兎も変わったね」

「そうか？」

「前よりずっと私のこと見てくれてるような気がする」

「ブルーベリーを食べるようにしてるからかな」

「視力の話じゃないわよバカ。……でも本当にバカなのは私。また間違えそうだった。もう二度と間違えないって決めたのにね。全然、懲りてない。本当にどうしようもないバカだよ。一人で抱え込んでも、私には何もできないのに」

――悟ってしまった。

今更になって気づいたことがある。

遠ざけるつもりだった。灯凪には彼女の幸福を求める自由がある。その時間を俺が奪うことはできないと、そう考えていた。

だがきっと、今の灯凪を俺は説得できない。今の俺が出したどんな結論も言葉も、彼女を納得させられないのだと理解してしまう。

あまねく先人達《たち》が紡いできた幾千幾万と生み出されてきた神話。

『幼馴染《おさななじみ》』は、紛れもなく絶対的な――ヒロイン。

「今日のこと、ちゃんと話すよ。聞いて欲しいんだ。相談したいことがあるの。私だけなら、どうすればいいか分からないことでも、二人なら怖くないから」

思い出すのは小学生の頃だ。俺達の間に隠し事なんてなかった。そうやって進んできた。いつしか消えてしまった、そんな幻のような関係。ただ俺達が幼馴染だった頃の記憶。

「灯凪」

「……？」

「感触も堪能したし、そろそろ降ろしていいか？」

「……バカ」

「元カレ？」

「……うん」

酷《ひど》く辛《つら》そうにゆっくりと灯凪が言葉を吐き出す。声が震えていた。

どれほど認めたくなくてもそれは事実で、変えられない過去でもある。

パチパチと淡い光球がフッと消え、ポトリと地面に落ちた。

既に二十二時近い。幾ら今日が花火大会だったとは言っても、未成年がこんな時間に出歩いているのは好ましくない。ましてや灯凪は女子だ。両親だって心配している。

にもかかわらず俺達はこんなところで何をしているのかというと、花火で遊んでいた。立派な不良である。非行に走ったというわけだ。

そのまますっさと送って帰ろうと思ったのだが、灯凪がどうしても花火がやりたいと言うので、仕方なくコンビニで花火を買い、近くの公園でこうして二人で遊んでいるわけだ。ヤンキー灯凪の前に、俺にはどうすることもできない。灯織《ひおり》ちゃんごめんな。

深夜に大騒ぎするわけにもいかず、花火といっても線香花火だ。二人してしゃがんだ姿勢のままただ静かに落ちゆく閃光《せんこう》を眺めるのみだ。夏の風物詩よ、いとあはれなり。

「で、何かされたのか？」

「ううん。でも怖いの。きっとまた、何かあるんじゃないかって……」

灯凪が待ち合わせに遅れたのは、どうやら先輩達に絡まれていたからだそうだ。

先輩というのは、中学のとき灯凪と付き合っていた一年上の吉川《よしかわ》という人物だ。

通っている高校が違う為《ため》、これまで遭遇することはなかったが、偶然再会した。

それだけならなんでもないが、どうやらそれだけでは終わらない何かを灯凪《ひなぎ》は感じ取っていた。今もこうして漠然とした不安を抱えている。

中学時代のことは彼女にとってそれだけトラウマだったのだろう。

俺の知らないところで彼女が苦しんでいたことは、これまでの灯凪の態度からも十分に窺《うかが》える。それこそ性格すら変わってしまうほどに、彼女は深い闇の中を彷徨《さまよ》っていた。

「なら、もっと友達作れ」

「……友達？」

「俺が言うのもなんだが、君、友達あんまりいないだろ」

「雪兎は友達多いもんね」

「えっ」

「えっ」

「…………」

「…………」

「えっ」

「えっ」

友達多い？　誰が？　俺が？　知り合いは多いが、友達と呼べる相手は如何《いか》ほどか。

思い浮かぶ筆頭は爽やかイケメンだが、そういえば、最近新しく知り合いになった人と言えば、女神先生と新人陰陽《おんみよう》師の邪涯薪《じゃがいまき》さんくらいか。友好の記念にお札を貰《もら》った。

灯凪も俺も不自然に首を傾《かし》げていた。白けた空気が漂う。大きな認識の相違があるようだが、今はそんなことはどうでもいい。

「とにかく味方を増やせ。それにもう高校生だからな。相手の思惑は知らないが、あまり強硬なことができるとも思えない」

「どういうこと?」

「洒落《しゃれ》じゃすまないってことだ。それは君にも言える」

「私……?」

「次に選択を間違えたら、今度こそ取り返しが付かなくなる」

「——!?」

「君が今こうして俺に相談してるのは正解だ。絶対に一人で抱え込むな。味方を増やして頼れ。家族だって協力してくれる。迷惑をかけるかもなんて思うなよ」

「う、うん。分かった」

健気《けなげ》にそう返事する灯凪はやはり変わった。それこそ少し前の灯凪は俺の言葉を否定してばかりだった。だからこそ付け込まれた。そしてギリギリ踏みとどまった。

しかし、次もそれで済むとは限らない。何も知らないまま、何も気づけないまま手遅れになってしまえばどうにもならない。俺の手が届かないところで。

だが、そうなる前なら、幾らでもやりようがある。

「だいたい相手が誰か分かってるんならどうとでもなるだろ。目には目を歯には歯を、バケモンにはバケモンをぶつけんだよと偉い霊能力者も言ってる」

「失敗して死んでるじゃない」

「とにかく。そんなに心配するな。君は正しい選択をした。成長したな」

ポンポンと背中を撫《な》でる。ホックを外さないように細心の注意をしながら。

「あのときだって、ちゃんと相談してれば、あんなことにはならなかったのかな……」

「そりゃそうだろ。そもそも君が俺の幼馴染だと知られていれば、何かしようなどと到底思わなかったはずだ。なにせ俺は上級生からやたら避けられてたからな」

「自分で言うのそれ？」

中学の頃になると灯凪とは距離ができていた。その頃には彼女は俺に辛辣に当たるようになり、クラスも別で学校では殆《ほとん》ど絡むこともなかった。俺と灯凪が幼馴染だと知っているのは小学校の頃から一緒の同級生くらいだろう。

どういうわけか俺は先輩達から避けられがちな生徒だった。こんなに優等生なのに。目を逸《そ》らされることも多々あったし、そんな俺の幼馴染だと知られれば灯凪も色眼鏡で見られるだろうが、少なくとも余計なちょっかいを掛けようとは思わないはずだ。

灯凪は不安がっているが、実際には俺はそこまで心配していない。

彼女は同じ失敗を繰り返さなかった。もう大丈夫なはずだ。それにもう高校生になる。何かすれば十分に責任能力を問われる年齢。子供がやったことでは済まされない。

相手が強硬な手段が取れると思わないとはそういうことだ。

無理矢理何かを仕掛けて失敗すれば人生即終了になるのは相手の方だ。今の時代、スマホで音声を録音したり動画を撮影したりと証拠に残すことも容易にできる。

ファンタジーの世界にはよくNTRビデオレターというものがあるが、あんなものは相手に自分が犯した犯罪の証拠を転送する極めて愚かな自爆行為にすぎない。

やったことを隠し通すのは存外難しい。俺は人生が地獄の黙示録すぎて慣れていることもあり処分などまったく意に介しないが、一般的にはそうではない。

学生ともなれば、退学や停学の危険性があることをそう易々《やすやす》とは実行に移せない。

その分別が付くから高校生なのだ。そしてそうしたハードルは高く、そこから逸脱するのは難しい。それが社会に根差すモラルというものだ。

だとすれば自《おの》ずと相手の動きは絞られてくる。それでもなお、リスクを冒して強硬な手段に出るのだとすれば、むしろやり易《やす》い相手とも言えた。ぶち殺してやる。

そこでふと思い出す。そういえばこんなときにうってつけの人物がいるじゃないか！

「そうだ。妖怪顔面ゲロ吐き失禁クソＢＢＡこと女神先生を紹介してやろう。散々迷惑掛けられたんだし相談くらいタダで乗ってくれるだろ」

「その女、誰？」

「有名な弁護士の先生らしいぞ」

「ねぇ。その女、誰？」

「名前は不来方久遠《こずかたくおん》って言うらしい。キラキラネームかよウケる」

「だから。その女、誰？」

「今度、会うんだけどそのときにでも伝えとくよ。灯凪の連絡先、渡しとくぞ」

「ありがとう。それはそれとしてその女、誰？」

「あれ？　おかしいな。通じてないぞ」

「答えて。その女、誰？」

「灯凪さん？」

おーい、灯凪さんどうしたの？

そこはかとなく姉さんと共通する暗いオーラを発しながら灯凪がジト目になっていた。

苦しまぎれに説明するがイマイチ納得してくれない。押しが強い。というかこんなに押しが強いならそんなしょうもない先輩なんて相手にならないと思うが、悪意をぶつけられることに慣れている人間は存外多くない。不安になるのもしょうがないか。

最後の線香花火が落ちるのを見送って立ち上がる。キッチリとゴミを始末し残っていないか確かめる。火の後始末は大切だからね。時代はエコだよエコ。いい加減、夜も遅い。流石《さすが》にこんな時間まで連れ回しているわけにはいかない。

「足、大丈夫か？」

「平気。ここからは歩けるから」

ここでバイバイするわけにもいかず、そのまま灯凪の家まで向かう。

静寂の中、隣を歩く灯凪がそっと口を開く。

「このまま家、泊まる?」

「ばばば、馬鹿言うな! そんな恐ろしいことでできるか!」

「なんでそんな動揺してるのよ……。昔は泊まったこともあったじゃない」

ぶつぶつと不満そうに灯凪が呟《つぶや》くが、あまりの恐ろしい提案に戦慄を禁じ得ない。

そんなことしたら確実にお仕置きされる。多分、鞭《むち》とかそういうので。既に寄り道をして遅くなっている。これ以上、遅いと本格的にヤバい。

それに灯凪は知らないが、母親である茜《あかね》さんによって硯川《すずりかわ》家を出禁になっている。

前回は灯凪のあまりに必死な様子に誘いを受けざるを得なかった。そのときも茜さんとは直接会っていないし、会っていれば咎《とが》められただろう。

俺は茜さんの期待を裏切った。あんなことになる前に灯凪を助けられたはずだと、そう言われてしまえば反論はできない。そういう意味では、茜さんにとって俺も灯凪を傷つけた当事者であることに変わりはない。灯凪を救えなかったんだ。俺は——。

「あのさ。本当はね、聞きたいことがあったの。どうして誘いに乗ってくれたの?」

「理由がいるか?」

「なんとなくかな、分かったんだ。言おうとしてること」

「なるほどメンタリズム」

「違うわよバカ」

想定外の一件で有耶無耶《うやむや》になりつつあったが、確かに俺は灯凪に言おうとしていたことがあった。それは汐里《しおり》にも。誰かを好きになることなんて、今の俺には――。

「灯凪、俺は――」

「さっき、私は間違ってないって言ってくれたよね？」

言葉を遮り灯凪が言葉を重ねる。彼女の手がそっと俺の手を握った。

「彷徨いながら藻掻《もが》き続けた。こんな最低な女、雪兎《ゆきと》に相応《ふさわ》しくないって思った。だけど、暗闇を照らしてくれた。愛、をくれた。――もう二度とこの手を離さないから」

「君には君の人生がある。もっと周囲に目を向けてみろ。きっと君のことを――」

「雪兎。私には私の人生がある。だから私が決めるの」

灯凪の家に着く。その手からダイレクトに熱が伝わってくる。

火照った身体《からだ》を夜風で冷ますように、頬にそっと口づけされる。

「私は諦めないよ。いつだって助けようとしてくれる。――そんな貴方《あなた》だから」

数時間前、真っ青だった表情は、今では高揚したように朱色に染まっている。

恥ずかしそうにはにかんだ表情。久しぶりに見る――あの頃の灯凪だった。

「今日はありがと。また今度ちゃんとお詫《わ》びとお礼するね」

灯凪の姿が家の中に消える。その背中に声を掛けた。

「灯凪」

「…………」

「——その浴衣、似合ってる」

「ありがと」

これだけは言わなければならないと咄嗟《とっさ》にそう思った。灯凪は振り返らない。

ただきっと彼女は笑っていたのだと、なんとなく伝わってくる。

それが今の俺達《たち》の距離感。小学生の頃より遠くて、中学生のときより近い。

完全にいなくなるのを見送って、深くため息をついた。


「どーすりゃいいんだ……」


向けられる敵意と悪意には滅法強いが、好意にはどうすればいいのか分からない。

答えを見つけられないまま足取り重く引き返す。

きっとそれは一人では見つけられないものだと心の奥底で理解していた。

◆

「すみませんでしたぁぁぁぁぁぁぁあ！」

平身低頭。リビングにて土下座で必死に許しを請う。だが圧力は強くなる一方だ。

はわわわわわ！　えらいこっちゃえらいこっちゃ！

「遅くなったら許さないって言ったよね？」

「疚《やま》しいことなんてないんです！　ただ帰りにお腹《なか》が痛くなって多目的トイレで――」

「は？　多目的トイレであの女とヤッてたわけ？」

「断じて違う！　多目的トイレにそんな用途はない！」

「どうやらアンタも近親処分に科せられたいようね」

「き、謹慎処分？」

「そう。当面の間は、近親処分ね」

「クソ！　ニュアンスが違っているような気がするのに怖くて確かめられない！」

「さ、一緒に寝ましょうか」

「どうしてパジャマを脱ぎ始めるのでしょうか？」

「暑いから」

「ぐうの音も出ない」

「来なさい抱き枕」

「!?」

横暴だ！　俺のヒエラルキーは無生物にまで成り下がっていた。だがこの場には母さんもいる。ニコニコと満面の笑みをこちらに向けている。助けを求めて視線を送った。

「貴方達が昔みたいに仲良くなってくれて嬉《うれ》しいわ」

「老眼か？」

「ふふ……ふふふ……まだそんな老け込む歳《とし》じゃないと思ってたんだけどな」

「つい口走ってしまっただけで本心ではないんですお母様！」

「ちょっと遅い反抗期なのかしら？　でも安心したわ。子供らしいもの」

「さっぱり安心できない！　それとどうしてお母様もパジャマを？」

「今日は暑いでしょう？」

「ぐうの音も出ない」

「じゃあ、一緒に寝ましょうか」

「うんうん。やっぱりこの二人って親子だよね。俺だけ違う気がする」

「そんな悲しいこと言わないで」

両脇からガッシリとホールドされ連行される。見事なコンビネーションだよね。

「これを言うのも何度目だって話なんですが、ここは俺の部屋だって知ってる？」

「エアコンも一部屋だけでいいし、電気代の節約になるでしょう？」

「それを言われると本当にぐうの音も出ない」

俺が扶養から外れるのは来年。母さんには頭が上がらないのだ。熱中症も怖いし。

「何をしてたのか素直に白状しなさい。言うまで寝かさないから」

「俺は無実だぁぁぁぁぁあああああああ！」

第七章「残夏」

氷見山《ひみやま》さんからお礼がしたいと『居待月』に呼び出されたが、大将は不在だった。完全に貸し切りらしく、なんと、しゃぶしゃぶをご馳走《ちそう》してくれるんだって。ワオ！

テーブルには高級そうな霜降り肉、蛤《はまぐり》や椎茸《しいたけ》に温野菜、鯛《たい》に鱧《はも》など盛り沢山だ。タレも数種類が並び、食欲を刺激してやまない。火をかけた鍋が今か今かと待ち構えている。普段自宅で、しゃぶしゃぶはしないが、今度挑戦してみよう。メモメモ
静かに準備が終わるのを待つ。もうお腹ペコペコだよ。まだかなまだかな？

「ご指名ありがとうございます♡」

「チェンジ」

姿を見せた氷見山さんは、肩と背中を大胆に露出した衣装を着ていた。いわゆるボディコンというやつだ。タイトなワンピースで極めて丈も短く、太ももを曝《さら》け出している。

「あら、雪兎君。お気に召さない？」

「バッチリ、似合ってます。――って、そういう問題じゃなくて！」

「嬉しいわ。でも、チェンジなら仕方ないわね」

氷見山さんが引っ込むと、おどおど恥ずかしそうにしながら別の人物が顔を出す。

「ご、ご指名ありがとうございます？」

「な、なななにやってるんですか先生!?」

「あぁぁぁぁ、違うんです！　見ないでください九重《ここのえ》君！　私だってこんなはしたない恰《かっ》好《こう》するつもりなかったんです！　これは美咲《みさき》さんに無理矢理着させられて――」

何故《なぜ》か三条《さんじよう》寺《じ》先生がバニーガールになっていた。セクシーの権化だ。

今にも弾《はじ》けんばかりの豊満な胸元、手首にはカフス、スラリとした美脚に映える網タイツに高いヒールと、普段の清楚《せいそ》な姿とは似ても似つかない。

「どうかしら雪兎君？」

「チェンジしません」

「よかったですね、涼香《すずか》先生」

「ちっともよくありません！　お父さん、お母さんごめんなさい！　涼香は教育者として堕落してしまいました……。こんなの生徒に顔向けできません！　うぅぅ……」

いやいやしながら後ろを向いて蹲《うずくま》る三条寺先生。顔向けできないとか言いつつ、しっかりこちらにプリッとしたお尻を向けてくれる辺り、サービス精神旺盛だった。

「ですが、その衣装を選んだのは涼香先生では？」

「これしか選択肢がなかったんです！　な、なんですかあの逆バニー？　とか言う破廉恥な衣装は！　あんなの……あんな、丸見えな衣装、誰が着るんですか!?」

「あぁ、我が家の制服」

「君の家はどうなってるの!?」

「それを聞きたいのは俺の方ですよ！　どうなってるんですか俺の家は!?」

「知りませんけど!?」

俺を除く首脳会議で決定し、いつの間にか我が家の常識となっているが、九重家には俺の知らない数多《あまた》の謎が存在している。でも、嬉しいので俺は黙認してます。

「そうだ、写真って幾らですか？　交通系ＩＣとか使えます？」

「今日はお礼だもの。無料だから安心してね？」

「なんの交渉してるのあなた達!?　写真なんて絶対ＮＧですからね！」

「そこをなんとか」

粘ってみた。

「無理ですぅぅぅぅう！　今だって顔から火が出そうなんですよ!?」

「ははは。そんな怪獣王じゃないんだから」

「雑なツッコミは止《や》めてください！」

「安心してください涼香先生。ここはプライベート空間なんです。この場での出来事は絶対に外部に漏れたりしません。今の私達はそう、淫らな一匹の牝《めす》」

「淫らな……牝？」

なにやら、あくどい顔の氷見山さんが三条寺先生を丸め込もうとしている。

取り込み中っぽいので、あっちは放っておくことにした。

「この霜降りお肉、とても綺麗《きれい》ですけど、何処《どこ》のお肉なんですか？」

「A5ランクの若狭牛《わかさぎゅう》よ」

へー。若狭と言ったら福井県のことだ。日本海側の北陸地方で、主に海産物や米やラノベの舞台で有名だが、畜産も盛んらしい。食べたことないので楽しみだ。

「二人で約束したじゃありませんか。雪兎君にお礼をしようって。涼香先生も乗り気だったはずでは？　それにもう準備も済んでますし。まだ序の口ですよ？」

「……序の口？　まだ何かあるんですか？」

「確か涼香先生は丑年《うしどし》生まれでしたよね？」

「え、えぇ。そうですが……」

「ちゃんと、牛柄のビキニも用意してますから」

「しなくていいんです！　何処で着るっていうんですかそんなの!?」

交渉は難航を極めているが、俺の出る幕ではない。

「ゴクゴク。この水、美味《おい》しいな」

「何処かよく分からない山の天然水よ」

「途端に有難みが薄れたぞ？」

何処かよく分からない山の天然水。霊験あらたかさも半減というものだ。

「君も呑気《のんき》に食材をチェックしてないで助けてください！」

「牛、楽しみだなぁ」

「着ませんからね？　絶対絶対、着たりしませんからね!?」

「A5ランクってどんなのだろ」

「わ、私は食べたって美味しくなんか……」

A5ランクバニー三条寺先生が抗議してくるが、グーッとお腹が鳴ってしまう。

「氷見山さん、お腹空《す》きました」

「あら、ごめんない。さ、食べましょう？」

パァッと笑顔になった氷見山さんが隣に座る。何故か三条寺先生も隣に座る。

テーブル席なのに、何故全員同じ側の席に座っているのか、普通に食べづらい。

「雪兎《ゆきと》君、どれがいい？　アーンして、あ・げ・る♪」

氷見山さんが食べさせてくれるらしい。至れり尽くせりだ。――だが、断る！

「そんな悪いですよ。こんなに美味しそうなんだし、みんなで食べましょう？」

表向きそう言いつつ食事の主導権を握る。アーンは、一見ロマンシチュエーションに思えるが、その実、相手に気を遣うし、自分のペースで食べたい人が多いはずだ。

ましてや、しゃぶしゃぶ。好きな食材を選び、好みのタレや薬味と合わせて食べるのが醍醐味《だいごみ》であり礼儀。アーンとは極めて相性の悪い料理である。

「君はしゃぶしゃぶの食べ方を誤解しているわ」

「マジすか？」

「普通なら、そうかもしれない。でも、これは特別なしゃぶしゃぶなのよ！」

氷見山さんが力説する。三条寺先生も、はて？　と、首を傾《かし》げていた。特別？

「いい、雪兎君？　君はゲストなの。ホストに食べさせてもらっている間、手持ち無沙汰になった両手で、隣に座る相手の太ももをいやらしく撫《な》で回すのがルールよ！」

「な、なんだってー!?（ＡＡ省略）」

ピシャーンと、全身に電撃が走る。ワナワナと両手を見つめる。

「そ、そうだったのか……。間違っていたのは俺……？」

「何故、君はすんなり納得してしまうんです!?　少しは疑問に思ってください！」

バニー三条寺先生が異議を申し立てる。勢いでテーブルが揺れ、箸が落ちた。

「俺が拾いますよ」

ヒョイと、テーブルの下に潜り箸を拾う。床には無造作に手鏡が置かれていた。

「誰かの忘れ物かな？」

拾おうとして肩を叩《たた》かれる。視線を向けると、氷見山さんのスカートの中が見えた。

「どうしたんですか――――って、なにやっとんじゃぁぁぁぁぁぁぁああああ！」

「安心して雪兎君。穿《は》いてないわよ」

「穿けよ！」

安心要素皆無のとにかく優しい氷見山さん。

あまりのショックに天板に頭をぶつけてしまった。イテテ……。

「言ったでしょう。今日は特別なしゃぶしゃぶだって。そう、『ノーパンしゃぶしゃぶ』。お祖父《じい》ちゃんに聞いたの。お世話になった相手に接待するときはこれに限るって」

「おのれ悪《あ》しき日本文化めぇぇぇぇぇぇぇぇぇぇぇぇぇええええ！」

このような悪習はただちに根絶しなければならない！　断固拒否だ。ＮＯパン！

「おじいちゃんも昔はよく通っていたらしいわ。雪兎君も楽しんでね♡」

「もしやこの鏡……こっちにもある……こんなところにも!?」

マズい。このまま氷見山さんのペースになってしまえば、もう特別なしゃぶしゃぶじゃないと満足できない身体《からだ》にされてしまう。自宅開催の危機だ。

この惨劇を回避するべく頭を凝らす。何かないか、何か打開策が……。

こっそり熱々の豆腐を食べているバニー三条寺先生と目が合った。これだ！

「ククク。いやはやまったく、氷見山さんには失望しましたよ。これの何処が『ノーパンしゃぶしゃぶ』ですか。企画倒れも甚だしい。三条寺先生がバニーな以上、到底ノーパンしゃぶしゃぶと呼べる代物じゃない。所詮は口先だけのまやかしじゃないか！」

「ゴホッゴホ！　熱ッ！　お豆腐が喉に……」

ビシッと現実を突きつける。むせているバニー先生。一緒にワイワイ食べるだけで楽しいのに。こんな諍《いさか》いなんてせずに仲良くしようよ。氷見山さんに友好を申し出る。

「クッ……小癪《こしゃく》な！」

「リアルでそんな台詞《せりふ》言う人初めて見た」

「ここまで虚仮にされて黙っていられるものですか！　涼香先生、着替えますよ。二人で逆バニーに。いえ、足りないわ。こうなったら最終手段『全裸しゃぶしゃぶ』よ！」

「はひ？　あのちょっと……しらたきが——いやぁぁぁぁぁぁぁぁぁぁぁぁぁぁあ！」

バックヤードに悲鳴と共に引きずられていく。……早く、お肉食べたい。


日本における『しゃぶしゃぶ』の発祥は、第二次世界大戦中の鳥取県だという。

その後、京都から関西圏へと広がっていったそうだ。

ならば今日、この『居待月』から、『全裸しゃぶしゃぶ』が全国へ広がっていく発祥になるのかもしれない。俺は歴史の目撃者となっていた。

「食後のデザートにしましょうか。特製プリンを用意しているの」

「しゃぶしゃぶはいったい何処へ……？」

綺麗に片付けられたテーブル。俺はさっきまで確かにしゃぶしゃぶを食べていたはずだが、まるで記憶にない。それもこれも氷見山さんと三条寺先生が裸なのが悪い。

全裸と言っても、流石《さすが》に裸足《はだし》というわけにはいかず、ヒールだけ履いている二人。

それがまたインモラルで麗艶さをかもしだしているのだが、ただちに逃げ出したい。

堂々としている氷見山さんに対して恥ずかしそうな三条寺先生。対比が見事だ。

俺は凍り付いたように床の一点だけを見つめながら機械のように食事した。

味覚は崩壊し、胃袋は終焉《しゅうえん》の鐘を鳴らしていた。現在、腹何分目かも分からない。

緊張によりビートを刻む鼓動は、今もドキドキ動悸《どうき》を奏でている。

「美咲さん、本当にアレをやるんですか!?」

「ここまで来たら覚悟を決めてください」

「で、ですが、こんな真似《まね》をしなくても感謝を示す方法は他にあるはずです！」

「他にと言いますが、それなら涼香先生はどのような方法を？」

「えっと、それはその…………千羽鶴とか？」

「有難迷惑の筆頭じゃないですか。雪兎君、千羽鶴とか欲しい？」

千羽鶴？　確かに貰《もら》って嬉《うれ》しいかと言えば微妙なチョイスだ。

「置き場に困りそうです。もし、俺が相手に千羽鶴を送るなら、鶴を一万円札で折って、お金が必要なときに鶴を毟《むし》り取れるようにするかな？　名付けて一千万円羽鶴《いっせんまんえんばづる》！」

「発想がエグすぎるわ雪兎君」

千羽鶴って、処分するにも罪悪感あるし、なんか呪いの装備っぽいよね。

「待ってください！　なら、昔、観光地で買った剣と龍のキーホルダーを」

「涼香先生。無駄な抵抗はよしてください。なんでそれ買っちゃったんですか……」

ゴネる三条寺先生と氷見山《ひみやま》さんがキッチンに向かう。

特製プリン。甘いモノ好きな俺としては期待値が天高くバベルの塔だ。

「雪兎君お待たせ。特製プリンよ♪」

氷見山さんがトレーを運んでくる。……プリン？　怪訝《けげん》な表情で首を傾げる。

「カラメルソースしか見当たりませんが……。もしや、馬鹿には見えないプリン!?」

幾ら目を凝らしてもトレーの上にはカラメルソースしか見当たらない。

「……俺は馬鹿だった？」

「裸の私達《たち》を侍《はべ》らす王様よ。待っていて。今、見えるようにするから」

氷見山さんがそう言うと、胸の下に片腕を入れギュムッと胸を持ち上げる。

その上からトローリとカラメルソースをかけていく。

「ほら、涼香《すずか》先生も」

「あぁぁぁぁどうすれば!?　こんなことバレたら私、絶対にクビになりますっ！」

「バレませんってば」

そう嘆きながらもギュムッと持ち上げる。トローリとカラメルソースがかけられる。

「さぁ、雪兎君。特製プリンよ。召し上がって♡」

「こ、こうなったらもうヤケです！……召し上がりたかったら、ど、どうぞ……」

それはそれは大層見事な巨大特製プリンが二つ（計四つ）完成した。

ツヤとハリのある瑞々《みずみず》しい肌色に香ばしいカラメルソース、薄い桃色が混ざり合って、
魅惑的なマーブル模様を描いている。断言しよう。これ、絶対に美味しいヤツ！

「……あのですね、実は俺、焼きプリン派なんです」

「そうなの？　日焼けサロンに通わないと」

褐色、小麦肌の氷見山さんも素敵かもしれない。って、そうじゃない！

「あ、母さんのプリンを食べる時間だ。帰らなきゃ」

「甘いものは別腹だって言うでしょう？」

「甘いもの同士は同じ腹です！　そんな今にも食べ頃で美味しそうなプリンプリンしたプリンが食べられるかぁぁぁぁぁぁぁぁぁぁぁぁあああああ！」

「悲鳴を上げたいのは私の方なんですが……」

三条《さんじょう》寺《じ》先生が顔を真っ赤にしながら、唸《うな》っていた。


令和の米騒動ならぬ令和のプリン騒動はひとまず沈静化した。

え、美味しかったか？　知りたい人は俺の口座に指定する金額を振り込んどいて。

「私ね、不妊治療を再開しようと思っているの」

氷見山さんの言葉に俺は安堵《あんど》した。それは氷見山さんが抱えていたもう一つの未練だからだ。俺にどうにかできるのは片方だけだった。だからこそ、俺は海原旅館を舞台にした、海原《うなばら》社長にも協力を要請した。それが実ったのなら、なによりだ。

あれから、氷見山さんは塾の講師を無事にこなすことができた。いずれは教師を目指すらしい。氷見山さんは夢を取り戻した。なら、次は希望を取り戻す番だ。

「よかった。ヨリを戻されたんですね」

俺は氷見山さんと海原社長との過去を知らない。ボランティアをしていたとき、氷見山さんは子供を心から望んでいなかったのかもしれないと言っていた。

それが授かれなかった理由だと。オカルトか事実か。それは分からない。

けれど、今なら。過去を乗り越えたなら今度こそ。そういう思いがあるのだろう。

「雪兎君、不妊治療に付き合ってくれる？」

「もちろん、お安い御用です」

不妊治療がどういうものかは知らないが、海原社長は京都の老舗旅館の経営者。なにせ距離も遠方だ。なかなか常日頃から氷見山さんに寄り添うのも難しい。そうは言っても、俺にできるのも精々病院に付き添うことくらいだけど。

「……そんなに簡単に返事していいんですか九重《ここのえ》君？」

「へ？」

三条寺先生が赤面している。何が？　俺にできることなら協力は拒まないよ？

「雪兎君。私、幹也《みきや》さんとはヨリを戻したりなんてしていないわよ」

「…………そうなんですか？　ん？……あれ、じゃあ不妊治療って、どういう――」

氷見山さんが俺の膝に跨《また》がって腰を下ろす。至近距離で向き合うような恰好《かっこう》になった。妖艶すぎる肉体が視界を奪う。視線のやり場に困り、キョロ充と化す。鼻さえ胸に触れそうな超至近距離。濃密なフェロモンが思考を麻痺《まひ》させていく。

「――ご褒美くれるんだよね？」

「言いましたけど。ど、どうしたんですか氷見山さん？　いつもより近いような……」

物事には限度がある。重版したいとかアニメ化したいとか言われても困るのだ。

「欲しいの。……――君の赤ちゃん」

「はい？」

モスキート音に敏感な俺の聴力を以《もっ》てしても聞こえなかった。

「もう一回、言ってもらっていいですか？」

「だからね、欲しいの」

「何をですか？」

「赤ちゃん」

「誰のですか？」

「君の」

「ん？」

氷見山さんが傾国の美貌で微笑《ほほえ》む。俺の理性が警告を鳴らしていた。

「三条寺先生、通訳してもらっていいで——んん——！」

氷見山さん語話者に助けを求めたところでキスされた。唾液を交換する。１ＨＩＴ
「ぷはっ！　ど、どうしたんですか氷見山さ——んん——！」

キスされた。２ＨＩＴ
「まずは落ち着きま——クチュ、ん——舌が——！」

キスされた。３ＨＩＴ
「わ、分かりましたから。この株主優待券あげますから——んん——！」

キスされた。４ＨＩＴ
「ねぇ、雪兎《ゆきと》君。私の気持ち、ちゃんと伝わってる？」

両手で顔を挟まれ、また濃厚なキスをされる。５ＨＩＴ　ＫＯ！　カンカンカン
「はぁはぁ……。いったい、何が……？」

母さんや姉さんに鍛えられていなかったら、息絶えているところだ。

氷見山さんの瞳は潤み、艶やかな唇、頬はピンクに紅潮している。

熱に浮かされたような表情。刻一刻と濃厚な色香が溢《あふ》れ室内に充満していく。

「愛しているの。……雪兎君が悪いのよ。君があんなにも私のことを救おうとするから。こんな女、放っておけばよかったのに。諦めたはずの希望を見せてしまうから――」

涙が流れていた。温かな。あの病室で見た涙とは違う氷見山さんの涙。

「出会わなければよかった。――そう思った。だって、こんなにも愛してしまったら、感情が、身体が、君の温《ぬく》もりを求めてしまう。私の全てを見せたくなるの」

剝がれ落ちた笑顔の裏に隠していた貌《かお》。心も曝《さら》け出して、身体も晒《さら》して。

氷見山さんは文字通り全てを明け渡していた。あるのは苛烈なまでの覚悟。

「ここにね、熱いのをドクドク注がれて、愛する人との間に生まれた命が宿るの。それはとても神秘的で、神様からの贈り物だと思わない？　君となら奇跡を信じられる――」

俺の手を下腹部に触れさせ、優しく撫《な》でる。それは確かに奇跡なのだろう。

言葉に窮する。恋愛経験皆無の弱者男性こと九重雪兎に応えられるはずがない。

「まだ未成年ですし、そんな無責任なこと……」

していいはずがない。その先に待つのは祝福ではなく、あまねく哀《かな》しみがあるだけ。

「そういうところが雪兎君を信頼できるの。私の身体《からだ》を好きに貪っていいのに、私の幸せを考えてくれる。誰かが不幸になる道を選ばない。でもね、君が尽くしてくれるように、私も君に尽くしたいし、奉仕したい。誰よりも幸せにしてあげたい」

俺はこれまで散々氷見山さんに甘やかされてきた。その先へ進む関係——。

「雪兎君。——私ね、今日、危ない日なの」

「リボの支払い日ですか？　リボ払いは止《や》めろとあれほど」

「違います。赤ちゃんができやすい日なの。でも、君はまだ未成年だもの。だからね、私、後二年待つことにする。雪兎君が成人になったら、もう我慢しない」

成人年齢は二十歳から十八歳に引き下げられたばかりだ。つまり俺は、国によって逃げ道を塞がれたとも言える。この国は腐ってやがる！

「私は雪兎君の番《つがい》だもの。だからお願い。——私のこと孕《はら》ませて？」

口は災いの元。過去の俺が俺を始末しようと時空を超えてやってきた。

「安心して。雪兎君に負担はかけないわ。認知はして欲しいけど、お祖父《じい》ちゃんも大歓迎だし、なにより君との愛の結晶だもの。天使のような赤ちゃんが生まれるはずよ」

うふふふふとトリップしている氷見山さん。未来絵図は薔薇色《ばらいろ》らしい。

「でもね、雪兎君。二年という時間は、私達にとっては不安な日々なの。涼香先生だって、本当にアラフォーになっちゃうんだから。悠長にしている余裕はないのよ？」

ビクッと三条寺先生が身体を震わせる。んんん？　違和感を覚える。私達？

「どうして先生が？」

「そ、そんな蕩《とろ》けるようなキスを見せつけたって、私は絆《ほだ》されたりしませんからね！　美《み》咲《さき》さんの思惑通りにいかせるものですか……。二年の間に婚活で素敵な男性と巡り合ってみせます！　私のマッチング力を舐《な》めないでください！」

「素敵な男性なら、こうして目の前にいるのに。ねー？　雪兎君」

あっちこっちチュッチュされまくる。

「あ、ハイ」

氷見山さんに為《な》す術《すべ》もないまま、耳たぶとか甘《あま》噛《が》みされている俺。

「そういえば母さんが、婚活市場は空前の女余りで、特にアラフォー女性が悲惨なことになってるって……。年齢的にも男性が求める足切りラインの最後の壁が三十四歳で、それは婚活する男性の殆《ほとん》どが家庭と子供を望むからだと言っていたような……」

最近の婚活市場はアラフォーおばさんが暴れまわっているらしい。専業主婦希望のおばさんは男性に求める年収を妥協できないのが理由らしいが、働けよ。

その点、三条寺先生ならすぐに相手が見つかりそうな気もする。

「そ、そんな……。もしかして、私ってもう詰んで――……」

驚《きょう》愕《がく》に目を見開き、愕《がく》然《ぜん》と落ち込む三条寺先生。しょんぼりして可哀《かわい》そうだ。

ゆらりと、氷見山さんが俺の膝から立ち上がる。

「あらあら、たった二年ですよ涼香先生。本当にそのたかーいハードルを越えられる理想の相手が見つかるのかしら？　二年後、一緒に育児をするのが楽しみです♪」

「くぅぅぅう！　で、ですが、仮にも生徒とそんな関係になったら……――」

「元、です。それに成人してしまえば、そんなこと誰も気にしません。なにより妊活する年齢を考えれば、相手は若い子の方がいいのは生物学的にも当然じゃないですか。それにこんなに甲斐性《かいしょう》のある男の子。逃したら後悔しますよ？」

「……クッ！　美咲さんに惑わされてはダメよ涼香！　正気になりなさい……！」

「なら、キスをして自分の気持ちを確かめてみては如何《いかが》です？」

「そ、そんなこと……」

大きな要求を断らせた後で小さな要求を飲ませる巧みなドア・イン・ザ・フェイス。

必死に抵抗している三条寺先生。俺はこの場で起きた全てを忘却することにした。

ハハハハハハ。まだ二年あるもん。二年だぞ二年！　二年あったらなんとかなるさ。

家に帰ったら、母さんに泣きついて慰めてもらうんだ。ヨシヨシして欲しい。

うわぁぁぁぁぁぁぁぁぁぁぁあん！　怖いよぉぉぉぉぉぉぉおおおお！

◇

「おーい雪兎君。こっちこっち！」

夏休みも残り十日ほどになり終盤を迎えているが、まだまだ暑い。

今日もまた危険なまでのギラギラとした日差しが照りつけていた。

近年では四季が若干前倒しになっているようなきらいもあるが、九月になってもこのまま暑いのかと思うとウンザリしてくる。出掛けるのも億劫《おっくう》だが、とはいえ引きこもっているのも不健康だ。目的の場所に向かうと既に先客が待っていた。

「ミトラス先輩、お久しぶりです」

夏らしくワンピースにミュールというラフな恰好で迎えてくれたのはミトラス先輩こと女神先輩だった。日陰にいるとはいえ、うっすら汗が滲《にじ》んでいる。

「学校以来だね。今日も暑くて嫌になるよー」

「うへぇ。ここまで来るだけでもバテ気味です」

ハンカチで汗を拭いながらペットボトルの水を口に含む。

炎天下、水分補給は何より重要だ。かつて存在していた、部活中に水を飲んではいけないなどという常軌を逸した愚かな根性論は淘汰《とうた》されて久しい。

「ところでミトラスってどんな女神なの？　聞いたことないけど」

「俺が考えた独自設定の女神なんですけど、知ってますか？」

「知るわけないでしょ！」

「人類にギフトを授けてます」

「あーなんか小説とかにあるよね、そういうの。じゃあ良い女神なんだね」

「嫌われてます」

「君、やっぱり私のこと実は嫌いだよね？　ねぇ？」

何故《なぜ》か半眼で恨みがましい視線を送ってくるが、ニンマリ笑うと、すぐに何か期待したような視線に切り替わる。

「まぁ、いいけどさ。それよりほら、何か言うことない？　頑張ってみたんだ！」

服に手をやりヒラヒラさせる。そこまでされれば鈍い俺でも相手が何を望んでいるのか理解できる。まじまじと足先から頭のてっぺんまで視線を上下させる。

「先輩、めっちゃ可愛《かわい》いです！　マブイ！」

「ほ、ほんと？　なんか素直に称賛されると照れるね。えへへ」

「今にもチャラ男か不良に声を掛けられてお持ち帰りされそうなくらい似合ってます」

「台無しだよ！」

「そういえばラブコメって、チャラ男とか不良多すぎません？　すぐナンパに失敗して暴力沙汰起こしたりしてますけど、どんだけ治安悪いんだよっていつも思うんですよね」

「それ以上はいけない。君が一番ラブコメの住民だし。っていうか、そんな疑問ぶつけられても困るんだけど、そこはお約束みたいなものじゃない？」

「ただでさえヤンキー漫画も減っているこの時代」

「でも、ほら。今は雪兎君がいるから絡まれても助けてくれるんでしょ？」

「あ、因《ちな》みにさっきのマブイは沖縄の方言で霊魂って意味なんですけど」

「おいコラ」

夏だからひんやりするジョークは如何かな？　肝が冷えたかい。それはそれとして繁華街だけあって人で溢れている。夏の暑さも活気となっているようだ。

「まだ少し時間あるけど、カフェでも入る？」

「先輩そこ……」

数メートル先にベーカリーショップがあった。思わず気になってしまう。

「少しお腹《なか》が空《す》いてるんです。そういえばメロンパンって見た目で得してますよね」

「あそこ入ってみよっか。でも、確かにパリッと焼けてて美味《おい》しそうだよね。じゃ、じゃあね。私が思う見た目で損してそうなパンはね、レーズン――」

「パンのネガキャン止めてもらっていいですか？　最低だよアンタ。失望しました。一生懸命パンを作ってるパン屋さんに謝ってください」

「今のは明らかに君が誘って言わせたよね!?　あーもう。今日という今日は完全に怒ったから。謝っても許してあげないからね！」

「まぁまぁ。アンパンの最初の一口目の餡《あん》の入ってない部分あげますから」

「要らないよ!?」

不毛なトークを繰り広げつつ、あーだこーだ言いながら先輩とパンを幾つか物色して店外に出る頃にはそこそこ時間が経《た》っていた。

そこで俺はどうしても気になっていることを先輩に聞いてみることにした。

「ずっと疑問だったんですけど、そもそも先輩、こんなところで何してるんですか？」

「今更すぎない!?」

「なるほど、女神先生と女神先輩は親戚だったんですね」

「そうなのよ。待たせてしまってごめんなさいね」

車に乗り込むと、本来の待ち人である女神先生——こと不来方《こずかた》久遠《くおん》先生に事情を説明してもらっていた。まったくの偶然だがW女神には接点があったらしい。

作為的なご都合主義を感じなくもないが、まったくの偶然である。偶然だぞ。

「久遠さんと雪兎《ゆきと》君が知り合いだったなんて驚きだよ」

「私だってそうよ。今日、お礼に食事でもどうかと思っていたんだけど、鏡花《きょうか》も一緒に来たいって言うから。二人、仲が良いんでしょう?」

「ぼっち仲間です。あ、でもぼっちなのは女神先輩だけなんですけど」

「違うからねっ!?　君が知らないだけで友達沢山いるんだから!」

「プッ」

「真顔で変な笑い方しないで!」

「あら、でも鏡花。そういうタイプでもないでしょ?」

「もう久遠さん!」

「ふふっ。ごめんなさいね。そんな風な貴女《あなた》を見るのはなんだか新鮮だから」

待ち合わせ場所にEV車でやってきた女神先生はデカいサングラスを掛けている。

完全にイケてる女スタイルだ。かつて妖怪顔面ゲロ吐き失禁クソＢＢＡだった頃の面影はない。あまりのギャップに驚くばかりだ。

「それにしても普段の女神先生はそんな感じなんですね。バリキャリっていうか。アスファルトに転がってたときは、あんなだったのに」

「それは言わないでお願いだから！」

「ごめんね雪兎君。久遠さんが迷惑掛けたんでしょ？」

「こ、こら。鏡花！」

「大丈夫ですよ。掛けられたのは嘔吐《おうと》物と尿ですし」

「ゴホゴホゴホ！」

「夏風邪ですか？　女神先生も気を付けてくださいね？」

「あ・り・が・と・う！」

何故か先程の女神先輩とまったく同じような恨みがましい視線を女神先生から向けられるが、どうしてなのか皆目見当が付かない。

「そういえば雪兎君。相談があるのよね？　ちょっと事務所に寄っていきましょうか」

「お願いします」

女神先生は余程反省したのか、困ったときはいつでも相談に乗ってくれるらしい。弁護士への相談は、本来なら時間に応じて相談料が掛かるところだが、なんと無料な上に回数無制限だ。有難い限りである。利用しまくろう。

「危ないことをしては駄目よ？　君は学生なんだから。処分されたくないでしょう？」

「大丈夫ですよ。それに俺は高校に入学してから、既に一度停学処分を受けてますし」

「え？　君、一年生よね？」

「あの件は雪兎君が悪いんじゃないのに許せないよ」

「珍しく丸く収まったので結果オーライじゃないですか」

「アレで丸く収まってたの!?」

珍しいこともあるものだ。俺ではなく氷見山《ひみやま》さんがなんとかしてくれたことがよかったのかもしれない。持つべきものはマドモアゼルである。

事務所で相談を終え、俺達《たち》は女神先生おススメのお店に来ていた。

相談といっても、俺ではなく灯凪《ひなぎ》の味方になって欲しいというものだ。ついでに幾つか集めた資料も渡しておく。強力な味方がいれば灯凪も安心できるだろう。

「待つのはあまり得策ではありません。相手がいつ仕掛けてくるのか怯《おび》えるのも馬鹿馬鹿しいですし、時代は専守防衛ですから」

「何する気なのか聞きたいようなそうでもないような……」

「ケタケタケタ。二学期にでもなれば分かりますよ」

灯凪もくだらないことにいつまでも悩まされたくないはずだ。そこまで難しいことじゃない。これ以上余計な干渉をしてこないよう釘《くぎ》を刺すだけだ。

うっかり刺しすぎて致命傷にならないよう気を付ける必要はあるが……。

「とにかく、何か困ったらすぐに連絡して。その子からでも君からでもいいから。それに何か行動を起こす前にも連絡すること。なんとなく君は放っておくととんでもないことをしそうだし。くれぐれも自重すること」

「はい。灯凪にもしっかり伝えておきます。でも、女神先生ほどとんでもないことはしないので安心してください！　俺、お酒飲みませんし」

理不尽な話だ。俺くらい大人しい生徒はいないというのに。

「その話、止《や》めてくれる？　あの夜はどうかしてたの！　私にも尊厳というものが――」

「ねぇねぇ雪兎君。久遠さん、そんなに酷《ひど》かったの？」

「鏡花、世の中には知らない方がいいこともあるの」

「なぁにが尊厳だ！　今すぐ背中越しのアンモニア臭を思い出してやろうか」

「いやぁぁぁぁぁぁあ！　ホントごめんね？　それ以上はね？　私もほら、反省してるし、これでも世間一般的なイメージもあったりするの。お礼にお願いだってなんでも聞いてあげるからホントそれだけは勘弁してくれないかなって――」

「酒は百薬の長なんて詭弁《きべん》ですからね。俺がどんな気持ちで深夜コインランドリーで黄ばんだTシャツを洗ってたと思うんですか！」

「聞きたくない聞きたくない聞きたくない聞きたくない！」

「エロい気持ちです」

「えっ、そっち!?」

嫌々と耳を塞いで首を振っていた女神先生の目が驚愕《きょうがく》に見開かれる。とはいえ、女神先生を抜きにしても、あの夜は色々と渋滞してたからな……。

「気にしてないって言ってたのに、内心やっぱり根に持ってるじゃない！」

「当たり前でしょうが！　頭からゲロぶっかけやがって。胃酸で禿《は》げたらどーすんだ！」

「また髪の話してる……」

「頭から上半身はゲロまみれで酸性、背中から下半身は尿まみれのアルカリ性って、俺はリトマス試験紙か！」

「フッ。何か上手《うま》いこと言ってるのに全然笑えないのは何故かしらね」

「pH《ペーハー》言うとりますけど、水を飲ませたから女神先生だけ中性なのもポイント高いですよね。そういえば、妙に男を敵視してましたけど、何かあったんですか？」

「……ちょうど抱えていた案件で酷い男性を見てしまったからかな。荒《すさ》んでたのよ」

イケてる女風だった女神先生はすっかりいじけていた。見る影もない。意外と自分のことになるとメンタルが弱いのかもしれない。しょうがないので慰める。

「もう怒ってませんから元気出してください。俺は心配なんです。あんなこと繰り返していたらいつか危ない目に遭うかもしれない。そんなことになって欲しくないんです」

「……雪兎君、優しいんだね。お友達のことだって、心配して相談を持ちかけてくるくらいだし。私にだって、あれだけチャンスがあったのに何もしなかった」

「ちょろすぎない!?　ちょっと久遠さん！　ちょろい女みたいになってるから！」

「美人なんですから、気を付けてくださいね？」

「……男の人から初めてそんな風に言われたわ」

「いつも美人弁護士とか言われてるでしょうが！　はーなーれーてー！」

グイグイと女神先輩が引き剝がしに掛かるが、女神先生は離れない。

しっかりと手が握られている。つぶらな瞳がウルウルしていた。

「これまでのことは水に流して、楽しく食事しましょうよ」

「うん。しゅゆ……」

「久遠さん!?　なんで幼児退行してるの!?」

俺が優しいなどと、そんなことはあり得ない。

俺は痴漢されている人を見捨てようと心に誓い、クラスで話しかけるなオーラを出している陰キャぼっち女子にわざわざ話しかけ、男バスのアイドルであるマネージャーを部活から追放した男、九重《ここのえ》雪兎である。勘違いも甚だしい。

「うーん。でも、お礼といっても何も思い浮かばないんだよなぁ……」

それにしてもお礼か。並べられた料理を食べながら考えるがこれといって思い付かない。

そもそも誰かに何かをしてもらうという経験があまりないだけに困ってしまう。

「思わずなんでもって言っちゃったけど、限度があるからね？　その君も高校生だしそういう年頃だとは思うけどまだ未成年なんだし、最近は特に厳しいんだから。ましてや私は弁護士なんだし……。でも、本気だったら許されるんだけど……」

「じゃあ、この後、ホテルにでも行きましょうか」

「……優しくしてくれる？」

この人、大丈夫!?　見た目に反して脇が甘いにもほどがある。

「お酒も飲んでないんだから正気に戻って!?　それと雪兎君も何誘ってるの!?」

——こうしてまた今日も騒がしい夏休みは過ぎていくのであった。

◇

バミューダトライアングル、ナスカの地上絵、地獄の門、犬鳴峠……etc.

古今東西、世界各国に数多《あまた》存在するミステリースポット。

エリア51には本当に宇宙人がいるのか、シュメール人とは何者なのか、ピラミッドの秘密、ストーンヘンジの正体、レムリア大陸の実在とは。

時に危険でロマン溢《あふ》れる人知及ばぬ超常現象は何年経っても人を惹《ひ》きつけて止まない。

そんなわけで、俺がいるのは都内有数のミステリースポット『例のプール』である。

いや、『霊』じゃない『例』だ。確かに霊は水場を好むと言うが、『霊のプール』とか言われても困る。除霊とかできないし。邪涯薪《じゃがいまき》さんの担当だ。

俺は霊媒師でもなく霊能者でもなく陰陽《おんみょうじ》師でもなく払魔師でもなく精霊術師でもなく屍術《しじゅつし》師でもなく退魔師でもなく、ましてや退魔忍でもない一介の高校生。潜入捜査に過剰な期待を抱かない男、九重雪兎である。

　どうしてこんなことになってしまったのか。一人プールサイドで膝を抱え座りながら世界平和を祈っていると、やってきたのは日夜俺の平和を破壊しまくることを生き甲斐《がい》としているフシがある悪徳家族、元凶の母さんと姉さんだった。

「待たせてごめんね」

「こういうとき、男子は着替えが早いからいいわよね」

　俺の心境など知るはずもなく、のほほんとニコニコ笑顔を浮かべている。母さんはラインの綺麗《きれい》なピッタリとした競泳水着、姉さんは……姉さんは——んんっ！

　縺昂l縺阪k諢丞袖縺ゅk?・溽エ舌?・繝槭ぜ繧、繧茨シ√〒縺ヲ繧九?・∽ケウ門悶、縺ッ縺ソ縺ァ縺ヲ繧九▲縺ヲ縺ー?・√⊇繧峨?・√%縺シ繧瑚誠縺。縺昴≧縺ォ?・∽ク翫b繝、繝舌>縺代↑縺昴?・縺セ縺セ蜍輔>縺溘・i荳九′繧ゅム繝。繝?・繝。繝?・繝。隕九∴縺ヲ繧玖ヲ九∴縺ヲ繧具シ∞l代@縺ッ髻?・縺励※繧茨シ∴焔蜈・繧後@縺ヲ縺ヲ縺?・k縺九・i蜈ァ荳亥、ォ?・溘◎繧薙→蝠城。後§繧?・→縺?・シ縺翫∪縺√♀縺セ繧難ス
「どう？　嬉《うれ》しいでしょ」

「ちょっと衝撃的すぎて感想を言おうと思ったら文字化けしちゃったみたい」

「何それ？」

「世界の強制力じゃないかな」

　危ない危ない。今の俺には誤魔化すことしかできないが、もし文字化けを直せるなら伝

わるかもしれない。ギリギリセーフなはずだ。

「アンタ好きだもんねこういうの」

「俺の好みを捏造《ねつぞう》するんじゃない！」

「は？　好きって言ったじゃん」

「……そんなデマ誰から聞いたんでしょうか？」

「霊から」

「霊から!?」

見えないけど守護霊っぽい人、そういうことは黙っといてくれる？　なんだかんだでこの場所は霊的波動が強いのかもしれない。姉さんには霊感があったのか……。

「分かった分かった。本当のこと言うよ、言えばいいんだろ！　ぶっちゃけ好きかな」

「ふっ。後でいいことしてあげる」

「わーい」

プライドを捨て、姉さんに迎合している俺の様子を母さんが困り顔で見ていた。

「貴女《あなた》はそんなはしたない恰好《かっこう》でもう。今日は泳ぎに来たのよ？」

「騙《だま》されては駄目。こんなこと言いながら自分だって普段より際どい水着を選んでるんだから。見てこのハイカット。とんでもないふしだらな母親よね。尤《もっと》も、こんな年甲斐《としがい》もなくはしゃいでるオバサンより私の方がいいでしょう？　なんたって若いし」

「残念だわ……。小娘の分際でいつからこんな反抗的になってしまったのかしら」

何故《なぜ》か醜くｄｉｓり合っている二人を放置してストレッチを始める。泳ぐ前に入念に準備運動をしておくことは重要だ。水中で足が攣《つ》ったりすると危ないからさ。それと極力関わりたくないっていうもあるよね。俺の残機だって無限じゃないわけだし。

だがしかし、残酷にもそんなことは許されないらしい。

「これを見なさい」

自慢げに姉さんが取り出したのは、数学の授業でたまに使う見慣れた文房具だった。

「分度器？」

どうしてプールに泳ぎにきて分度器が必要なのか、皆目意味が分からない。

この愚弟には推察すら不可能だ。とうとう日常におけるコミュニケーションすら難しくなりつつあるのかもしれない。俺達不仲姉弟さ。

「何故それを？」

「分度器なんだから角度を測るに決まってるじゃない」

「ほうほう」

「どれくらい興奮したかっていう角度を――」

「バカか？」

「母さんと雌雄を決するときがきたというわけね」

「どっちもバカか？」

「これでも数学と物理は得意科目よ」

「流石《さすが》は私の子ね」

「理知的なバカなのか?」

「まぁまぁ。貸し切りなんだから、思う存分泳ぎましょう」

姉の凶行をサラッと受け流す母さんは流石、大人の貫禄《かんろく》だ。

「だからといって、なんでもまぁまぁで流していいのだろうか……」

「ほら、早くこっちのストレッチを手伝いなさい」

「私もお願いね?」

「チクショウ……チクショウ」

怒濤《どとう》のように押し寄せてくる理不尽に心が折れそうになりながらも、なんとか耐え忍ぶ。どういうわけかこの人達《たち》には遺憾の意を表明してもまったく効果がない。所詮、遺憾砲とはこの程度の威力しかないのか、現実とはかくも非情であった。

「おやおや、母さんちょっと余分な肉が付いてるんじゃない?」

「貴女の方こそちゃんと運動しないと、肥満になるわよ」

「オバサン」

「小娘」

「「フフフ」」

二人とも楽しそうだなぁ……。

九重家は今日も俺の犠牲により平和なのだった。

◇

「──ということがあったわけでして」

「あの馬鹿姉共はぁぁぁぁぁぁあ！」

ワナワナと雪華《せっか》さんが憤っていた。あ、母さんも姉さんもどっちも含まれてる。

雪華さんにしてみれば母さんは姉だし、悠璃《ゆうり》さんは俺の姉なので馬鹿姉共で微塵《みじん》も間違っていない。そう、俺は九重家の良心こと、雪華さんに泣きついたのだった。

夏休みの最終日、宿題に追われるということもなく暇を持て余していた俺は、お誘いに乗り母さんの妹、雪華さんの家にお呼ばれしていた。

相変わらず超VIP待遇のような歓待を受けてしまう。至れり尽くせりだ。

押しが強くなく控え目な雪華さんの家は、さながら俺にとってはミステリースポットではなく、癒しのヒーリングスポットと化していた。魂が溶け落ち、ソファーから立ち上がれなくなるほど堕落する。俺の分析では、固有フィールド効果が発生してるね。

アロマ的な何かだよ。実家暮らしのニートのように自堕落天国だ……。

「何かあったらちゃんと教えてね？　姉さんをシバキに行くから」

「身が持たないので是非、お願いします！」

二つ返事で頭を下げた。死活問題なのでかなり必死だ。

「もう。ユキちゃんを困らせるんだから。いっそ家においでよ」

「その提案は非常に魅力的ですが、気づいたら十年くらい経《た》ってそうな気がします」

「なんならもっといてもいいんだよ？」

「なんて蠱惑的《こわくてき》な響きなんだぁ……！」

気を抜いたが最後、あまりの居心地のよさに甘やかされすぎていつの間にか数年どころか数十年くらい経っていそうだ。現代の浦島太郎になってしまう。とはいえ俺のロンズデーライトもビックリな最強メンタルなら玉手箱を最後まで開けることはないだろう。

「それにしても夏休み、色々あったんだね」

「そうですね、なんだか大変でした」

俺は雪華さんにこの夏のことを話していた。雪華さんは昔から聞き上手なんだよね。隠し事もなく、雪兎《ゆきと》君、ついついなんでも話しちゃう。

例年にない疲労感。今年の夏休みはイベントが盛り沢山だった。

何よりこれだけ多くの人達と関わったのはこれまでになかったような気がする。

それが良いのか悪いのかは分からないが……。

「ユキちゃん、夏休みは――楽しかった？」

「楽しい……。どうなんだろ？　でも、いつもよりなんだか違った気がします」

「そっかそっか。今はまだそれでいいのかもね」

「そんなものですか」

「そんなものだよ。これからまだまだ沢山時間はあるんだから」

思えば、高校に入学してから沢山の出会いがあった。再会もあった。知らない人も、知っている人もいて、道を違えたはずの人も、違えそうになった人もいた。家でも一人でいることが少なくなって、今もこうして雪華さんと一緒にいる。

「……何か変わったのかな？」

「ユキちゃんのペースでいいんだよ。ゆっくりでいいから、もっと周りのことを信じてあげて。そしたらきっと、もっと楽しい日々が待ってると思うから」

煩わしいと相手を切り捨てることは簡単だが、そうできないから悩んでいる。

灯凪《ひなぎ》のことも、汐里《しおり》のことも、どうやって結論を出せばいいのか分からない。

なんなら母さんや姉さん、氷見山《ひみやま》さんや先生だって悩みの種だし、トリスティさんや澪《みお》さんだって心配だ。まぁ、爽やかイケメンはイケメン補正でなんとかなるだろ。

なんにしても一向に悩みは尽きない。

「皆自分勝手だよね。好き勝手に自分の気持ちを押し付けて、答えを求めて相手を困らせる。でもね、それが分かっていても伝えたい気持ちもあると思うの。そしてユキちゃんから気持ちを押し付けてもらえる日を待っている」

「我儘《わがまま》じゃないですかそれ？」

「我儘でいいんだよ。自分勝手で自己中になって。それでもまだユキちゃんには足りないくらい。自分の心に素直に従って。ユキちゃんなら、『俺について来い！』くらい強引でいいんじゃないかな？　それがきっとプラスになる一歩だと思うから」

他人を必要とすることは、とても難しい。相手は人形でもＡＩでもない。同じ時間を生きていて、意思があり感情を持っている。一人ならどれほど楽だろうか。何も気にする必要なんてない。それはとても孤独だが、甘美で、とても自由だ。

それでも、誰かと一緒に歩みたいと望むなら、これからも、人と関わって生きていきたいと誰しも当たり前のような夢を見るなら――。

「俺について来い！」

「うん！　分かった。もう離さないからね！　それと姉さん達とばっかり泳ぎに行くのはズルいと思うんだよユキちゃん。私だって行きたいし、実はちゃんと水着だって用意してあるのだよ。実は下に着こんでるの！　ふはははは」

「ごめんなさい、ちょっと調子に乗って言ってみただけなんです！　あの引っ張らないで！　力強いな！　そういうところ母さんにソックリですよね。どうしてそんなプールの授業が楽しみな小学生みたいな真似《まね》を――だからなんなんですかその水着、水着ちゃうやん。また文字化けしそうなやつきた！　でも、内心喜んでいる俺のバカバカバカ！」

賑《にぎ》やかな夏休みも、そろそろ終わりを迎える。

凍恋祇京

凍恋秀偽《とうれんしゅうぎ》。それがその男の名前だった。凍恋を名乗っているが、入婿にすぎない。

京都に根差す『凍恋』は旧家として知られる一族だった。

秀偽もまた資産家の息子だったが、その格には隔絶した差がある。

秀偽が椿《つばき》と出会ったのは、十歳のとき、両親に連れられ参加したパーティーだった。

大人達のつまらない話に辟易《へきえき》としている秀偽の前に、椿は控えめに声を掛けてきた。

思いがけず出会った異性に、秀偽は声を失う。

まるで物語から飛び出したお姫様のように儚《はかな》く可憐《かれん》な少女。

花の咲くような笑顔に魅了され、視線が釘付《くぎづ》けになる。秀偽は一目で恋に落ちた。

少女の名は凍恋椿。兄と姉を持つ凍恋の末っ子。

同じ十歳だと知り、期せずして出会った話し相手に心が躍る。

二人が自然と仲良くなるのに時間は掛からなかった。

仲睦《むつ》まじい様子の二人を見て、「許嫁《いいなずけ》に」などと冗談交じりに話す大人達の言葉を男は真に受け、いつか互いに一緒になるのだと疑わなかった。

それは、秀偽にとって初めての恋。椿もまたそうだった。

そうして、二人は幼馴染《おさななじみ》になった。しかし、共に過ごした時間は短い。

何故なら秀偽の家は東京だった。京都で暮らす椿とは物理的な距離がある。

それからも二人の関係は続いた。住む場所も違えば、学校も違う。しかし、秀偽は縁を切りたくなかった。手紙でやり取りをするようになり、近況を報告し合う日々。

そんな関係が数年続き、携帯を手に入れ、これで連絡が取り易《やす》くなると喜ぶ秀偽だったが、その頃には、次第に頻度も減少していく。それも仕方ないことだった。

中学生になり、交友関係も広がっていく。勉強に部活、自分のことで精一杯で、目に見える世界だけが全てだった。慌ただしい毎日、充実した日々。遠くの友達より近くの友達。当たり前の必然。疎遠になる要因は幾らでもある。秀偽は焦った。

だが、決して諦めなかった。両親に無理を言い、親元を離れ、椿が暮らす京都の高校へ進学を決めた。寮住まい、自由も制限されるが関係ない。ただ無我夢中だった。

これから、幸せな日々が始まる予感に、秀偽は胸を高鳴らせていた。


椿には兄と姉がいた。二人とも優しかったが、優秀な兄姉の存在は椿に劣等感を抱かせる。周囲から常に比較され見定められる。両親は気にしないでいいと笑っているが、期待されていないようで、それもまた椿を惨めにさせた。

親に逆らうことも、非行に走る勇気もない。徐々に椿の性格は自虐的になっていく。

いつしか椿にとって、秀偽からの手紙も億劫《おっくう》なものになり、次第に返事も遠のく。

手紙に込められた秀偽の想《おも》いに、椿は気づいていなかった。

幼馴染が、どれほど自分を愛しているのかを。

鬱屈とした日々に転機が訪れたのは、中学三年生になってからだ。

修学旅行でクラスメイトから告白された。相手に好意を抱いていたわけではない。

だが、椿は逃げ道を求めた。なにより、兄でも姉でもなく、初めて自分の存在が認められたような気がして嬉《うれ》しかった。椿は告白を受け入れ、それから徐々に性格も明るさを取り戻していく。二人は同じ高校へ進学することになる。

そして椿は秀偽と再会する。椿が交際していることを知った秀偽は酷《ひど》く落ち込んだ。

秀偽の熱意に驚くが、既に相手がいる椿にはどうすることもできない。

周囲はそんな秀偽を放っておかなかった。椿に相応《ふさわ》しい存在になろうと、勉強もスポーツも必死に努力していた秀偽は、眩《まぶ》しいほどに魅力的な存在になっていたからだ。

漫然と中学時代を過ごしてきた椿とは違う。いつかの劣等感がぶり返す。

椿には、秀偽の献身が耐えられなかった。秀偽を待てなかった自分の惨めさにも。

初めて会った日から、椿もまた秀偽に恋心を抱いていたのだから。

子供の恋愛ごっこが長続きするはずもなく、あっさりと椿は破局した。

しかし、今更秀偽に擦り寄ることもできない。とんだ恥知らずだ。秀偽は椿と違い男女ともに友達も多く、傷心の秀偽を親身に慰めていた相手と親しい関係になっていた。

なにより、今の椿自身が秀偽に相応しいとは思えない。

結局そのまま互いを意識しつつも、運命は交差することなく、すれ違っていく。

秀偽と椿が再会したのは同窓会だった。

社会人になり数年。それなりの地位に就いた者もいれば、夢を追いかけ成功した者、挫折した者もいる。表情には積み重ねた人生が宿り、言葉に深みを増す。

秀偽は数年ぶりに会った椿の変貌に驚いた。何処《どこ》か影のある力ない笑顔。

秀偽が知らない間に椿は随分と苦労していた。一度は結婚するも、夫のＤＶやパワハラで苦しんでいた。離婚したものの、未《いま》だその傷は癒えず椿は恋愛に臆病なままだ。

秀偽はただひたすらに後悔した。なんの為《ため》に自分は椿を追いかけたのか。

こんなことなら、椿を力ずくにでも奪えばよかったのだと。そうしなかったのは、少なからず裏切られたという思いがあったからだ。

椿が破局したと知ってからも、何も行動に移せなかった。

そのとき、秀偽もまた交際相手がいたからだ。そして今は――。

秀偽は結婚していた。子供もいる。だが、妻との間に愛があるかと言えば疑わしい。

確かに愛はあった。それが失われたのは、秀偽の中にずっと椿への慕情が残っているのを見透かされたからだ。初めて椿と出会い一目見たときから抱いていた純真無垢《じゅんしんむく》な恋心。

同窓会を終えた後、誰にともなく二人きりになる。酒の勢いもあったのか、それとも積年の想いに駆られたのか、気が付けば秀偽と椿は結ばれていた。

一夜の過ち。ありがちで陳腐な不倫の顛末《てんまつ》。

罪悪感と募る後悔。だが、秀偽は椿を放っておけなかった。救いたかった。

中学のときも、高校のときも、そして椿が結婚して苦しんでいるときも、いつだって秀偽は椿を忘れたことはなかった。だが、いつも手遅れで。諦めるべきではなかった。

椿とこんな形で結ばれることなど、望んでいなかったのに。

両親から勧められた見合いで妻と結婚したとはいえ、情も責任もある。

自立している妻はとても優秀だった。両親も妻のことを気に入っている。

しかし、冷え切っている夫婦関係。秀偽は決断を迫られる。このままにはできない。

社会的にも道義的にも許されない行為。既に一線を越えてしまった。

しかし、どれほど非難されようとも見捨てられない。放っておくことなどできない。

愚かな男は、これまでずっと選択を間違えてきた。今度こそ、真実の愛を求めて正解に辿《たど》り着く為に、秀偽は全てを捨てることを決意した。文字通り、その全てを。

秀偽は妻と離婚した。莫大《ばくだい》な慰謝料を払い、全財産を投げ打った。

それでも足りない分は両親に肩代わりしてもらう。激怒されるが後には引けない。

返済後、秀偽は絶縁されることになった。そのことに異論はない。これ以上、迷惑は掛けられない。秀偽の存在は両親にとって汚点でしかないのだから。

離婚協議が揉《も》めることは一切なかった。感情的になることすらも。弁護士を通し、事務的にただ淡々とやるべきことを済ませていく。呆気《あっけ》なく、婚姻関係は終わった。

家族も帰る家も親権も失い、男は名前も捨てた。凍恋の家に婿養子として入る為に。

椿の両親も表立っては言わないが、内心では歓迎していた。娘の憔悴《しょうすい》している様子に心を痛めていたからだ。かつて、娘と仲の良かった秀偽のことを両親も憶《おぼ》えていた。

だが、秀偽がしたことは決して赦されることではない。犠牲には代償が必要だ。

椿の両親は秀偽の元妻にあらゆる支援を約束し、多額の金銭的援助を行った。


運命に導かれるように、椿と秀偽は結ばれ、結婚した。

そして椿は妊娠し、一人の女の子が生まれる。その名は『祇京《ききょう》』。

真実の愛を求めた愚かな男は最愛の女と『正解』に辿り着いた。


――全てを嘘《うそ》で塗り固めたまま。

◇

ザーザーと雨が降っていた。マンションの前に、傘を差した一人の少女。

その少女は、彼を見つけると、濡《ぬ》れるのも気にせず駆け出していく。

「お義兄様《にいさま》、お義兄様ぁぁぁぁぁぁぁぁぁぁぁぁああああ！」

雨音に交じる嗚咽《おえつ》。少女の心は限界を迎えていた。それでも間に合った。

義兄は抱きしめる。その小さな身体《からだ》を。かつて叔母がしてくれたように。

OVERLAP

俺にトラウマを与えた女子達がチラチラ見てくるけど、残念ですが手遅れです 4

発　行　2023年11月25日　初版第一刷発行

著　者　御堂ユラギ
発行者　永田勝治
発行所　株式会社オーバーラップ
〒141-0031　東京都品川区西五反田 8-1-5
校正・DTP　株式会社鷗来堂
印刷・製本　大日本印刷株式会社

Printed in Japan　ISBN 978-4-8240-0657-8 C0193